SINN UND FORM

BEITRÄGE ZUR LITERATUR

HERAUSGEGEBEN VON DER
AKADEMIE DER KÜNSTE

77. JAHR / 2025 / 5. HEFT

September / Oktober

SINN UND FORM

Redaktion: Postfach 21 02 50, 10502 Berlin, Akademie der Künste, Hanseatenweg 10, 10557 Berlin, Tel. 030/20057-2220, -2221 oder -2222, Fax 030/20057-2223, E-Mail sinnform@adk.de, www.sinn-und-form.de. ISBN 978-3-943297-85-0. ISSN 0037-5756. Satz: Dörlemann Satz, Lemförde. Anzeigenverwaltung: Agentur Hanne Knickmann, Theaterstraße 7, 69117 Heidelberg, Tel. 06221/67342-50, www.kulturzeitschriften.net. Druck: Thiele & Schwarz GmbH, Kassel. Printed in Germany. Der Chefredakteur ist v.i.S.d.P. Bei unverlangt eingesandten Manuskripten ohne beiliegendes Porto keine Rücksendung. Beurteilungen werden nicht gegeben. Auf den Textseiten erscheinen in der Regel keine Literaturangaben und Anmerkungen. Nachdruck eines Beitrages während der gesetzlichen Schutzfrist nur mit Genehmigung der Redaktion. Die Zeitschrift erscheint zweimonatlich. Jahresbezugspreis einschließlich Versand 54,00 € (Inland) und 72,00 € (Ausland). Einzelheft 14,00 €. Vorzugsabonnement für Schüler und Studenten 39,00 € (Inland) und 51,00 € (Ausland).

Bestellungen von Abonnements und Einzelheften: tableau, Neumagener Straße 27, 13088 Berlin, Tel. 030/4236606, Fax 030/42850078, E-Mail bestellung@sinn-und-form.de. Zuschriften, die den Inhalt betreffen, sind an die Redaktion, solche, die den Bezug angehen, an die Firma tableau zu richten. Das Abonnement kann spätestens sechs Wochen vor Ablauf des Bezugsjahres gekündigt werden. Die Mindestbezugsdauer beträgt ein Jahr. Die Kundennummer ist unbedingt anzugeben.

INHALTSVERZEICHNIS

→

ÉRIC VUILLARD

ROBESPIERRES TOD

Man müßte ein Buch in einem Augenblick schreiben. Das Leben dauert nur einen Augenblick. Am späten Nachmittag des 10. Thermidor im Jahr II rollten die Karren mit den zweiundzwanzig Verurteilten aus dem Hof des Justizpalasts. Auf den Straßen wimmelte es von Menschen. Robespierre lehnte mit dem Rükken an der Wagenwand. Sein Kopf war notdürftig in einen Verband gehüllt, um sein Kinn zu stützen, das von einem Pistolenschuß zerschmettert worden war. Er hielt die Augen geschlossen, doch als der Karren vor dem Haus des Tischlers Duplay anhielt, in dem er zur Untermiete gewohnt hatte, soll er kurz die Augen geöffnet haben, angeblich zitterten seine Lider. Wenig später erreichten die Karren die Place de la Révolution. Wieder mußten sie warten. Maximilien Robespierre wurde als Zehnter hingerichtet. Er kehrte dem Schafott den Rücken zu. Als Saint-Just in den Tod ging, sagte er ihm »Adieu«. Robespierre machte ein Zeichen mit dem Kopf. Endlich war er an der Reihe. Er stieg allein auf das Schafott, ohne jede Hilfe. Als der Scharfrichter ihm den Verband vom Kinn riß, stieß er einen markerschütternden Schrei aus. Jetzt legte man ihn auf den Richtblock. Der Scharfrichter betätigte die Maschine, und das Messer sauste hinab.

In diesem Augenblick, in dem Augenblick, als das Fallbeil Robespierres Hals durchtrennt, egal, was man von seiner politischen Rolle und seiner Geschichte hält, was man von der Schreckensherrschaft und dem möglicherweise verrückten Traum von einer größeren Gleichheit zwischen den Menschen hält, egal, was man von der Revolution als solcher hält, von ihren Idealen und heftigen Erschütterungen, in diesem Augenblick, ob man nun Jean-Jacques Rousseau Montesquieu vorzieht, der Republik die konstitutionelle Monarchie oder die Erbdiktatur der Könige der aufbrausenden Diktatur der Völker, ob man gemäßigt, girondistisch oder – ja – monarchistisch ist, ob man sich wegen der Abschaffung der Sklaverei, der Emanzipation der Juden und der Einführung des allgemeinen Wahlrechts erstmals in der Geschichte glücklich schätzt oder im Gegenteil für Kolonien, Ghettos und die Leitung der Angelegenheiten durch eine vernünftige Elite stimmt; ob man Republikaner ist oder nicht, Demokrat oder nicht, ob man Robespierre nun haßt und ihn anprangert, ob man die Sache der Montagnards verurteilt oder das große Durcheinander der Geschichte dem Frieden der Reichen vorzieht, eines steht fest: In dem Augenblick, als das Fallbeil nach einer

langen Minute des Wartens herabschnellt und den Hals Robespierres durchtrennt, ist *die Revolution tot*.
Man kann sie anschließend immer wieder in allen möglichen Versammlungen, Kammern oder Räten heraufbeschwören, kann hübsche Sätze in steinerne Nischen ritzen, das Wahlrecht erweitern, demokratisieren, man kann sogar meinen, sie sei auf den Barrikaden von 1832, beim Aufstand 1848 oder während der Kommune zu neuem Leben erwacht, kann im Mai 1968 auf ihre Rückkehr hoffen; und trotzdem muß man feststellen, daß das Ausmaß an Kampf und Wut in dieser entscheidenden, kompromißlosen Form, die die Menschenrechte erklärt, die Sklaverei abgeschafft, die Republik begründet und die Invasion von außen zurückgedrängt hat, daß es in dieser stürmischen, überlegenen und zugespitzten Weise, dem entschlossenen Versuch, Privilegien, althergebrachte Unterdrückung und Ungleichheit zwischen den Menschen abzuschaffen, von dem Augenblick an, als das Fallbeil Robespierres Hals durchtrennt hat, schlichtweg in Frankreich nie mehr wiedergekehrt ist.

*

Tags zuvor, am 9. Thermidor, wissen die Jakobiner gegen Mitternacht im Rathaus davon noch nichts. Noch sind die Würfel nicht gefallen. Gewiß, die Situation ist heikel, und die letzten Getreuen haben einen verzweifelten Appell formuliert: »Nur Mut, Patrioten der Sektion der Piken, die Freiheit triumphiert. Schon sind diejenigen, die ob ihrer Standhaftigkeit von den Verrätern gefürchtet werden, auf freiem Fuß; überall erweist sich das Volk seines Charakters würdig. Treffpunkt ist die Kommune, für die der tapfere Hanriot die Befehle des zur Rettung des Vaterlandes gegründeten Exekutivkomitees ausführen wird.« Dann folgen die Unterschriften: Louvet, Pyan, Legrand, Lerebours, und das rätselhafte *Ro*.
Die Begeisterung war weder gespielt noch aussichtslos, aber die Situation war ohne Frage besorgniserregend; das Unglück, das über die letzten Jakobiner hereinbrechen wird, rührt nicht nur von ihren Feinden, sondern von ihrer eigenen Unschlüssigkeit her. Das Wesentliche ihres Kampfes scheint sich in ihnen, in ihrem tiefsten Inneren abgespielt zu haben. Und die unvollendete Unterschrift Robespierres auf diesem Aufruf zum Aufstand vom 9. Thermidor, jene erste, einsame Silbe, *Ro*, die angeblich auf keinem anderen Schriftstück zu sehen ist, eine für einen so eleganten Mann eher unschöne Silbe, und der große Fleck unten auf dem Blatt, der 1946 von der polizeilichen Spurensicherung tatsächlich als Blut bestätigt wurde – all das ist bisweilen als Zeichen, als schriftlicher Beleg jener Verstörung, jener inneren Krise gedeutet worden.
Was aber bremst Robespierre an dieser Stelle, was bremst die Revolution? Es muß schon eine starke Kraft sein, ein beachtliches Bedenken, das dem tiefsten je

von einem Volk empfundenen Verlangen Einhalt gebietet; eine furchtbare Macht, die den Lauf der Geschichte abrupt stoppt, die Pariser Sektionen lähmt und einen der erfahrensten Männer des Kampfes, der angeblich nicht so leicht einzuschüchtern ist, in ihren Bann zieht. In dieser Nacht wird Robespierre von einem Zweifel erfaßt, eine Vermutung bringt ihn ins Wanken, ein Gedanke bestürmt ihn, eine Kraft setzt ihm zu, und ein kurzes Innehalten schleicht sich in die Zeit.
Damit die Revolution ihren unvorhersehbaren Lauf fortsetzen kann, müßte man das Volk unverzüglich zum Aufstand gegen den Nationalkonvent rufen, gegen die gewählten Vertreter, gegen die revolutionären Institutionen als solche. Doch um das Volk zum Aufstand aufzurufen, fehlt die Zeit. Jede Minute zählt. Man muß sich jetzt entscheiden, sofort, ohne zu zaudern. Man muß in einem Augenblick akzeptieren, den Prinzipien zuliebe jede scheinbare Rechtmäßigkeit aufzugeben.
Oder sterben.

Um zwei Uhr morgens stürmte ein Soldat in den Sitzungssaal des Rathauses, wo die letzten Jakobiner gemeinsam tagten. Er soll auf Robespierre geschossen haben. In seiner Verzweiflung versuchte dessen Bruder daraufhin, aus dem Fenster über ein steinernes Gesims zu entkommen, stürzte jedoch ab und konnte nicht mehr laufen. Lebas tötete sich mit einem Pistolenschuß. Hanriot, geflüchtet, dann aufgegriffen, bekam ein Bajonett ab, sein Auge baumelte aus der Höhle. Couthon, der Gelähmte, stürzte auf der Treppe und stieß sich den Kopf. Man schleifte ihn an den Füßen runter, sein Schädel polterte über die Stufen und hinterließ eine Blutspur auf dem Teppich. Anschließend wurde er in das Hospice de l'Humanité gebracht, wo er dem Friedensrichter zur Auskunft gab: »Man klagt mich an, ein Verschwörer zu sein, ach, könnte man doch auf dem Grund meiner Seele lesen.« Und vielleicht geschieht das Wesentliche just in diesem Moment, am 9. Thermidor des Jahres II.
Schließlich transportierte man einen Toten (Lebas), zwei Sterbende (Hanriot und Robespierre den Jüngeren) und einen Verletzten (Couthon) in die Conciergerie. Robespierre selbst wurde auf einer Trage heruntergebracht und, nach einigen finsteren Zwischenfällen, auf einen Tisch im Gerichtssaal des Wohlfahrtsausschusses gelegt. Offenbar befand man sich im früheren Arbeitszimmer des Königs. Dort verband man ihm den Schädel. Die Stunden verstrichen. Aber die Geschichte war bereits zu Ende.

Auf den ersten Blick nichts als ein trockenes Büschel, unfruchtbare, vertrocknete Zweige. Doch in Wirklichkeit handelt es sich um eine herrliche Pflanze. *Jerichorose* heißt sie. Man muß sie bloß in ein Schälchen stellen, mit etwas Wasser begießen und abwarten. Drei Stunden später ist die Pflanze wieder grün, sie hat sich geöffnet. Und der kleinen Broschüre zufolge, die zusammen mit ihr verkauft wird, läßt sich der Vorgang so oft wiederholen, wie man möchte. Das ewige Leben für ein paar Groschen! Und es stimmt, man kann die Pflanze einen Monat, ein Jahr, sogar zehn Jahre ohne Wasser lassen, bis sie sich öffnet und wiederbelebt. Doch das Wunder ist nur ein scheinbares, denn auch wenn die Jerichorose austrocknen, sich einrollen und abermals öffnen kann, auch wenn sich der Vorgang unbegrenzt wiederholen läßt, solange die Reste nicht verfaulen, bedeutet das trotzdem nicht, daß die Pflanze sich auch *wirklich* wiederbelebt. Ihre Auferstehung ist eine Illusion. Man begießt die trockenen Zweige des kleinen Farns, sie saugen sich mit Wasser voll, und durch eine rein mechanische Wirkung scheint sich die Pflanze wiederzubeleben. Ihr Schlaf aber ist tiefer. Und diese *pflanzliche Rarität*, die man uns für wenig Geld verkauft hat und die wir ungeduldig dabei beobachten, wie sie über mehrere Stunden hinweg in einer mit Wasser gefüllten Schale erblüht, ist in Wirklichkeit eine tote Pflanze.

Ein bißchen später, ich habe schon davon berichtet, setzen sich auf das Zeichen des Scharfrichters die Karren in Bewegung. Der Konvoi fährt über den Pont au Change und anschließend den Quai de la Mégisserie entlang, biegt schließlich in die Rue de la Monnaie und die Rue du Roule ein, bevor er einer raffinierten, eigens von Barras ersonnenen Grausamkeit folgend die Rue Saint-Honoré nimmt, in der Robespierre gewohnt hat. Man hat keine Zeit gehabt, die Fensterplätze zu vermieten, es ist alles so schnell gegangen. Vor dem Konvoi laufen Ausrufer her und verkünden, wer sich darin befindet, wie im Vorspann zu einem Film. Aber hier sind wir nicht in einem Film, sondern in der Wirklichkeit schlechthin. Und die Schaulustigen, die auf den Stufen von Saint-Roch sitzen, sind sich zwar bewußt, daß sie einen denkwürdigen Tag erleben, daß es nicht irgendein Nachmittag ist, wenn Robespierre, Saint-Just, Couthon und die anderen Jakobiner dem Tod zugeführt werden, aber sie wissen nicht, daß sie hier in der Menge im Grunde weder Robespierre noch Saint-Just noch Hanriot oder Couthon vorbeiziehen sehen, sondern der Geschichte, der Revolution, auf ihrer letzten Reise das Geleit geben.

Während der anderthalb Stunden, die diese Spazierfahrt dauerte, wird Robespierre die Last jedes einzelnen Augenblicks empfunden haben; die Last ihrer Unentschlossenheit, ihrer Fehleinschätzung der Umstände im Nebel der Zeit, jener Verschwörung, die er so nicht hatte kommen sehen; die Ächtung, die ihnen ein paar Stunden lang zu viel Respekt vor den Rechtsformen abgenötigt hatte und die jetzt wiederum möglich machte, daß sie ohne Urteil hingerichtet wurden; während der Karren durch den Dreck holperte, wird er dank der brodelnden Zusammenhänge, in denen sich sein kurzes Dasein entfaltet hatte, genau begriffen haben, welche Kräfte das gemeinschaftliche Leben bestimmten, er wird

gespürt haben, wie viele Anstrengungen, Jahrhunderte, Zufälle, Unglücke, Hoffnungen und Katastrophen es einmal, 1789, möglich gemacht hatten, daß das Volk sich erhob. Er muß die furchtbare Last dieser Unwägbarkeiten empfunden haben, das unerhörte Glück, gehofft und gesiegt zu haben. Auch das unheilbare Bedauern darüber, daß sie den Augenblick verstreichen ließen, in der vorherigen Nacht die verschlungenen Wege des sich darbietenden Handelns falsch einschätzten und sich für ein paar Stunden gelassen in einer Scheingesetzlichkeit einrichteten, die jetzt rings um sie alle, inzwischen Todgeweihte, den Sieg davontrug, aber nicht in der gemäßigten Form, die sie sich auf ihr Banner geschrieben hatte, sondern indem sie ihre eigenen Prinzipien schamlos mit Füßen trat; gleich würde man sie im Namen der Ordnung, einer künftigen, bürgerlichen Ordnung hinrichten; und während sie hilflos auf ihre Karren geworfen wurden, müssen sie diese letzten Augenblicke noch einmal nacherlebt haben, wieder und wieder, als noch alles möglich war, als sie tatkräftiger hätten auftreten, ihre Truppen anspornen und das Volk entschlossen zum Aufstand hätten aufrufen sollen. Doch etwas hatte sich zwischen ihn und die Menschen geschlichen, zwischen seine Überzeugung und seine Prinzipien, zwischen ihn und das Volk, zwischen Gegenwart und Zukunft. Und dieses etwas waren sicher nicht die Prinzipien, die sie zu verteidigen oder zu achten meinten, es war kein sokratischer Skrupel, weder Pech noch ein Mangel an Autorität, nein, dieses etwas, das sich still und heimlich zwischen Robespierre und die Zukunft schob, zwischen die Revolution und uns, war die Vergangenheit.
Daher beeilt man sich. Bloß keinen Prozeß. Robespierre hat vor dem Nationalkonvent noch einzugreifen versucht, aber seine Stimme geht im Protestgeschrei einiger Abgeordneter unter. »Mit welchem Recht, Vorsitzender, unterstützt du die Mörder«, empört Robespierre sich. »Hört ihr dieses Monster, er behandelt uns als Mörder«, erwidert Tallien. Dann, ein paar Stunden später: »Das Schafott muß auf der Stelle her!« brüllt Thuriot. Ja. Man beeilt sich. Man will aufräumen mit der Revolution. Kein großes Federlesen mehr. Man karrt Leichen durch die Gegend, halbtote Kerle. Sie werden flink auf den Richtblock gelegt. Eins, zwei, drei vier, zehn, zwanzig, einundzwanzig, zweiundzwanzig. Dann wirft man die zweiundzwanzig Körper in eine Grube, über die gebrannter Kalk gestreut wird. Und nie wird man sie je wiederfinden.

Ein paar Tage lang werden überall in Paris Leute verhaftet. Am darauffolgenden Tag richtet man abermals einundsiebzig Menschen durch das Fallbeil hin, zwölf Karren: Joseph Alavoine, 63 Jahre, geboren in Laversine in der Oise, Schneider, wohnhaft in der Rue de la Tonnellerie, Sektion des Gesellschaftsvertrags; Jean-Jacques Beaurieux, 45 Jahre, geboren in Arles, Uhrmacher, wohnhaft im Faubourg

Saint-Honoré, Sektion der Piken, Stadtrat; Jean-Baptiste Bergot, 56 Jahre, geboren in Paris, Angestellter in der Halle aux cuirs, Sektion des Guten Rats, Polizeibeamter; Jean-Pierre Bernard, 38 Jahre, geboren in der Meuse, Bediensteter; Claude Bigaut, 40 Jahre, geboren in Paris, Maler, wohnhaft in der Rue des Boulangers, Sektion der Sansculotten; Jean Cazenave, geboren in Belleville, ehemaliger Handlungsgehilfe, Sektion des Bewaffneten Mannes; Jean-Baptiste Cauchois, Handlungsgehilfe, wohnhaft in der Rue Neuve-de-l'Egalité; Jacques-Pierre Coru, geboren in der Orne, Samenhändler, wohnhaft in der Rue Saint-Antoine, Sektion de l'Arsenal; Jacques-Louis Cresson, Kunsttischler, wohnhaft in der Rue des Deux-Ecus, Stadtrat; Louis-François Dorigny, Zimmermann, geboren in der Aisne, Sektion de Popincourt; Jean-Pierre Eudes, geboren in Paris, Steinmetz; Gamaury, geboren in Guéret, Friseur; und Gibert, aus der Seine-et-Marne, Konditor; und Gillet-Marie, Pflasterer; und Marcel, in Rosny geboren, Maurer; und Naudin, Schreiner; und Remy, Kunstdrechsler; und Witchericht, Schuhmacher; und immer so weiter, ganze einundsiebzig Mal. Jetzt aber sind es keine Anwälte, Schöffen, Großhändler oder Adlige, die unter das Fallbeil kommen, nein, ein ehemaliger Müller, ein Gärtner, ein Zimmermann, ein Steinmetz, ein Drechsler, ein Konditor, ein Kunstdrechsler, ein Schlosser, ein Landwirt, alles Mitglieder der Kommune; es ist das Volk, das in die Karren steigt, die Kleinhändler, die Handwerker, Papiermacher, Stecher, Schreiner, Weinhändler, Maler, Pflasterer, Perückenmacher, Kunsttischler ... es sind die Sieger der Bastille, ihre Kameraden, ihre Nachbarn, der gleiche Bürgerstand, die gleichen Familiennamen: Bernard, Etienne oder Jean-Pierre; Guérin, Charles oder Nicolas; Jerome, Vergolder, oder Jerosme, Drechsler; Langlois, Seefahrer, oder Langlois, Schlosser; Laurent und Laurent; Leclerc und Leclerc, der eine Seiler, der andere Kunsttischler; Leconte und Lecomte, der eine Klempner, der andere Lehrer; Legrand, Jeanne, oder Legrand, Pierre; Lenoir, Jacques, oder Lenoir, Jean; und es gibt Lumière und Martinet und die beiden Merciers; und Pain, und Paquotte, und Ravel, und Robin, und Renard; sie sind aufs neue an der Reihe, die kleinen Brueghel-Figuren, die gleichen Berufe, der gleiche Plebs; doch diesmal schicken sie sich nicht zum Sturm auf die Welt an, diesmal werden sie auf die Schnelle hingerichtet; ja, es ist das kleine Volk von Paris, das erstmals seit Anbeginn der Zeit ein paar Institutionen in seine Macht gebracht hat, Stadträte, Subsistenzverwalter, Polizeibeamte, Mitglieder der aufständischen Kommune; sie sind es, die ihre Sektionen umgetauft haben, Sektion der Piken, Sektion de l'Homme-Armé, Sektion des Gesellschaftsvertrags, Sektion Brutus, Sektion der Sansculotten, Sektion Wilhelm Tell, Sektion der Brüderlichkeit; sie sind es, die, nachdem sie den Sturz des Königtums ausgelöst haben, die Ausrufung der Republik verkünden und für die direkte Beteiligung des Volks eintreten; sie sind es, und wieder sie, die bei den

Revolutionskriegen und den wichtigsten Ereignissen ganz vorn mit dabei sind; doch vorerst sind sie diejenigen, die für geächtet erklärt worden sind; und sie sind es, die die Menge in den großen Karren vorbeiziehen sieht, in dem Augenblick, da die Revolution endet und die Fensterläden der Geschichte zuklappen.
Und während sie in weniger als vierundzwanzig Stunden zum Schafott auf der Place de la Révolution geschleift werden, meint man, ihre Silhouetten neben denen der armen Kerle zu sehen, die sich seitdem abrackern und auflehnen. Es ist, als wären sie bereits alle anwesend, dort in der Nationalversammlung, als Robespierres Stimme vom Protestgeschrei der Abgeordneten übertönt wird; in dem Augenblick, als sich der Mensch und die Geschichte kurzfristig voneinander entfernen – ein Augenblick, könnte man meinen, zum bloßen Nachdenken. Doch dieser Augenblick währt noch immer. Ein bißchen so, als wäre die Abwesenheit, die Leere, der leere Raum, die vom Protestgeschrei übertönte Stimme, Robespierres unvollendete Unterschrift, die ausgebliebene Erhebung, als wäre das alles gleichbedeutend mit unserem Schweigen, unserer Unfähigkeit, etwas zum Ende zu bringen, wieder von neuem anzufangen. Es ist, als könnten wir uns darin sehen. Als hätte sich diese Leere bis zu uns ausgebreitet und uns sprachlos gemacht. Als wären wir selbst diese Leere, dieser Augenblick des Zweifels. Als wäre die Leere unser Spiegel, unser treuestes Porträt.

Daher gilt jenseits der Unstimmigkeiten, der Kontroversen um den Aufruf vom 9. Thermidor im Jahr II, um Robespierres unvollendete Unterschrift und der Bedeutung, die es ihr beizumessen gälte, jenseits aller naheliegenden oder komplizierten Auslegungen vor allem folgende, verstörende Tatsache: Dieser Aufruf sollte der letzte bleiben. Ob er wenige Stunden vor der Verhaftung seiner Unterzeichner verfaßt oder später, im Augenblick der Gefahr, geschrieben worden ist, tut dabei wenig zur Sache; ob er die Sektion der Piken erreicht hat oder nicht, ob er eine entscheidende Rolle gespielt hat oder nicht, tut ebensowenig zur Sache; denn dieser Aufruf zur Erhebung mit der abgebrochenen Unterschrift und dem merkwürdigen Blutfleck unten auf dem Blatt bringt den Zweifel zum Ausdruck, die Angst, ein Zucken der Geschichte, auf so vollkommene Weise, wie ein Schriftstück es eben zu tun vermag. Dieses Schriftstück ist die Spur des immateriellen Schauderns, über das die Menschen und Ereignisse seit einigen Tagen stolpern. Die Spur einer Ergriffenheit. Es zeugt von dem Unvermögen zu sprechen, seiner Stimme im Nationalkonvent Gehör zu verschaffen, die Pariser Sektionen in Wallung zu bringen, zusammenzuscharen, sich endlich von einer unbekannten, verschütteten inneren Norm zu befreien, die sich je nach den Umständen in uns äußert, in der Dringlichkeit einer unerhörten Entscheidung; es verkörpert das, was jede Revolte sucht, während sie im Dunkeln tastet, einen wirksamen, gerechten

Weg, den entscheidenden Sprung, mit dem man sich *für immer* von den großen Ungleichheiten befreien kann. Und weil dieser Aufruf vielleicht kein richtiger Aufruf ist, weil er in einem zornigen Ausbruch der Geschichte verfaßt worden ist, in einem Augenblick des erbitterten Ringens, weil er die ausschlaggebende Wahl zwischen zwei Welten, zwei Arten zu leben bezeichnet; weil er mit Tinte und Blut befleckt ist, die mindestens das Abbild einer Geste, einer Ungeschicklichkeit sind, einer gewaltsamen Regung vielleicht, eines Gedankens, der uns für immer entgeht; weil dieses Schriftstück gleichzeitig beschrieben ist, befleckt und unvollendet, weil man dort schwarz auf weiß eine entscheidende Behauptung findet, den Beginn einer Unterschrift und ihre Unvollständigkeit, handelt es sich um eine einmalige Verkörperung des menschlichen Bewußtseins.

Ein paar Stunden danach, am späten Nachmittag des 10. Thermidor, steht Robespierre auf dem Schafott; der Scharfrichter reißt ihm den Verband vom Kinn, er brüllt auf. Sein ausgerenkter Unterkiefer baumelt vor der Menge herunter, Robespierre hat kein Gesicht mehr. Und wieder wird die Zeit lang. Eine Minute. Die Zeit, die es braucht für die letzten Einstellungen vor der Hinrichtung. Die Anhänger des Nationalkonvents kanzeln ihn ab, verspotten den Volkstribun, der nicht mehr sprechen kann. Und es ist denkbar, daß Robespierre in diesem Augenblick erkennt und bereut, aber er ist vertraut genug mit den Umständen, um sich zu fügen, denn jetzt ist es zu spät. Er kann uns demnach auch nichts mehr sagen, er kann uns nicht sagen, was wir erst Jahre später begreifen werden.
Gleichen wir seither nicht jenen Gemälden, auf denen der Maler das menschliche Leben so wahrheitsgetreu wiedergegeben hat, daß wir das Gefühl haben, die porträtierten Gesichter zu erkennen, selbst einmal in der von ihm dargestellten Stadt, in der von ihm gemalten Straße gelebt zu haben? Schlimmer noch, wir haben den hartnäckigen, anhaltenden Eindruck, daß dieses Leben einmal unseres war, daß diese Gesichter die der uns vertrauten Menschen sind, daß die gezeichnete Straße die unserer Kindheit ist, in der wir immer gewohnt haben. Doch eines fehlt. In der Mitte des Platzes, in der Mitte des Gemäldes, ganz oben auf dem Rathausturm zeigt eine Uhr die Zeit an. Sie zeigt die Uhrzeit an, stets die gleiche. Die Zeit ist stehengeblieben.

Und der Aufruf vom 9. Thermidor ist noch immer da, er liegt vor uns. Wir bräuchten nur zum Stift zu greifen, um die Unterschrift zu vervollständigen. Und ist es nicht das, was von jeher *Literatur* genannt wird: zu versuchen, in der künstlichen Abkapselung der Dinge, im stillen Drang des Schreibens, dem unendlichen menschlichen Satz etwas hinzuzufügen, und sei es nur ein einziges Wort? Und hören wir nicht, bei Nacht wie bei Tag, eine leise Stimme, die uns zuflüstert:

»Wie lang sie doch ist, die Zeit der empörenden Ungleichheit, nun warten wir schon seit Jahrhunderten; seit Anbeginn der Menschheit mahnt man uns wieder und wieder, noch etwas Geduld zu haben, bald, im nächsten Jahr womöglich, Schritt für Schritt erringen wir die wahre Gleichheit, die Freiheit, und künftig werden wir zusammenleben können, ohne Hierarchien und ohne Bücklinge.«
»Ja«, wiederholen die leisen Stimmen gemeinsam, »wir warten jetzt schon lange, und wir wollen euer Mitleid nicht mehr, euer Wissen, die angeblich so rationelle Verwaltung des durch unsere Arbeit produzierten unermeßlichen Reichtums, wir haben genug von eurer Arroganz, von eurer Gewißheit, die ganze Menschheit zu vertreten, an unserer Statt und ohne uns entscheiden zu können, und weit über uns zu leben, weil euch all diese Verantwortung angeblich erdrückt und weil sie rechtfertigt, daß ihr mehr Geld bekommt als die anderen, daß eure Arbeit, frei von körperlicher Anstrengung, von Kälte, vom Zahn der Zeit, weitaus besser vergütet ist als jede Handarbeit, daß eure Entscheidungen stets mehr gelten als unsere und daß eure Überheblichkeit auf die große Mehrheit der Menschen ausstrahlt. Auch unsere Leben sind etwas wert. Und trotz der Gewalt der Revolution, trotz ihrer unzähligen Widerstände, ihrer Wirren und Ungewißheiten, müssen wir eines schönen Tages *die Uhr wieder in Gang setzen.* Sobald die Bewegung angehalten wird, sobald der Zweifel die Sache ins Stocken bringt, sobald die Erhebung aufgeschoben, an ehrenvolle, angeblich gesetzestreue Formen delegiert wird, während man mir nichts dir nichts gut hundert Personen ohne Prozeß hinrichtet, sobald die Ordnung unerbittlich wieder die Oberhand gewinnt, entfernen sich die Ufer, lockert sich das Gewebe, ein neues Regime richtet sich ein, das Direktorium, ein Fest für die Stutzer, wo die Kurtisanen ihre Arbeit wieder aufnehmen, die Höfe reformiert werden, die Hierarchien umgemodelt wiederkehren und die Maske abermals das Gesicht verbrennt.«
»Ich erinnere mich«, säuselt sanft die leise, erstarrte Stimme, »ich erinnere mich, daß die Nationalversammlung mitten in der Terrorherrschaft den Bedürftigen das Vermögen derer auszahlte, die wegen Komplizenschaft mit dem Feind verurteilt worden waren, ich erinnere mich ebenfalls, daß man *dem Unglück den Krieg* erklärte und proklamierte, die Unglücklichen seien *die Mächtigen der Erde.*«
»Und dann erinnere ich mich an Barras, der Robespierre aufsuchte und ihn allein in einem Zimmer bei Duplay, dem Tischler, fand und höhnisch feixte, weil die Familie Wäsche aufhing und Kartoffeln schälte. Ich erinnere mich an Danton, der Eleonore Duplay, die Tochter des Hauses, ironisch *Cornelia Copeau* nannte, nach der antiken Heldin, und ihr dazu den Spottnamen *Copeau*, Späne, gab, weil ihr Vater Tischler war.«

*

Und wenn die Zeit in Wirklichkeit auf zwei parallelen Linien verstreicht? Auf der einen zögern Robespierre und seine Gefährten noch immer, die Zeit dehnt sich in schwindelerregender Weise, und die vom Nationalkonvent entsandten Soldaten laufen schon seit einer Ewigkeit über den Rathausplatz, in einem erstaunlichen Zeitlupentempo. Und auf dem berühmten Schriftstück, dem Aufruf zum Aufstand des 9. Thermidors, breitet sich Leere aus, doch die Tinte trocknet nicht und das Herz fährt fort zu schlagen. Auf der anderen Linie ist die Zeit so schnell verflogen, daß wir hier vor dem über zwei Jahrhunderte alten Schriftstück sitzen wie vor einem Geschichtsbuch, wie vor der Erzählung einer Fabel. Plötzlich verschmelzen die Zeitlinien miteinander, und es ist, als wäre dieses Schriftstück an uns gerichtet. Die außerordentliche Entschlossenheit, die noch immer aus der Prosa dieses kurzen Textes spricht, führt uns unvermittelt zum 9. Thermidor zurück, und über eine Abzweigung, eine erstaunliche Wegbiegung mündet die furchtbare tote Zeit, in der die Revolution auf endlose Weise endete, in die lebendige Zeit, in der sich die Revolution von uns entfernte. Das Schriftstück ist da, ganz gleich, ob dieses oder ein anderes, jemand hat die Feder auf dem Tisch liegengelassen. Also wollen wir, von den Bedenken der formalen Rechtmäßigkeit und dem einstigen Zaudern befreit, endlich denen folgen, die von jeher leben wollen, und die Unterschrift vervollständigen: *Robespierre*.

Aus dem Französischen von Nicola Denis

JULIA FIEDORCZUK

ETWAS WEINTE AUS DER TIEFE DES SCHLAFS

Gedichte

SORELLA LA LUNA

E. P.

Die Einzigartigkeit des Lichts in dieser mächtigen Nacht.
Die keinen Ursprung hat.
Und die nicht kleiner wird.

Das Antlitz des Monds zerschnitten von Strichen der Zweige,
die Mühe der Ameise, die unermüdlich
zum Himmel hinaufsteigt.

Denn die Ameise ist Teil des Prozesses,
der Tanz der alten Kiefern in dieser dunklen Kathedrale,
wo ein Dunkel sich mit dem andern verbindet.

Denn das Blatt ist Teil des Prozesses,
nur leben und sterben, leben und sterben,
leben und langsam sterben

wie ein Stern. Die machen Eindruck,
kleine Explosionen der großen Seele der Welt,
die keinen Ursprung hat und wächst.

Mama, was für eine grooooße Musik!
Am Übergang der Jahreszeiten,
wenn die Zeit klar ist wie ein kristallenes Sandkorn,
die Zärtlichkeit der am Puls der Erde schlafenden Igel.

Hoch in den Ästen Geflüster und Rufe.
Die ersten Schneeflocken auf den Wangen des Kindes,
als wir dem Geschenk entgegenlaufen:

sternenheller November
am Narew

AUSGANG

Wir, die Infizierten, müssen ständig den Appell erneuern.
Sonst werden wir verschwinden.
Uns verschlingt die dunkle Nacht der Igel und Ameisen.
Wir werden von Pilz überwuchert.
Und versinken im Boden.

Wir, die Infizierten, müßten ständig den Appell erneuern.
Dies mörderische Meer in uns hineinlassen.
Denn es ist schwer, an eine Leere zu glauben, die niemand sieht.
Schwer, nicht zu suchen. Und sei es nur tastend.
Wer immer du bist, gib mir deine Stimme.

Wer immer du bist, gib mir deinen Körper der Sprache
und des Tages. Bitte, reich mir die Hände.
Ich berühre dich leicht wie die Zeit.

Wer immer du bist, gib mir deinen Körper der Nacht.
Ich lecke das Salz von deinen kühlen Lidern.

Und du siehst die Welt.
Wir, die Infizierten, müssen alles von neuem beginnen.
Erlaube deshalb, daß ich dein Dunkel liebgewinne.
Was in dir wächst, möge in mir erblühen.
Und die Früchte dieser Blüten mögen dich satt machen.

Wer immer du bist,
ich nehme dich mit.
Schau, hier ist der Weg.

Und hier gibt es keine Karte.

BRÂNCUŞI IN DER KRÓLIKARNIA

für Zoë Skoulding

Es läßt sich nicht sagen, was mich hierherbrachte.
Das Gedicht wäre länger als dieses schöne Leben.
Und das ist wie durch das Sieb der Bäume geseihtes Licht.
Natürlich, jetzt. Im Juli-Warschau, das ich absorbiere
mit von Kopf bis Fuß schmerzfreiem Körper.

Jetzt? Habe ich nichts anderes als
diesen Bildausschnitt mit dem Balkon.
Eine dicke Frau stellt eine Tasse ab und betrachtet
die Wolken, aus denen später kurz dichter Regen fällt.
Der Bildausschnitt leert sich und der trotzige Wind

weht Gesprächsfetzen heran: Die Stute, so erfahre ich,
trug den Namen Larina. »Neununddreißig hat sie
bestimmt noch gelebt.« Das ist vor der Królikarnia.
Das Alter dieser beiden ist merkwürdig wie die Skulptur.
Die Zeit vor dem Geburtstag, die nicht existierte.

Die Zeit, »die nicht endende Säule«,
treibt mich auf die von Sonne schon dichte Straße.
Alles verschwindet schnell, außer diesen beiden Sätzen:
»Ich mag den Kreis, weil er sich dreht.
Und ich mag das Quadrat, weil es an seinem Platz bleibt.«

PSALM XXXIII

angeblich haben die bienen in Narewka schon unter der kuppel
des apfelbaums eine traube gebildet, der nebel glättete die landschaft,
dehnte die übergänge zwischen den stunden
                                                und die kälte
hat die jahresringe versiegelt: die frühen sind die hellsten,
die späten haben die farbe von rost, so wachsen
konzentrisch die ballen des buches, die schichten des herzens
und die aus kompost geflochtenen ringe der geschichte.
                                                so trägt
die im nieselregen unter den kiefern knospende
stimme die seele des schwarms, so schwillt in der feuchte
der fruchtbare gesang:

                                                seht unsere zerbrechlichkeit
                                                seht die aus ihr errichtete zuflucht –

COLD

die arbeit der dichterin ist das schreiben, sagt eine freundin,
so wie die arbeit des bäckers das brotbacken ist,
selbst wenn bomben fallen, solltest du schreiben,
vielleicht gerade dann, wenn im wald verirrte menschen
sagen *cold, she is so cold* und eine weggefährtin
meinen, die gerade jetzt am ende der reise aus einem land,
in dem statt regen bomben fallen, in ein land,
das in europa liegt, sich hingelegt hat
auf braune, von reif umsäumte eichenblätter

so wie die arbeit des boten das pizzaausliefern ist,
und die des ingenieurs der brückenbau, so solltest du schreiben
über den mann im wald, der noch ein funktionierendes
handy hat und es deshalb riskiert und anruft um hilfe
für die frau, die nicht mehr weitergehen will, sondern
einschläft auf der mit diamanten verzierten waldstreu,
wenn der mann ins handy sagt *cold, she is*
so cold, vielleicht vor allem gerade dann

Puszcza Białowieska, November 2022

KAUM HÖRBAR

etwas weinte aus der tiefe des schlafs, doch am tag
läßt es sich nicht greifen. überall gelbes laub,
als käme der herbst dem sommer zuvor, die blüten
des bauernjasmins sind wie schmetterlingsflügel – so
zerbrechlich. überall wind, pusten ins
feuer, und wer ist hier leise genug, um es
zu hören? das körpertiefe, spaltbreite
rauschen, aus dem die toten gekrochen kommen,
bittend um einen tropfen wasser, kirschen, stunden
so grau wie der pelz einer maus.

Aus dem Polnischen von Bernhard Hartmann

KERSTIN KEMPKER

KLOSTER CHELAS

Es war wieder Mittwoch. Wie immer war ich mit dem Bus zum Anstaltsgelände am nordwestlichen Rand Berlins gefahren, um meine Mutter im Heim zu besuchen. Daß ich übertrieben warm angezogen war, lag an meiner vagen Hoffnung, nach meinem Besuch wieder die seltsame Frau anzutreffen, deren Namen ich nicht kannte, Dona hieß sie für mich. Sie hatte sich in eine krude Geschichte aus dem Portugal des 18. Jahrhunderts gestürzt und mich damit eingefangen und hungrig gemacht auf mehr von dieser Dona Leonor de Almeida, der vierten Marquise von Alorna, einer aus ihrer Zeit gefallenen, ungeheuer klugen und mutigen Adligen, Gefangenen, Mutter, Kämpferin und Dichterin.
Im Park kam Dona mir schon entgegen. Zopf, festes Schuhwerk, dunkler Mantel. Sie schaute mir kurz in die Augen, als prüfte sie meine Tauglichkeit, ergriff dann meinen Arm und zog mich in einen dunklen Nebenweg, wo wir unter Eichen und Buchen auf nassen Blättern stapften. Sie führt mich ab, dachte ich ein wenig verärgert, weil ich das mit mir machen ließ. Sie hat mich überrumpelt. Ich hörte ihr die ersten hundert Meter kaum zu, bis ihre Ruhe mich über unsere verschränkten Arme erreichte und besänftigte.

Sie kamen am Abend des 13. Dezember 1758, einem Mittwoch. (Die Frau lachte stimmlos.) Leonor hörte die Pferde, dann auf dem Vorplatz die Stiefel der Soldaten, ihre Rufe, sie nahmen die Freitreppe und traten ins Haus. Am Morgen hatten sie den Vater geholt, jetzt holten sie die Mutter und ihre drei Kinder. Daß ein Junge darunter war, der noch nicht fünfjährige Pedro klebte am Rock seiner weinenden Mutter, war im königlichen Haftbefehl vergessen worden. Also nahmen die beiden Richter auch ihn kurzerhand mit. Es war Nacht, als ihre Kutschen das Kloster Chelas am östlichen Stadtrand von Lissabon erreichten. Ob es wirklich stürmte und blitzte, wie es im Roman von Maria Teresa Horta beschrieben wird, der wörtlich übersetzt den Titel »Leonors Lichter« trägt, besser aber mit »Leonors Leuchten« oder »Leonors Wissen« wiedergegeben wird, weiß ich nicht. Immerhin ertranken an diesem Abend vor der portugiesischen Küste Hunderte aus Nordamerika abgeschobene Akadier, deren Segelschiff, die Duke William, leckgeschlagen war. Doch das war ein anderes Drama, das sich über Tage hinzog, aus dem sich nur der Kapitän und der Pfarrer retteten und an dem noch andere Schiffe beteiligt waren, indem sie wegsahen statt zu helfen.

Die achtjährige Leonor wurde mit ihren jüngeren Geschwistern Maria Rita und Pedro und ihrer kränklichen Mutter von bewaffneten Soldaten aus der Kutsche gezogen und das Kopfsteinpflaster hinauf vor ein hohes Eisengitter geschubst. Den mit Azulejos, Säulen und Rundbögen verzierten Vorplatz der Kirche sahen sie nicht. Man stieß sie gleich links durch eine Holztür zur Pforte, wo die Äbtissin sie erwartete. Hinter ihnen schloß sich das Gitter für die nächsten achtzehn Jahre. Nur Pedro wurde zum Leidwesen seiner Mutter bald wieder entlassen. Denn ein Junge im Nonnenkloster, das ging der Äbtissin zu weit. Vor ihr standen vier blasse aufrechte Gestalten in zerknitterten, doch vornehmen Gewändern, hinter ihnen die Magd Feliciana, die sie hatten mitnehmen dürfen.
Die Äbtissin mit dem Namen Joana dos Anjos, von den Engeln, mochte ihre stolzen Gefangenen nicht, sie witterte zu Recht Unruhe und Ärger. Doch sie schuldete dem Erzbischof von Lacedemonia Gehorsam, und dieser wiederum folgte gehorsamst den Weisungen des Staatsministers Sebastião José Carvalho e Melo, dem späteren Marquis von Pombal. Schweigende Nonnen im schwarzen Habit der Augustinerinnen leuchteten mit Kerzen oder Öllampen in die dunklen Gänge und führten Mutter und Kinder in ihre Zellen am Ende des Schlaftrakts. Wo schlief die Magd? Durfte sie das Kloster verlassen? Oder nahm ihre Herrin sie einfach mit in Gefangenschaft, wie die Kaiser von China ihre Diener mit in den Tod nahmen?

Die Frau wies auf eine Bank am Wegrand, wir ließen uns nieder und sahen die dunklen Baumstämme an. Gutes Timing, dachte ich. Hier sitzen wir inmitten baumdicker Stäbe und dahinter nichts als das Dunkel weiterer Stäbe. Sie führte mir die Verlorenheit Leonors buchstäblich vor Augen. Ich fragte: Aber warum? – Wieder lachte sie auf. Ihr Lachen gefiel mir nicht.

Warum, sagte sie, fragte sich auch Leonor. Sie wußte es nicht. Keiner hatte es ihr erklärt. Schon daß sie am Morgen ihren geliebten Vater in den Turm von Belém gesperrt hatten, den einzigen Menschen, der ihr die Welt und die Sterne zeigte, der ihren Wissensdurst verstand und ihre Fragen ernst nahm, hatte ihr keiner erklären können oder wollen. In ihrem Haus, einem ihrer herrschaftlichen Familiensitze mit Park und zahllosen Bediensteten, war es den ganzen Tag über hektisch zugegangen, die üblichen Essens-, Studien- und Besuchszeiten waren nicht eingehalten worden, ihre Kinderfrau hatte sie zu oft umarmt, das Zimmermädchen ihr Geld in den Rocksaum genäht. Aber Leonor hatte auch schon das große Erdbeben überlebt, ihre Familie hatte nur den Wohnsitz gewechselt und war in die Rua da Boa Morte gezogen. Ja, tatsächlich (wieder dieses Luftausstoßerlachen). Die Straße zum schönen Tod heißt heute anders, Rua do Possolo. Westlich der

Basilika Estrela führt sie vorbei am Palácio das Necessidades, dem Palast der Bedürfnisse, heute Außenministerium, hinunter zum alten Hafendock. Von der Basilika und Königin Maria I., die sie erbauen ließ, werde ich Ihnen noch erzählen. Immerzu finden Hochzeiten statt in diesen düsteren goldbeladenen Kirchen. Das Gold der Kirchen und Paläste ist Raubgut aus Brasilien.
Ihr *Warum* schwebt über der ganzen Geschichte wie einer der vielen noch unbenannten Sterne, ein Komet, der uns den Weg … na ja, am Ende, das verspreche ich Ihnen, gibt es viele, zu viele Gründe, von denen jeder wieder ein anderes Warum als langen Schweif hinter sich herzieht.

Leonor blickte aus ihrer kleinen Zelle, die sie mit ihrer Schwester teilte, auf den Friedhof der Nonnen. Kloster Chelas liegt oberhalb einer Schlucht, die einmal ein Flußbett war und am Tejo endet. Eine fruchtbare, doch verruchte Gegend mit waghalsig anmutenden illegalen Bauten, Müllhalden, verwilderten Grundstücken, kleinen Gärten und schmalen, von hohen Mauern begrenzten Straßen. Zu Fuß wagt sich niemand hierher. Immerhin hält ein Bus direkt vor dem Kloster, das seit Jahrzehnten als Generalarchiv der Armee dient. Davor war es eine Schießpulverfabrik und davor eine Armenunterkunft.
Ein schmuckloser, braun verputzter Kasten mit einem kasernenartigen Schlaftrakt, dessen Fensterluken vergittert sind, einer hinter den Atrien versteckten, halbverfallenen Kirche und einem zweistöckigen Kreuzgang, der wie eine hohe Hecke ein kleines Quadrat mit gefliestem Brunnen und Steinbänken umschließt. Die Sonne hat hier nur einen kurzen Auftritt, dafür leuchten die Azulejos in den Säulengängen gelb und blau. Und von den vier Sitzbänken am Brunnen, alle rundum mit Kacheln geschmückt, heißt es in sämtlichen Schriften, die ich fand, fast bewundernd, ihre Rückenlehnen seien geneigt, sprich beinahe ergonomisch. Hier konnten mittags, wenn sie nicht beteten oder arbeiteten, vier Nonnen sitzen und die Sonne erhaschen. In jeder Ecke stand damals ein Baum, drei Obstbäume und ein Olivenbaum.
Leonor sah achtzehn Jahre lang durch das vergitterte Zellenfenster in ihre Zukunft. Der gesamte Schlaftrakt, dieser gewaltige mehrstöckige Schiffsbauch mit den vielen Luken, war unbeheizt, der Steinboden kalt, die Mauern feucht, die Talgkerzen rochen ranzig und qualmten. Von drei Uhr morgens bis zum Sonnenuntergang läuteten alle paar Stunden die Glocken zum Gebet, und die Nonnen huschten wie Ratten über die Flure, um die kanonischen Stunden zu erfüllen. Lange Flure, sie waren immer in Eile, ihre schwarzen Gewänder schleiften am Boden. Hören Sie es?

Ich zuckte die Schultern. Wir liefen wieder und blickten die Allee der gestutzten Platanen hinauf ins frische, rosa leuchtende Abendrot. Während Dona vom kraftvollen Violett der Jacaranda-Alleen Lissabons schwärmte und ihren wie Farn gefiederten Blättern, die in den Monaten danach Schatten spendeten, sah ich die kahlen Schädel von Nonnen, aufgereiht wie Soldaten, und fragte: Wurde Leonor der Kopf geschoren im Kloster? Sie stutzte, sah auf die Platanen und lachte kurz auf.

Nein, Mutter und Töchter sind unfreiwillige, doch zahlende Gäste. Zwar sind sie angehalten, sich in Kleidung und Auftreten den Gepflogenheiten der Nonnen anzupassen. Doch das hält speziell Leonor nicht davon ab, sich mit eigenen Kreationen von Kleidern, Tüchern, Bändern und Spangen in leuchtenden Farben auszustaffieren. Im Gefängnis ist sie ja schon. Was soll ihr noch Schlimmes geschehen? Sie nimmt es in Kauf, mit Zellenarrest und Gitterverbot bestraft zu werden, und schert sich nicht um den Befehl des Erzbischofs, ihr Haar nicht lose zu tragen und sich nicht *in den hellen Farben der Lust* zu kleiden.

Aber gehen wir einen Schritt zurück, einen großen Schritt in der Zeit, und schauen auf diesen Ort. Die älteste Sage zum Tal von Chelas läßt Odysseus dort den Achilles aufgreifen, der im Tempel der Feuergöttin als Vestalin verkleidet dem Einsatz im Trojanischen Krieg zu entkommen suchte. Also leitete man auch den Namen Chelas von Achilles ab. Ohne Zweifel aber existierte an der Stelle des heutigen Klosters ein römischer Tempel oder Landsitz, und zwar an einem schiffbaren Zufluß des Tejo. Auch die Herleitung des Namens des Stadtbezirks Marvila von Maravilha, dem Wunder, scheint mir nach allem, was mir in dieser Sache noch unterkam, nachvollziehbar.

Sie ahnen gar nicht – Dona hielt ihren Schritt an und zwang mich zu stoppen; ein Verhalten, das mich immer schon ärgerte, als sei es mir nicht erlaubt, einfach weiterzugehen, während neben mir etwas anscheinend Wichtiges formuliert werden mußte –, wieviel Wühlerei diesen paar Sätzen vorausging. Ich bin historische Analphabetin, mein Latein ist verkümmert und die Welt der Heldensagen hat mich immer zu Tode gelangweilt. Aber wenn man nur tief genug gräbt, wird es doch interessant. Der Schreibersarkophag ist solch ein Fund. Er wurde in Chelas ausgegraben und ist in einem Seitenflügel des Hieronymitenklosters zu besichtigen. Ein Fries auf seinem Deckel zeigt die Musen Thalia, Melpomene, Polymnia und Clio, jede wendet sich einem Schreiber oder Dichter zu. Eine – ist es die fürs Tragische zuständige Melpomene? – gefällt mir am besten. Ihr Fuß tritt aus dem Fries heraus, ihre Hand hält kraftvoll die Keule, auffordernd blickt sie den skeptischen Schreiber an. Mir gefällt der Gedanke, daß Leonor, als sie in Klostergewahrsam zu dichten begann, dies auf den Knochen eines anderen Dichters tat, über tausend Jahre älter als sie.

Und noch besser gefällt mir – ja, gehen wir weiter –, daß im Areal der ersten Klosterkirche in roten Marmor gemeißelt stand, am 13. Dezember 666 seien am dortigen Ufer zwei Marmorsärge angelandet. Der 13. Dezember war auch der Tag, an dem Pombal die Távoras und Konsorten verhaften ließ und Leonor in Chelas landete. Die Särge beherbergten angeblich die Reliquien eines Märtyrers, des Heiligen Felix von Girona, und seiner elf Gefährten. Sie waren sage und schreibe drei Jahrhunderte lang auf den Meeren gesegelt, bis sie von Katalonien über das Mittelmeer und den Atlantik zum Tejo und so die Mündung des Zuflusses hinauf nach Chelas gelangt waren. Wunder eben und Anlaß genug für Rekkeswinth, den König der Westgoten, im 7. Jahrhundert an dieser Stelle ein Kloster erbauen zu lassen und es nach Felix zu benennen, dessen Geschichte besonders sagenhaft ist.

Aber schauen Sie, hier ist der kleine See, und wenn wir uns durchs Gebüsch schlagen, kommen wir zu einer versteckten Bank am Ufer, ja, folgen Sie mir. Wir tasten uns einfach voran.

Felix war Diakon des Bischofs Narcissus von Girona und mit ihm um das Jahr 300 vor der Christenverfolgung durch Diokletian über die Alpen geflohen und bis Augsburg gekommen. Dort hatten sie sich in der Herberge von Hilaria und ihrer Tochter Afra einquartiert und beim Abendessen, als sie andächtig das Tischgebet sprachen, die Neugier der beiden Frauen und ihrer jungen Gefährtinnen geweckt. Bis tief in die Nacht hatten sie beisammengesessen, die Neugier der Frauen gestillt und gar nicht gemerkt, daß sie in einem Freudenhaus waren. Alle Frauen wurden von ihnen bekehrt und getauft. Neun Monate lang, ja, blieben der Bischof und sein Vikar in der Stadt. Als Afra ihr beliebtes Bordell schloß, wurde sie von aufgebrachten Augsburgern als Christin angezeigt und erst enthauptet, dann verbrannt, oder nur verbrannt oder zusammen mit den anderen Frauen verbrannt, jedenfalls wurde sie dann heiliggesprochen und zur Patronin des Bistums Augsburg erkoren. *An Sankt Afra Regen ist für Bauern ungelegen,* sagt der Volksmund.
Ihr Name Afra, las ich, leite sich von Aphrodite ab, andere schlagen Afrika vor. Sie war die Tochter des Königs von Zypern. Als der erschlagen wurde, floh sie mit ihrer Mutter nach Rom, wo die Mutter sie der Liebesgöttin Venus weihte und Afra davon träumte, Königin von Augsburg zu werden. So kamen sie nach Augsburg und nahmen ihre Arbeit auf. Das ist zumindest eine Variante der Geschichte, zu der sich später auch die passenden Reliquien einfanden. Warum Narcissus und Felix in ihre Heimat zurückkehrten, um sich doch noch töten zu lassen, bleibt offen. In Girona feiert man die beiden Heiligen und weiß sich auch

im Besitz ihrer Gebeine, seit im 13. Jahrhundert ein plünderndes französisches Heer von einem Schwarm Stechmücken in die Flucht geschlagen wurde, die aus dem Sarg des Bischofs aufgeflogen sein sollen. Mit Reliquien wurde europaweit gehandelt, so gelangten angeblich Teile Afras im 16. Jahrhundert nach Lissabon, genauer nach São Roque im Bairro Alto, die mit Gold überschwemmte Jesuitenkirche, in deren Museum ich auch ein Stückchen des Heiligen Felix fand. Ein kleiner Knochen, mit rotem Stoff umwickelt, steht wie eine Kerze hinter dem Fensterchen einer schwerverzierten goldenen monstranzartigen Häßlichkeit mit Engeln, Fröschen und einer Suppenterrine im Sockel.
Im Kloster von São Roque soll kurz nach dem großen Erdbeben, von dem die Kirche wundersamerweise verschont blieb, die Verschwörung stattgefunden haben, in deren Folge das Mädchen Leonor im Kloster landete.
Felix aber und seine elf Gefährten taten, zusammen mit dreizehn weiteren Märtyrern, deren Reliquien in Chelas lagerten, den Nonnen noch einen guten Dienst, als 1580 Soldaten des Herzogs von Alba das Kloster überfallen wollten und die fünfundzwanzig Märtyrer, genauer ihre Geister, in weißen Gewändern und auf weißen Pferden dies verhindern konnten.
Hanebüchen? Ja, sicher. Aber dies ist der Ort, dies sind die Geschichten, mit denen Leonor aufwächst. DENN DIESES TAL IST DAS MEER stand angeblich auf Latein in großen Lettern in Stein gemeißelt über dem Altarraum der Klosterkirche. Denn dieses Tal ist das Meer!

Das Schöne ist, sagte Dona, daß das Kloster Chelas auch aus der Nähe, von innen, sein Geheimnis für mich nicht verlor. Abgeschnitten von der Stadt, unbewohnt seit Jahrzehnten, ist es heute mit seinem verwilderten Garten vielleicht noch verwunschener, als es je war. Pracht und Verfall des doppelten Atriums, des Kreuzgangs, der Totenkopf über der Pforte. Im langen Dormitorium, dessen Zwischenwände entfernt wurden, schlafen in engen Gängen bis unter die Decke getürmt die großen Folianten der Armee, von Hand nach Jahrgängen beschriftet. Im großen Schuppen liegt die Maschine, eine tonnenschwere eiserne Schönheit, im hundertjährigen Schlaf. José Saramago, der ein paar hundert Meter weiter Richtung Marvila in den dreißiger Jahren eine Schlosserlehre absolvierte, wird den alten Krupp-Generator zur Zeit der Schießpulverfabrik womöglich gekannt haben.
Im 18. Jahrhundert (Dona nahm mich ins Visier, damit ich mit ihr den Sprung rückwärts tat) steht Portugal mit einem Fuß noch im Mittelalter. João, Leonors Vater, notiert im Gefängnis, *daß Reformen für uns die Vergangenheit anderer Nationen sind.* Der Kontinent endete hier schon immer, niemand kommt auf der Durchreise vorbei und hinterläßt neue Erkenntnisse, Portugal ist Endstation. An

den Straßenecken hängen Gehenkte, die Inquisition hält weiter ihre Autodafés ab, gegen Krankheiten gibt es nur Gott und den Aderlaß, immerzu sterben Kinder, Mütter, Seeleute; Raub, Brände und Willkür sind normal. Nein, ich habe kein Mitleid mit dem adligen Fräulein, das gewöhnt ist an von Mägden befeuerte knisternde Kamine, den Duft von Blumen und Bienenwachskerzen, festliche Tafeln, Kleider aus indischer Seide, Bäder, Teppiche, hohe Fenster. Oder doch, ja, die junge verwöhnte, wißbegierige und aufmüpfige Leonor ist mir vertrauter als ihre Umgebung im Kloster. Sie ist, schon als junge Frau, ihrer Zeit voraus, schreibt heimlich Tagebuch, liest Voltaire, Rousseau, Diderot im Original, aber auch die Schriften von Alexander Pope und Isaac Newton, und diskutiert mit ihrem Beichtvater Bruder Alexander, einem jungen gelehrten Franziskaner, Humanisten, Dichter und späteren Bischof.
Kontakte nach draußen sind den Staatsgefangenen im Kloster verboten. Außer ein paar Kleidungsstücken und Decken erhalten sie nichts aus ihrem Besitz. Leonor und Maria Rita sitzen oft ganze Nächte am Bett ihrer Mutter, die halb gelähmt, halb wahnsinnig ist nach der Trennung von ihrem jüngsten Kind. Die Nachricht, daß ihr Mann João vom Turm von Belém, wo er noch von einem Diener versorgt werden konnte, in die Festung Junqueira verlegt worden ist, versetzt ihr einen weiteren Schlag. Die kleine Festung am Ufer des Tejo ist berüchtigt für ihre unterirdischen Stockwerke, in denen gefoltert und gestorben wird und die Toten unbegraben liegen. Von den Kerkerzellen sind die einen stockfinster, in den anderen stehen die Gefangenen im Wasser. Kein Hofgang, kein Besuch. Wird um einen Arzt oder Priester gebeten, kommt der erst nach Wochen, nach Monaten oder nie.
Einen Monat nach ihrer Ankunft in Kloster Chelas erfahren Leonor, Maria Rita und ihre Mutter von der Ermordung ihrer Familie auf dem Patibulum, einer am Ufer des Tejo extra für diesen Anlaß gezimmerten Hinrichtungsstätte. Manche der Nonnen, denen die Anwesenheit der stolzen Adligen ein Dorn im Auge ist, breiten genüßlich die Greuel der Martern vor den Mädchen aus – *auf der Suche, Kind, nach deinem Erschrecken,* wie ich es in der Übersetzung von »Leonors Lichter« angestrichen habe, Lürik mit ü, Übersetzungslyrik. Die Mädchen betrauern ihre Großeltern und Onkel, die Freunde ihrer Eltern. Sie erfahren auch von den Tanten und Großtanten, die mit ihren Kindern – wie sie – in andere Klöster verbannt wurden.

Von den ersten Jahren im Kloster Chelas weiß ich nur wenig. Leonor und Maria Rita werden von Patres unterrichtet, lernen Handarbeiten, malen, musizieren, sicher helfen sie auch und heitern die Novizinnen auf, ergattern sich in der Küche die eine oder andere Leckerei. Ihre Welt endet an den Mauern und Gittern des

Klosters. Im Kreuzgang, im kleinen Innenhof, dem Gemüsegarten und auf dem Friedhof können sie sich ein wenig bewegen. Leonor sitzt viel im hohen Chor der Kirche an der Orgel und bringt den Raum zum Beben. Sie liest, was ihr in die Finger kommt, zunächst durch ihre Lehrer, später sind es durch die Gitterstäbe geschmuggelte Briefe, Papiere und Bücher.

Die Briefe zwischen Vater und Töchtern, zwischen Kloster und Festung, ihr Lebenselixier für einige Jahre, sind nachts unterwegs. Heikle oder zu persönliche Dinge werden auf französisch oder, noch sicherer, mit Zitronensaft zwischen die Zeilen geschrieben. Der Vater kocht sich aus Brasilholz rote Tinte – was die Mutter erschreckt, als sie den ersten Brief von ihm öffnet und denkt, er sei mit Blut geschrieben – und beschriftet das wenige Papier, das er auftreiben kann, ganz eng. Er leidet darunter, auf jede Briefetikette verzichten zu müssen, nur das Wichtigste aufschreiben und den Töchtern auch nicht einzeln schreiben zu können. Er entwickelt eine Technik, beschriebene Briefe wieder leer zu waschen. Die Boten riskieren ihr Leben. Mal entnehmen sie die Post einem Beutel, der durch ein Mauerloch an einer Schnur herabgelassen wird, mal steckt der Brief in den Essensresten oder der Schmutzwäsche. Dona Leonor wird später immer wieder behaupten, gedichtet habe sie nur, um ihren Vater zu erheitern. Überhaupt scheint die Leonor der Briefe – die sanfte gehorsame Tochter, der Vernunft zugetan, singend, eine Handarbeit im Schoß am Bett der Mutter, zu allen Opfern bereit – eine Erfindung Leonors zu sein, eine Flucht oder Zuflucht, vielleicht auch eine Tarnung, die *Eurer Exzellenz gehorsamste Tochter L.*, wie sie ihre Briefe gern unterschreibt, nur gelegentlich durchbricht, wenn ihre Empörung keine Sanftmut zuläßt.

Verstellt sich auch ihr Vater? Er nimmt seinen Erziehungsauftrag ernst, will die Interessen Leonors in sichere Bahnen lenken und schickt seiner Frau ausführliche Unterweisungen in dieser Sache. Voltaire, den geistigen Favoriten seiner Tochter, dessen Schriften allesamt auf dem Index stehen, schätzt er im Grunde auch, doch hält er ihn für einen schlechten Katholiken und scheut sich nicht, ihn in einem Brief an Leonor dem Scheiterhaufen zu empfehlen. Seine Tochter antwortet darauf mit der üblichen Anrede, *Mein lieber Vater und Herr meines Herzens,* und zwei einfachen Fragen: *Wozu sind verbrannte Menschen gut? Erkennen sie die Wahrheit im Feuer?* Bei anderer Gelegenheit ist sie es, die ihrem Vater von der Einfalt der doch so gelehrten Mönche berichtet und davon, wie leicht man zum Ketzer erklärt wird. João hatte im selben Alter, in dem Leonor sich nun befindet, in Paris am Hof von Ludwig XV. gelebt und Physik, Astronomie, Mathematik und Geschichte studiert. Als im Spätsommer 1769 wochenlang ein großer, sehr heller Komet mit dickem Schweif über ganz Eurasien mit bloßem Auge sichtbar ist, aber nicht für ihn in seinem Kerker, berichtet ihm Leonor davon. Es ist nicht der Halleysche Komet, der zehn Jahre zuvor wiedergekehrt war und den wir 2061 wieder in Erdnähe erwarten. Leonors Komet, Messier wird er später getauft, scheint in Begleitung eines weiteren Kometen unterwegs zu sein, zu dem ich keine Angaben finde. Interessant ist, wie Leonor sich hierzu äußert. Warten Sie, gleich habe ich den Brief (Dona kramte auf dem Boden in ihrem Stoffbeutel und entfaltete einen Zettel): »Mein lieber Vater und Herr meines Herzens, die Nachricht, die hier die Runde macht, sind zwei Kometen, die auftauchen, ein gewaltiger im Osten und ein kleinerer für den Westen. Es hat einen großen Aufruhr an Vorhersagen und Unsinn gegeben, denn einige sehen Schwerter im Kometen, andere Hände, wieder andere Kreise in seinem Schweif. Und andere sind so erstaunt, daß sie ihn überhaupt sehen, er so groß ist. Ich habe von ihm nur von den Patres und meinem Bruder gehört. Die Patres, die ihn mit ihrer Moral und Theologie beobachten, haben mich sehr interessiert, und vor ein paar Tagen brach für mich eine Welt zusammen, weil sie sagten, daß ein gelehrter Mönch die Werke des Heiligen Augustinus zu Rate ziehen wolle, um über den Kometen sprechen zu können. Ich entgegnete, wenn er keine anderen Quellen hätte, wäre er dazu völlig unfähig, weil es mir schien, daß der Heilige Augustinus nicht als der beste Astronom angesehen wurde, da er in dieser Hinsicht unter der allgemeinen Unwissenheit jener Zeit litt. Es war einer vom König hier, und sie nannten mich fast eine Ketzerin. Sie fragten mich, ob ich mehr wisse als der Heilige Augustinus. Ich antwortete, daß ich sicher sei, einige moderne Dinge zu wissen, die der Heilige damals nur mit einer prophetischen Gabe hätte wissen können. Es ist erstaunlich, daß selbst Menschen mit etwas Verstand so besorgt sind, daß sie Frömmigkeit mit Unsinn verwechseln.«

Leonor, sagte Dona, schrieb später ein kleines fabelartiges Gedicht mit dem Titel »Das Glühwürmchen und die Kröte«, für Glühwürmchen steht im Portugiesischen das schöne Wort Pirilampo: »Ein glänzend leuchtender Stern / Durchbrach die bescheidenen Gräser: / Sein glitzernder Flug / Erhellte den nächtlichen Dschungel. // Doch von einem benachbarten Land / Kam aus einem Grab eine Kröte / Und versetzte ihm einen Schlag, / Der ihn mit Gift durchtränkte. // Sterbend rief der Traurige: / Was hast du mir vorzuwerfen? / Welches Verbrechen habe ich begangen? / Sie antwortete: Warum Licht?«

CHRISTINE WOLTER

DER SCHMALE SPALT DES TAGES

Gedichte

KARYATIDEN

Auch wir haben sie fotografiert
und uns vor ihnen
belehrt und erschüttert
von Schönheit und Widerstand
und Kraft der jungen Gefangenen
aus Karyai, hoch über Athen
jahrhundertelang trugen sie heilige Last
mit steinerner Geduld
aufrecht – der leichte Schritt
sichtbar unter marmornen Falten
sichtbar die schönen Brüste unter
dem marmor-plissierten Peplos
verschlungen-wallend das üppige Haar
über den Rücken. Sechs waren sie – eine
noch einmal entführt
steht ohne Last nun in London.
Aber schon längst atmen die fünf
nicht mehr zerfressende Stadtluft
auf dem heiligen Felsen –
welcher Kopien verkauft – sie aber
wieder gefangen museal gerettet
tragen nichts mehr stehen nur
ohne Himmel schöner denn je
einsamer noch und noch fremder
ganz nah gehst du, suchst zu ergründen
wer sie waren, und siehst
entglitten erloschen die Züge
kunst-freundlich beleuchtet
schweigend rührend zu Tränen.

C D F

Lange im voraus erworben
der schmale Spalt des Tages
festgeschrieben mit Kenn-
Buchungs-Kunden-Nummer
online bezahlt
ein preußisches Fenster
aus der Zeit geschnitten – jetzt
darfst du hinein mit vielen
ins Innere sieh wie viele Fenster
er rahmte für sein Inneres
sieh und betrachte was er
draußen wandernd gesehen
mitnahm nach innen liniengenau
farbenempfindsam pinselte drinnen
alle die Fenster die Blicke auf
Berge Wolken und Meer horizontsüchtig
nebeltrunken und mondselig
alle seine
Seelenfenster wenn du sie überhaupt
erblicken kannst in der Menge
davor die sich hineinzwängt so
seelenbedürftig
wie er nie ahnte.

SPAZIERGANG

Ich weiß, du siehst etwas andres als ich, wenn ich sage
Feld, Maisstoppeln, die weite Wiese umrandet
von Büschen Bäumen, dahinter als schwarze Kulisse
die quadratischen Häuser der Stadt
mit ihrem häßlichen hohen Kirchturm aus Beton
und ein leuchtender Himmel aus Staub und Sonnenuntergang
am letzten Tag im Jahr
du lachst und freust dich, wie dein Hund
über die Wiese rennt und auch zu lachen scheint
über dich und deinen
Spaziergang mit der alten Frau

auch ich, ohne zu rennen, lache neben dir
und bin Winternachmittag Frühlingserinnerung
Goldhimmel spiegelnde Pfützen
neben dir und frage mich, wen von den vielen
den vielen Schatten, die neben uns gehen
sieh wie der Hund erschrickt und kann sie nicht fangen
du erkennst.

WOHNUNGSWECHSEL

Umzug Wohnungswechsel wie heißt das
weggehen zurücklassen was dir angehörte
vielleicht ein paar Kisten vorausgeschickt aber
auf der Reise ein Korb nur ein Köfferchen
einen Säugling trägt die weinende Mutter
aus dem Land das auch seinen Namen verliert
Ostpreußen nimmermehr nun
im fremden sächsischen Zimmer wie
andere Flüchtlinge dann mit dem wenigen
weiter gezogen in besatzungsmächtig
zugewiesene Zimmer in Anhalt
Ofen, Küche, kein Bad
wieder gepackt mit wenigen Möbeln
selbstgebautem Tisch und Regal
umgezogen in die Trümmerhauptstadt
der Aufbauhoffnungen
wohnungswirtschaftsberechtigt
lange am selbstdefiniert demokratischen
Rande wohnend lesend in Traumschnelle
erwachsen geworden im Haus das
es nicht mehr gibt vom Neubautsunami
verschlungen nimmermehr auffindbar –
nach neuem Umzug mit Kind und Büchern
ungern genehmigtem Auszug
durch Zaun und gestempelte Hecken
ins Alpenjenseits aus Liebesgründen
in die Glanzmetropole mit Existenzrisiko
untrennbar Tisch Bett und Glück
mietpreisgetrieben zum Umzug stadtauswärts

in Provinzhäuslichkeit eremitisch
unter Birke Zeder und Ewigkeitsesche
zu üben den letzten Umzug in den Ort
den es nicht gibt.

KURZWAREN

Bekanntlich stirbt er
der Einzelhandel verraten verkauft
nie wieder auffindbar
die Fülle der Farben und Stärken
der Garne aus Wolle Seide und Cotton
der Knöpfe Nadeln der Reißverschlüsse
die Artenvielfalt der Litzen und Spitzen
die Modetöne der Saison dahin
dahin für immer der zaubrische Kleinkram –

und auch wir
Kurzwarenhändler mit Worten
setzen nichts ab höchstens auf den
Wochenmärkten der Abteilung Kultur
als wandernde Krämer wo wir
uns gegenseitig was schenken.

CHRISTA BÜRGER

SEHNSUCHT IM STILLSTAND

Zu den Aufzeichnungen Elisa von der Reckes

Hätte Elisa von der Recke (1754 –1833), das Edelfräulein Charlotte Elisabeth Constanze von Medem, sich nicht mit dem Schreiben von Briefen, Tagebuchaufzeichnungen und einer Selbstbiographie begnügt, sondern sich als Schriftstellerin verstanden, so besäßen wir heute von ihr ein paar Märchen, eine neue »Nouvelle Héloïse«, eine historische Novelle und eine journalistische Enthüllungsgeschichte, ihren Erfahrungsbericht über den Besuch Cagliostros in ihrem Elternhaus. Dieses Buch hätte als Titel eine Wendung aus ihrem abgebrochenen Tagebuch tragen können: »Negatives Glück« (»Aufzeichnungen und Briefe aus ihren Jugendtagen«, Leipzig 1902).

Elisa von der Recke hat aber keinen Roman geschrieben und keine Märchen erzählt. Sie hat vielleicht wirklich, wie es Wieland, der Herausgeber der »Geschichte des Fräuleins von Sternheim«, von deren Autorin Sophie von La Roche behauptet, nie daran gedacht, »für die Welt zu schreiben oder ein Werk der Kunst hervorzubringen«. Sie hat an der Grenze zur Literatur haltgemacht, im Bann einer »mittleren Sphäre«, gefangen im Schloß des Mannes, den sie »meinen Herrn« nennt.

Aus dem kaum siebzehnjährigen Fräulein Charlotte von Medem war auf einmal eine Frau von der Recke geworden, eine als Schock erlebte Verwandlung, eine schmerzhafte Ankunft in der Wirklichkeit, die keine Fiktion aufheben kann. Schreibend, sich den Freundinnen mitteilend, sucht diese Frau nach sich selbst. Was da in vielen einsamen Stunden entsteht, macht für uns die Lebensgebärden der Gestalt erkennbar, nach der die Schreibende sucht, Sehnsucht und Entsagung. Elisas vieldeutige Formel hat für mich, die ich versuche, sie mir zu übersetzen, einen schmerzlichen Nachklang. Es verbirgt sich in diesem negativen »Glück« der lebenslang durchgehaltene Verzicht auf das Aufbegehren gegen die Rolle der Frau, die ihr »Herr« und ihre Familie ihr vorgeschrieben haben. Es war dies aber eine Rolle, die von der Geschichte nur kurze Zeit später überholt war, als Olympe de Gouges »die Rechte der Frau und Bürgerin« erklärt. Auf eine geradezu tragische Weise erfüllt Elisa von der Recke noch einmal den Mythos des *éternel féminin*, des *angel in the house*, den ganz freilich erst Virginia Woolf und Simone de Beauvoir dekonstruiert haben.

Es liegt nahe, den Ursprung von Elisas Lebensgebärden in einer Kindergeschichte zu suchen – in einem Märchen, das sie nicht erfunden hat, obwohl dessen Grundstruktur ihrer eigenen Kindheitsgeschichte so, wie sie davon erzählt, zugrunde liegt. Denn diese erinnert an das Märchen vom Dornröschen, zu dessen Geburtsfest zwölf Feen eingeladen sind, die es mit Wundergaben beschenken: Tugend und Schönheit, von einer dreizehnten aber, die man einzuladen vergessen hatte, verwünscht wird. Der Spruch kann nicht aufgehoben werden, wird aber durch eine gute Fee gemildert. In der Kindergeschichte Charlotte von Medems hat die böse Fee einen Namen, den der Großmutter, der Starostin Constanze von Korff, in deren Haus sie nach dem frühen Tod der Mutter aufwächst. Es ist kein sanfter Schlaf, der sie dort erwartet, sondern ein unausgesetzter Lebensentzug, leere Tage, die sie neben dem Sessel der Großmutter stehend verbringen muß, in »einer Hölle des Nichtstuns« und in ständiger Angst vor den Ruten der zu hemmungslosen Zornesausbrüchen neigenden Starostin. Denn diese, zu deren verjährten Standesvorurteilen auch das einer naturgegebenen Geschlechterordnung gehört, läßt der kleinen Enkelin keinerlei Unterricht zuteil werden, so daß sie mit zwölf Jahren weder lesen und schreiben, aber tanzen und singen kann. Ich habe diese Aufzeichnungen nicht ohne inneren Widerstand gelesen, denn die Erzählerin beschreibt das scheintote Dasein dieses verwunschenen Kindes mit einer erbarmungslosen Genauigkeit. Die einzige Lektion, die sie lernen muß, ist, ihre Gefühle zu beherrschen. Die Großmutter macht nach der Beerdigung der Mutter »das Gesetz«, deren Namen in ihrer Gegenwart nicht zu nennen. Wie Aschenbrödel findet die kleine Charlotte Trost im Gebet vor dem Porträt der Verstorbenen und wird erhört. Auch die gute Fee hat in Elisas Kindergeschichte einen Namen: Agnes Elisabeth von Brukken, die dritte Frau ihres Vaters, die sie in das Elternhaus zurückholt. Sie darf den »traurigen Kerker ihrer Kindheit« verlassen.

Den Märchenschluß ihrer »qualvollen« Kindergeschichte erlebt sie als Wiederherstellung ihrer wahren Gestalt – wie die Jungfrau Marleen im Märchen, die sieben Jahre in der Finsternis gefangen war und auf die mit einem Mal die Sonne wieder scheint. So wird die durch die Stiefmutter veranlaßte Rückkehr zu einer zweiten Geburt, einer geistigen Erweckung. Sie erhält Unterricht beim Hofmeister der Brüder, lernt Französisch bei ihrer Kammerfrau und entdeckt in der Bibliothek des Vaters ihre Neigung zum Lesen. Daß neben Goethe und Wieland Rousseaus »Neue Heloise« zu ihren Lieblingsbüchern gehört, ist in ihren Briefen deutlich zu erkennen.

Im Bann der Großmutter war es dem jungen, damals noch Charlotte genannten Mädchen nicht erlaubt, ohne Kopfbedeckung an die frische Luft zu gehen, wenn die Sonne schien, um die Klarheit ihrer Haut nicht zu gefährden. Und als ihr jetzt die gute Fee in der offenen Kutsche Hut und Schleier abnimmt, »geht ihr ein neuer Himmel auf«. Die beglückende Empfindung, unter blauem Himmel,

von der Sonne beschienen, auf einer Wiese in freier Landschaft zu stehen, war ihr noch nie beschieden gewesen: »Von solchem Freudengenusse hatte ich keine Vorstellung gehabt! – Alles in der Natur war mir neu! – der Blumenduft! – der Gesang der Vögel! … die Wolken, der See – dann der liebliche Mond, der aufging, sich im Silbersee spiegelte … Ach! Gute Mutter! Ich träume doch nicht.«
Der Spruch der bösen Fee war außer Kraft gesetzt. Der jungen Charlotte geht ein neues Leben auf, ihre Dankbarkeit ist grenzenlos; in der Stiefmutter liebt und verehrt sie ihre Erlöserin. Kaum aus dem Dornröschenschlaf erwacht, wird das junge Fräulein von Medem in »die große Welt« eingeführt, und ihre Schönheit und Anmut machen sie bereits bei diesem ersten Erscheinen zur Königin des Balls, der es an ernsthaften Bewerbern nicht fehlt.
Der Freier aber, der als unerwarteter Besucher im Haus ihres Vaters eintrifft, kommt aus einer anderen Welt. »Der Nimrod der Gegend jagte in den Wäldern meines Vaters mit dessen Erlaubnis einen Bär.« »Schreckhaft finster« wirkt er auf die schöne Tochter des Hauses. »Es war auch an dem Freier gar nichts auszusetzen, als daß er einen ganz blauen Bart hatte, so daß man einen kleinen Schrecken kriegte, so oft man ihn ansah«, erzählt das Märchen vom Blaubart.
Und die spätere Schriftstellerin Elisa gesteht, daß ihr »das Aeußere eines Menschen nie so zuwider gewesen« sei. »Recke konnte ich nicht ansehen, ohne mich zurücke geschreckt zu fühlen.« »Herzensangst« empfindet sie bei seinen Annäherungen, aber es gelingt ihr nicht, entgegen den Warnungen ihres gesunden Gefühls, sich dem Wunsch der Eltern und vor allem der geliebten Stiefmutter, die unter allen ihren Heiratsbewerbern gerade diesen gewählt hatten, zu widersetzen. Als sie am Abend nach der Entscheidung in ihrem Zimmer allein ist, überfallen sie Angst und Grausen, daß sie nun von der Reckes Braut ist. Aber sie läßt es sich nicht anmerken, wie sehr ihr seine Küsse zuwider sind. »Es ist so häßlich, wenn eine Mannsperson einen küßt«, verrät sie der Freundin. Ihre Briefe aus dieser Zeit lesen sich wie ein Selbstaufklärungsprozeß über die weibliche Sexualität, der freilich nicht wirklich zur Sprache gelangen kann. Sie weiß ja nicht und kann nicht ahnen, was ihr die »sonderbaren Augen« Reckes ankündigen, vor denen »ihr bange wird«, wenn er sie in die Arme nimmt und küßt. Auf das Leben in seinem Schloß, wo sie ihre Tage einsam »gleich einer verwunschenen Prinzessin« verbringt, war sie nicht vorbereitet, obwohl sie gewarnt worden war. Sie hatte die Stimme wohl gehört: »Kehr um, kehr um, du junge Braut, Du bist in einem Mörderhaus« (»Kinder- und Hausmärchen«). Es war die Stimme ihres Inneren, aber sie ist ihr nicht gefolgt, und so mußte sich das Märchen in eine Sage verkehren. Die Prinzessin war zwar nicht in ein Mörderhaus geraten, aber in einen kurländischen Herrensitz, wo unter ihrem Fenster Recke ihre kleine Katze von seinen Jagdhunden zerreißen läßt und »überlaut lacht, da

er mich weinend fand«, und wo sie ein paar Bauernjungen Gänse und Schweine hüten sieht. »Sie haben ganz zerrissene Kleider, gehn auf bloßen Füßen und sehen recht wie Recke aus, und man hat mir gesagt, daß es *seine* Kinder sind.« Sie schweigt und beschenkt die Kinder, die ihr die Hände küssen, mit Zwieback und Pfefferkuchen.

Ihren Tränen läßt sie im stillen freien Lauf und versichert den Eltern, daß sie durch die »getroffene Wahl ihres geliebten Mannes glücklich ist«. Den Freundinnen aber klagt sie, daß alles um sie herum »in diesem Wüsten Schlosse so leer und einsam ist«. Auf diesem Hof voll Leben, wo die Bauernjungen sie an die Züge des Mannes erinnern, den sie fortan nicht mehr ihren geliebten Mann nennt, sondern den »Herrn meines Schicksals«, beschließt sie bei sich, was sich freilich nur als Wunsch ausdrücken kann: »Ach Gott, bewahre mich vor Kindern!«

Wehmütig erinnert sie sich an die umschwärmte kleine Ballkönigin, voller Neugierde auf das Leben und seine Geheimnisse, an ein unschuldiges junges Menschenkind, das den Apfel der Erkenntnis noch nicht gekostet hatte, zu arglos und unwissend, um zu erkennen, daß die gute Fee sie nur aus der Herrschaft der Großmutter befreit hatte, um sie einer noch trostloseren auszuliefern, eine unaufhebbare Verwünschung.

Sie hat auf ihr gesundes Gefühl nicht gehört und ihren Schrecken bei der Erscheinung des Mannes, den Ekel vor seinen Küssen unterdrückt und ist damit einer vielleicht von der Mutter an sie weitervererbten Neigung gefolgt, nämlich zu entsagen. Die weibliche Entsagung, ein beliebtes Motiv der Romanliteratur ihrer Zeit, wird bei Elisa von der Recke zur Lebensgebärde schlechthin. Denn für sie verbirgt sich darin eine uneingestandene Verheißung: eine Liebe ohne Begehren, die keine Verwirklichung braucht, weil sie sich in der Sehnsucht vollendet.

Die Freundinnen, die der melancholische Grundton ihrer Briefe beunruhigt, sucht sie mit einem Geständnis zu beschwichtigen, das den Einfluß der »Neuen Heloise« deutlich erkennen läßt. Sie habe, schreibt sie, bereits vor ihrer Verheiratung gewußt, daß Recke ein kurländischer Gutsherr alten Schlages war, daß er sich nicht in einen liebevollen Ehemann verwandeln würde, der an den gesellschaftlichen Erfolgen seiner schönen jungen Frau während der Ballsaison im Winter seine Freude hätte. Aber sie habe sich »vor dem Altare versprochen«, »sich ganz nach den Neigungen dessen zu richten, dem [sie] verbunden wurde«, und diesen Vorsatz werde sie heilig halten. Die Freundinnen vermögen darin nur eine schwer nachvollziehbare Fügsamkeit sehen oder den heroischen Versuch Elisas, sich selbst, auf ihre Weise, zum Subjekt der Ehe zu machen.

Auch Rousseaus Julie, das bewunderte und immer wieder nachgeahmte Vorbild so vieler junger Frauen der Epoche, vermag sich dem väterlichen Willen nicht zu widersetzen; sie geht zwar nicht ins Kloster wie Abélards Geliebte Heloïse, ihrer aller Vorgängerin, aber sie bejaht in einem Zustand der Entrückung, »unter dem ewigen Auge, das alles sieht«, die Frage des Priesters, ob sie bereit sei, dem Mann, den sie als ihren Ehemann annimmt, Gehorsam und unverbrüchliche Treue zu versprechen. »Mein Mund und mein Herz versprachen es. Daran werde ich mich bis zum Tode halten.« (Rousseau, »Julie oder Die neue Heloise«) Julie findet, anders als Elisa, ein unerwartetes Glück in der Idylle von Clarens, dem Gutsbesitz von Monsieur de Wolmar, der sich als Ehemann und Gutsherr gleich vorbildlich erweist.

Elisa fühlt sich, im Unterschied zu ihrer empörten Verwandtschaft, nicht dadurch beleidigt, daß Recke aus seinen Mätressen ein öffentliches Geheimnis macht. Die Ausschweifungen des Mannes, der seine sexuellen Bedürfnisse außerhalb des ehelichen Schlafzimmers befriedigt, sind für sie die einzig sichere Weise, selbst ohne Kinder zu bleiben. Ihr Verstand hatte sie inzwischen auch über die Beschaffenheit von Reckes Liebe aufgeklärt. Der Nimrod mit den finsteren Augenbrauen, immer umgeben von kläffenden Hunden, hatte eine schöne Frau ausgemacht, die seine Jagdlust reizte, begehrenswerter als die Bauernmägde auf seinem Hof. Sie hat ihre Selbstaufklärung vollendet – und bleibt bei ihrem Entschluß …

Die Freundinnen Elisabeth von Medem und Caroline Stolz, die sich brieflich über das eheliche Unglück Elisas verständigen, sehen in ihr die Verkörperung der schönen Seele. Aus der gemeinsamen Lektüre ihres Lieblingsautors Wieland hatten sie sich eine Vorstellung von der Liebe gebildet als einer »natürlichen Verschwisterung der Seelen«. Und so konnten sie die grausame Desillusionierung der Freundin nachempfinden und ihre Seelenstärke und Schicksalsergebenheit bewundern: »Mit jedem Tag wird sie an Leib und Seele schöner, jetzt wird ihre Schönheit noch dadurch erhöht, daß sie es vergessen zu haben scheint, wie schön sie ist, auch besitzt sie die große Kunst, von allen Weibern darüber Verzeihung zu erhalten, daß sie so schön ist.«

Elisa läßt in der Erzählung der Prüfungen, denen sie sich in ihrer Ehe unterzieht, nichts aus; es geht um die systematische Einschränkung ihrer Lektürebedürfnisse, die Einarbeitung in die Haus- und Gutswirtschaft, die spöttischen Kommentare Reckes über ihre »Romansprache«, ihre gesellschaftliche Sicherheit, ihre Gewandtheit im Gespräch, ihre Anmut beim Tanz bis hin zu ihrer ausgesuchten Garderobe. Worüber sie aber schweigt, weil sie dafür keine Sprache hat, sind die Nächte, in denen Recke von seinem Recht als Ehemann Gebrauch macht. Die mitfühlenden Freundinnen lesen diese Bekenntnisse als Ausdruck der Sehnsucht einer schönen Seele, sie selbst sein zu können, eben das, was Elisa negatives Glück nennt.

Die junge Frau von der Recke stellt die Ordnung nicht in Frage, die dem Mann, der ein kurländisches Edelfräulein zu seiner Frau gemacht hat, das Recht gibt, über ihr Schicksal und über die Form, die sie ihrem Leben geben will, zu bestimmen, aber sie erwirkt die Trennung von Recke. Olympe de Gouges spricht auch für sie, wenn sie fragt: »Mann, sag mir, wer dir die souveräne Macht gegeben hat, mein Geschlecht zu unterdrücken?«

Elisa von der Recke hat von dieser Herrschaft *erzählt*, in der Form eines kurländischen Sittengemäldes, dessen Stoff sie in der Geschichte ihrer Familie vorfindet. Es beginnt mit der Brautwerbung ihres Großvaters um »das schöne Constanzchen«, die böse Fee ihrer Kindergeschichte, die Starostin Constanze von Korff.

Bevor der nicht mehr ganz junge, aber sehr reiche Starost um die schöne Tochter seines alten Freundes wirbt, muß sie zwei Proben bestehen, die archaisch zu nennen eine Untertreibung wäre. Als erstes will der Brautwerber sehen, »ob sie folgsam und geduldig sei, denn er wolle eine fromme Frau haben! [Er holte] aus seinem Stiefel sein Pfeifenrohr, aus der Tasche einen Pfeifenkopf und einen schmutzigen Tabaksbeutel« – »da, Constanze, stopfe mir diese Pfeife«, was sie, als seine Frau, ja immer werde tun müssen. Die schöne junge Frau liebt aber einen schönen jungen Mann, der ihrem Vater »zum Schwiegersohn viel zu neumodisch und nicht reich genug« ist, und so wünscht sie heimlich, »diesem harschen Herrn zu mißfallen«, aber unter dem strengen Auge des Vaters hält sie auch die zweite barbarische Probe standhaft aus.

Elisa kommentiert das Verhalten ihres Großvaters nicht, von dessen »originellem Charakter« sie hatte erzählen hören, aber daß er sein »gegebenes Wort« mehr als redlich gehalten habe, indem er »die Liebe der Großmutter zur Pracht« auf eine nahezu fürstliche Weise zu befriedigen suchte, beschreibt sie mit epischer Genauigkeit. Und mit dem Porträt der *Aeltermutter*, der Tyrannin ihrer unglücklichen Kindheit, stellt sie uns eine bis ins hohe Alter beeindruckend schöne Frau vor, von durchdringendem Verstand, dabei derart ungebildet, daß sie kaum lesen und schreiben konnte, Vorurteilen und heftigen Leidenschaften unterworfen, aber aufgrund ihrer Güter auch im Landtag ihre Stimme zur Geltung bringend, »eine wahre Mutter aller Armen und Bedrückten«, »auf glänzenderem Fuße« lebend als der kurländische Herzog. »In Kurland hat noch niemand gelebt, der in allen Ständen ein solches Ansehen besessen hätte als sie.«

Diese Lebensgeschichten erzählen von der hintergründigen Ordnung des Patriarchats, die sich von einer Generation zur anderen vererbt. Die Frauen wiederholen mit ihrer Entsagungsbereitschaft diejenige ihrer Ahninnen, Elisas Innenleben ist mit religiös aufgeladenen Opfervorstellungen angefüllt, über denen das Bild der mit zweiundzwanzig Jahren verstorbenen Mutter schwebt, der schönen

Dorothea von Medem. Wie sehr sie mit ihrer Kindergeschichte diejenige der Mutter wiederholt, ist ihr nicht bewußt. Wir aber sehen ein zartes kleines Mädchen, das geduldig und ohne zu klagen die bösen Streiche der Vettern und die Rute der Großmutter über sich ergehen läßt.

Wenn in den Briefen an die Freundinnen gelegentlich ein störendes Moment von Selbstgerechtigkeit sich aufdrängt, so wird es gemildert durch den Gedanken an das mütterliche Erbe, wodurch es sich erklärt. Die geprüfte Ehefrau ist ein altes Märchenmotiv, und wie Griselidis in einem der Märchen Perraults könnte Elisa sich einreden: »Lieben wir also seine sinnreiche Strenge; man ist nur in dem Maße glücklich, wie man gelitten hat«, und sich dabei erhoben fühlt. Auch sie befolgt ja das patriarchale Gesetz, dem sie sich selbst vor dem Altar und unter dem Bild der Mutter unterworfen hatte. In Kants strenger Moralphilosophie hätte ihre »schöne Tugend« freilich keinen Bestand, denn sie gründet unverkennbar in einem Begehren nach Anerkennung, ist also »nur ein negatives Wohlgefallen an der eigenen Existenz« (Kant, »Metaphysik der Sitten«), »negatives Glück«.

Nach fünf unglücklichen Ehejahren entschließt sie sich, mit dem Beistand eines befreundeten Geistlichen, zur Trennung von Recke und verläßt mit der kleinen Tochter das Schloß ihres Eheherrn. Mit der einige Jahre später erfolgten Scheidung beendet sie »die Schule ihrer Leiden«, während derer sie sich mit dem negativen Glück bescheiden mußte, die Umarmungen ihres »Herrn« nicht zu erdulden.

Sie ist noch immer jung, »eine Frau von dreißig Jahren«, und das Leben wartet, aber Elisa von der Recke beginnt den Weg in die Freiheit wieder mit einem Akt der Entsagung, der fatal an ihr Ehegelöbnis erinnert: auf alles, was man Glück nennt, zu verzichten, um sich ganz und ausschließlich der Erziehung ihrer kleinen Tochter zu widmen, die jedoch ein Jahr nach der Trennung verstirbt. Der frühe Tod des Kindes hebt diese neue Selbstbindung auf, aber er erlöst sie nicht von »dem Schmerz, die Mutter eines Wesens gewesen zu sein, das einen solchen Vater hatte«, schreibt sie in der Vorrede zu ihrem Tagebuch. »Doch durch die Schönheit und holde Liebenswürdigkeit meiner kleinen Friederike wird dieses Schmerzgefühl in etwas gemildert.« Jedesmal aber, wenn sie auch nur eine entfernte Ähnlichkeit mit dem Vater an dem Kind entdeckte, habe sie »ein krampfhaftes Erschrecken« empfunden. Nur ihrem Beichtvater, schreibt sie, konnte sie die »trübe Stimmung ihrer Seele« gestehen (»Tagebücher und Selbstzeugnisse«, hg. von Christine Träger, München 1984). Ist mit dieser Beichte aber der Bann wirklich gebrochen? Ist sie wirklich frei? Hat das Opfer für das Kind des verabscheuten Mannes sie erlöst? In einem Augenblick verzweifelter Trauer hat sie den Sarg noch einmal öffnen lassen, hoffend, noch »Spuren von der Schönheit zu sehen, die dies holde Kind auch als Leiche hatte. Aber (...) nichts als Staub war da – nichts – nichts, woran meine Augen sich nun weiden konnten!« Der Gedanke, sie könnte unbewußt am frühen Tod des Kindes, dessen anrührende Schönheit sie so geliebt hatte, nicht unbeteiligt sein, ist ihr wohl fremd. Sie hat nicht bedacht, wie das Erschrecken, das sie beichtet, auf das Gemüt des kleinen Mädchens gewirkt haben könnte. Elisas Lebensgebärden, Entsagung und Sehnsucht, lassen den Gedanken an eine eigene Schuld nicht zu. Es ist ihr Körper, der spricht, weil er mehr über sie weiß als sie selbst, aber er spricht seine eigene Sprache: Ihre Gesundheit ist zerrüttet.

Um diese wiederherzustellen, sucht sie die böhmischen Bäder auf und reist, wie ihr berühmter Zeitgenosse Goethe, dem sie dort auch begegnet, nach Karlsbad. Nach mehreren Kuraufenthalten einigermaßen erholt, muß sie, jetzt ihr eigener Herr, ihr Leben neu ausrichten. Sie hat auch durchaus das Bedürfnis, neue Erfahrungen zu machen, unternimmt Reisen durch Deutschland, die Schweiz und Italien und hält ihre Beobachtungen und Eindrücke in Tagebüchern fest. In der Berlinischen Monatsschrift veröffentlicht sie ihre »Nachricht von des berüchtigten Cagliostro Aufenthalte in Mitau«, die großes Aufsehen erregt. Dieser hat tatsächlich stattgefunden, im Haus ihrer Eltern, die – wie sie selbst – unter dem Eindruck des Abenteurers standen, der mit seinen angeblichen »magischen Operationen« durch Europa reiste und mit seinen spiritistischen und okkultistischen Kunststücken in vielen adligen Häusern Anhänger fand, »Schwarmgeister«, wie man sie im Umkreis der Berliner Aufklärer nannte. Elisa selbst, die jener Cagliostro als Medium an den Hof Zarin Katharinas II. mitnehmen wollte, hatte das Ansinnen schon vor seiner überstürzten Abreise oder eher Flucht aus Mitau mit Entschiedenheit zurückgewiesen.

In der Einleitung zu ihrer »Nachricht« bekennt sie, sich zur Niederschrift entschlossen zu haben, um »die Wahrheit und die Rechte der Vernunft ans Licht zu bringen«. Dabei geholfen habe ihr der »selige Hofrat Schwander«, ihr väterlicher Freund, der »ihren Hang zur Schwärmerei« von Anfang an bekämpft habe. Schwander selbst sei ein überzeugter Aufklärer gewesen, »denn er glaubte nichts, was mit seiner Vernunft in Widerspruch stand«. Elisas Zweifel an dem »Geisterseher« beginnen, als sie den Mißbrauch eines kleinen Vetters entdeckt, den Cagliostro als Medium für seine Experimente zugerichtet hatte. Eine besonders empfindliche Stelle in ihrem moralischen Gefühl trifft der Abenteurer aber, als er in einer seiner »Vorlesungen« behauptet, er könne »ein Frauenzimmer (…) durch magische Mittel sogar zur physischen Liebe bringen«.

Während dieser Zeit beobachtet Elisa, sich immer wieder genau »erforschend«, daß sich ihr Mißtrauen zunächst nur gegen die Person des vorgeblichen Magiers und seine betrügerischen Kunststücke richtet, nicht aber gegen ihren Glauben, durch die Verbindung mit Geistern zu überirdischen Kräften zu gelangen, zumal er es verstanden hatte, ihre poetischen Neigungen mit ihren mystischen zu verknüpfen. In dieser Epoche erscheint Lessings »Nathan der Weise«, und Schwander, den das hartnäckige Festhalten der jungen Freundin an ihrer Verirrung zu beunruhigen beginnt, liest ihr als Heilmittel aus dem Stück vor, begleitet seine Lektüre mit philosophischen Kommentaren und erreicht auf diese Weise, daß sie zur Besinnung kommt, wie sie selbst bezeugt. Bei der Stelle »Begreifst du aber, / Wie viel andächtig schwärmen leichter als / gut handeln ist?« sei sie »in ein fortgesetztes reiferes Nachdenken verfallen«, bis ihr »das ganze System magischer Philosophie endlich als ein ganz schimärisches Ding erschienen« und sie zur Vernunft zurückgekehrt sei.

Es sei ihr nicht leichtgefallen, sich zur Veröffentlichung ihrer Erfahrungen mit dem falschen Geisterseher zu entschließen, denn sie habe erwarten müssen, daß ihr »offenherziges Geständnis«, dessen »Feenmärchen« Glauben geschenkt zu haben, ihr den Spott der Öffentlichkeit eintragen würde. Wenn aber andere, die immer noch nicht zur Vernunft zurückgefunden haben, durch ihre Verirrungen belehrt, sich besinnen würden, »so wäre ich hierdurch für das Opfer, welches ich der Wahrheit durch die offenherzige Bekanntmachung meines damaligen Gemütszustandes bringe, mehr als belohnt«. Zarin Katharina II. las Elisas »Nachricht« mit Bewunderung und lud die Autorin zu sich ein. Diese reiste mehrmals nach Petersburg, gewann die Freundschaft der Kaiserin und verdankte der von ihr gewährten großzügigen Rente die finanzielle Unabhängigkeit von ihrer Familie.

Der Erfüllung ihrer stillgestellten Sehnsucht ist sie nur einmal nahegekommen. Sie hatte sich gerade von Recke getrennt und sehnte sich nach einer Veränderung, eine Wartende mit der uneingestandenen Hoffnung auf eine Verkörperung jener »innigen Seelenliebe«, der sie in Wielands »Agathon« begegnet war. Es ist ihr jüngerer Bruder Fritz, mit dem sie eine innige Geschwisterliebe unterhält, der ihn ihr zuführt in der Gestalt seines »Herzensfreundes«, des jungen Dichters David Georg Hartmann. In Hartmanns Gegenwart kann Elisa sich »dem süßen Gefühle, seine schöne Seele zu lieben, ganz ohne Rückhalt überlassen«. Und der Dichter vergöttert die Freundin seiner Seele wie eine »himmlische Erscheinung«, begierdelos. »Mein Gefühl für Sie ist so rein, so lauter, als das Gefühl für den Urheber meines Daseins.« Elisa genießt »eine stille Freude«, in der ihre Sehnsucht aufgehoben ist. Mit ihrer Liebesgeschichte, gerade weil sie unvollendet geblieben ist, schreiben sich die beiden buchstäblich in die Literatur ein.

An Lavater, den beide verehren, schreibt Hartmann, er habe »mit einer ganz außerordentlichen Dame« Bekanntschaft gemacht, die »überhaupt mit der deutschen Literatur sehr bekannt« sei. Er habe »Werther« mit ihr gelesen. »Und, Lavater, denke hieran, wenn einst mein Schicksal Aehnlichkeit mit Werthers hätte. Ich sehne mich oft jenseits des Grabes zu sein.« Seine Todesahnung hat ihn nicht getrogen. Mit nur zweiundzwanzig Jahren ist Hartmann im Winter 1777 gestorben.

Goethes Roman bildet den Hintergrund für eine romantisch-sentimentale Selbstinszenierung Elisas. In einem ihrer Briefe beschreibt sie einen schönen gemeinsamen Septemberabend, mit dem Bruder und dem Freund am geöffneten Fenster stehend bei einem »sanft leuchtenden Mond«: »Ich und Hartmann, wir bogen uns hinaus, um die Stellung des Orion zu sehn – sein Gesicht kam mir so nahe … da zog ich mich zurücke, der Krummkamm fiel aus meinen Haaren, meine Haare wehten ihm ins Gesicht, er küßte die Spitzen meiner Haare, ergriff meine Hand, küßte diese – ich fühlte seine heißen Thränen, ein nie gefühlter süßer Schauer durchbebte mich – von Euch beiden riß ich mich los! Dich schloß er dann in seine Arme – ich sah dies, und es tat mir wohl! Aber noch wohler wurde mir, da ich, ungesehen von Euch, Hartmanns heiße Thränen von meiner Hand küßte.« (Zur Erinnerung hier die Stelle aus Goethes »Werther«: »Wir traten an's Fenster, es donnerte abseitwärts und der herrliche Regen säuselte auf das Land (…) Sie stand auf ihren Ellenbogen gestützt und ihr Blick durchdrang die Gegend, sie sah gen Himmel und auf mich, ich sah ihr Auge thränenvoll, sie legte ihre Hand auf die meinige und sagte – Klopstock!«)

Fritz von Medem, den sie an diesen romantischen Augenblick noch einmal erinnert, reagiert darauf mit einer emphatischen Liebeserklärung, die er sofort in die harmlose Form der Bruderliebe überführt, wobei er die »Bruderliebe für solch eine Schwester« zum »höchsten Wonnegefühl« erklärt.

Die geständnishafte Einleitung zu dieser theatralischen Inszenierung verwehrt es der Leserin, sie als sentimentale Nachahmung Goethes abzutun. Die Erzählerin unterläuft damit auf ihre Weise die Trennung von Kunst und Leben. Elisa erkennt in Goethes Roman die Ordnung der Liebe, nach der sie sich sehnt. Und weil es diesen Roman gibt, so auch diese andere Liebe. Werther »ist«, hatte Goethe den Freunden, Lotte und Kestner, die sich über ihre literarische Vereinnahmung beklagten, zugerufen, und meinte damit die Wirklichkeit der Kunst, Elisa aber die Wirklichkeit ihrer Sehnsucht.

Als wenig später die Todessehnsucht des jungen Dichters sich erfüllt, der geliebte Bruder ebenso jung und kurz danach auch die kleine Friederike stirbt, bleibt in Elisa nur diese Sehnsucht zurück, der sie mit der Erinnerung an jenen Augenblick immer neue Nahrung geben kann. Trost findet sie in dem Gedanken, daß sie, weil ihre Seele »zur Liebe geschaffen« sei, »ewig lieben werde«. Ihr Kind aber verbindet sie jetzt mit einem Vers Klopstocks: »Blume, du stehst / verpflanzt, wo du blühtest«, und nennt es fortan bei sich Blume. Und es sei ihr, schreibt sie der Freundin, »ein süßer Gedanke«, es mit Hartmann »zusammenzudenken«, weil

beide nun dem Geist der Welten näher seien als sie. In der Darstellung ihres Verhältnisses zu Hartmann verrät sich ein der Schreibenden unbewußtes Motiv, das sich ganz ähnlich in späteren Liebesbeziehungen wiederholen wird, die Wunschabwehr. Mit einer für Hartmann unerwarteten Bitte hatte Elisa dessen Verbannung aus ihrer Nähe verfügt und ihm zugleich untersagt, nach dem für ihn rätselhaften Spruch zu fragen. Er schweigt und gehorcht. Aber auch die Briefstelle ist seltsam unstimmig. Sie habe »den Gang seiner Seele« abgelesen und dabei sei es in ihrer »so hell« geworden. Was sie erlebt durch diese Liebe, was das Schicksal ihr noch einmal gewährt, ist negatives Glück. Sie wird eine tragische Entsagungsgeschichte in Erinnerung bewahren und – erzählen können.
Noch einmal aber versucht von der Recke, in Elisas Leben einzugreifen. Um sie »zurückzuhaben«, macht er ihr ein Angebot, das sie als beleidigend empfindet. Er will ihre »Pension um dreimal erhöhen, falls ich ihm einen Erben oder eine Erbin schaffe«, und unterstützt seinen »Vorschlag«, indem er von allen seinen Gebieten eine »Gesandtschaft« von Bauern zu ihr schickt, die sie wie eine heilige Schutzpatronin anflehen: »Kommt zurücke, ›verzeiht‹ unserem Herrn (...) Mit Freuden wollen wir im Schweiße unseres Angesichtes den Reichtum unseres Herrn vermehren, wenn wir nur die Hoffnung haben, daß Eure Kinder über unsre Kinder herrschen werden (...) Werdet wieder unsre Mutter! Alle zwanzig Bauern stürzten auf die Knie und riefen schluchzend: Verzeiht unserm Herrn!« Sie habe die guten Bauern nicht betrüben wollen und ihnen »einige Hoffnung gelassen«, sie »ermahnt zur Liebe gegen ihren Herrn, und so verließen sie mich unter tausend Segenswünschen«. Mit dieser tränenreichen Huldigung seiner Bauern und einem »Strauß mit den schönsten Blumen, die die Jahreszeit mit sich bringt«, hat diese Ehetragödie ihr Ende gefunden.
Der Brief an Caroline Stoltz, in dem Elisa diesen theatralischen Schluß beschreibt, endet aber hier nicht, denn sie beginnt ein neues Kapitel ihrer Entsagungsgeschichten. »Stoltzchen, erinnerst Du Dich des Fremden, den wir vor zwei Jahren im Concert sahen?« Dieser Fremde erweist sich als Holtey aus Satticken, ein Freund ihres verstorbenen Bruders. Der Frau erscheint er als ein Abgesandter der Welt, die ihr so viele Jahre verschlossen war. »Nie sah ich eine edlere Physiognomie als die Seinige.« Ihre erste Reaktion auf diese Begegnung ist für die ihr selbst verborgene Sinnenfeindschaft aufschlußreich. Sie möchte, schreibt sie, daß »seine Seele mit seiner Gestalt übereinstimmt«. Und geradezu reflexhaft stellt sich die Gebärde der Entsagung wieder ein, die ihr zum Bedürfnis geworden und vielleicht eine der Abwehr ist. Denn Louise von Medem, eine um sie besorgte Kusine, die sie mit Holtey verbunden sehen möchte, beobachtet, daß die jungen Herren ihres Kreises von Elisa bezaubert sind, daß aber keiner den Eindruck zu gestehen wagt, den sie auf ihn macht: eine Schönheit, die kein erotisches Begehren weckt. Elisa

analysiert ihre Gefühlsregungen genau, wenn sie in Gesellschaft ist und bewundernde Blicke sie treffen: Wonach es sie verlangt, ist der Ausdruck »seelischer Begeisterung« in den »schönen braunen Augen« des Mannes, wenn diese »einen Glanz bekommen, der mit einer himmlischen Glorie zu vergleichen ist«, wenn er sie anschaut. Was sie sieht, ist immer schon ein Rückblick. Es ist die Glücksverheißung einer bleibenden Erinnerung an ein »inniges Seelenband«. »Was beseeligende Liebe hätte werden können, ist nun heilige unwandelbare Freundschaft geworden.« Der Akt der Entsagung ersetzt für Elisa die Liebe. Und »das Gefühl, daß man der Pflicht der Freundschaft seine Neigung opfert, dies ist auch süß«. Holteys Wahl fällt, anders, als sie es erwartete, nicht auf »ihre Louise«. Daß sie ein vergebliches »Opfer« gebracht hat, will sie allerdings nicht wahrhaben; so deutet sie ihre Entsagungsgeste zum »Seelengewinn« um, den sie für ein »höheres Glück« aufheben will. Das Bild Holteys, das sich ihr bei der ersten Begegnung eingeprägt hat, kann seine Macht nicht mehr verlieren. Es schwebt ihr vor bei den Heiratsanträgen, die sie in der Folgezeit ablehnt.

Die Niederschrift der Episode verrät mehr, als der Schreibenden bewußt ist. Elisa braucht das Gefühl, entsagt zu haben, um die Liebe, nach der sie sich sehnt, wachzuhalten und vor dem Umschlagen in die irdische zu bewahren. Und doch bleibt ein leises Bedauern zurück, über das sie sich Rechenschaft ablegen will. Mehr als zehn Jahre später fragt sie sich in einem Tagebucheintrag vom 9. Februar 1795, dem Jahrestag dieser Entsagung, »warum war meine Ideenreihe so gestellt, daß ich 1778 nur dies für edel hielt, die Gattin des Mannes nicht zu werden, den mein Herz im stillen liebte?« Mit dieser seltsam verklausulierten Formulierung läßt sie die Verantwortung für die Ablehnung von Holteys Heiratsantrag in der Schwebe. Es sei wohl nur eine »überspannte Schwärmerei« gewesen, was ihr damals als »heroische Tugend« erschienen sei. »Dem für mich geschaffenen Wesen entzog ich mich selbst!« Das Ausrufungszeichen verweist auf eine abstrakte Instanz, ihre »Ideenreihe«, weil sie die Frage, ob sie überhaupt bereit gewesen wäre, die »beseeligende Nähe« des »für sie geschaffenen Wesens« wirklich zuzulassen, zu beantworten sich scheute.

Dieser Frage war sie in einer vergleichbaren Konstellation schon einmal aus dem Weg gegangen, kurz nach ihrer Scheidung und dem Tod der kleinen Tochter. Nichts also band sie mehr an ihre Gefangenschaft in dem düsteren Schloß und seinen Besitzer. Sie steht vor dem Porträt ihrer »unvergeßlichen Friederike«, versunken in die Betrachtung »der holden Anmuth des kleinen Engels«, und genießt die »wehmütige Freude« der Erinnerung an das »unschuldige Geschöpf«, das sie lieber nicht zur Welt gebracht hätte.

In diesem Augenblick wird ihr ein Besucher gemeldet. »Stolzchen! Ich habe einen unerwarteten Besuch gehabt. – Rönne aus Pühren war bei mir, und

Stolzchen! – fast glaube ich, der Mann liebt mich noch«, schreibt sie und macht aus diesem Ereignis eine bedeutungsvolle Szene. Sie findet den Besucher im Saal, vor dem Porträt des Kindes, »er hatte geweint, ich war betroffen«. Er sah mich herzlich an und sagte: »Edle Dulderin!« Der Mann aus Pühren liefert der jungen Frau sofort die Stichworte, die sie braucht, um ihre Anziehungskraft zu spüren. »Meine Frau weiß es, daß meine erste Leidenschaft aus meiner Seele unvertilgbar ist.«

Die Erscheinung dieses unerwarteten Besuchers aus der Vergangenheit versetzt die gerade geschiedene Frau, die sich in ihren neuen Zustand noch nicht recht eingelebt hat, in einen Aufruhr von Gefühlen und Erinnerungen: an das zierliche Edelfräulein Elisabeth von Medem, wie es dastand im Ballkleid, in einem eleganten Salon, umgeben von einem Schwarm junger Herren aus den vornehmsten Familien des kurländischen Adels, und Rönne war der Schönste von ihnen allen und so in sie verliebt, daß er sich fast mit einem der anderen Bewerber duelliert hätte. Die kleine Schönheit, die sie war, überzeugt von ihrem Wert, »setzt einen stillen Stolz darein«, daß man sie nicht durch ein schönes Äußeres fesseln kann, wenn diesem »der hohe Ausdruck von ausgezeichnetem Seelenwerthe« fehlt. Den Widerwillen gegen eine Verbindung mit diesem »liebenswürdigen« Edelmann, dessen Leidenschaft ihr immer lästiger wurde, konnte sie sich damals nicht erklären.

In der Selbstbiographie Elisa von der Reckes nimmt die Darstellung ihrer Mädchenjahre viel Raum ein. Sie merkt das offenbar selbst und fragt sich nach ihrer Motivation. In der Rückschau erscheinen ihr die Empfindungen und Erfahrungen der Siebzehnjährigen als Lehrjahre des Herzens. Sie habe, schreibt sie, »den Gang [ihrer] Gefühle hier so weitläufig auseinandergesetzt, um junge Personen darauf aufmerksam zu machen, daß die dunkel erweckten Gefühle der Sinnlichkeit nicht Liebe sind«. Die Schülerin Lessings und Kants hat das Bedürfnis, junge Mädchen in der erwartungsvollen Zeit vor ihrer Verheiratung, die über ihr ganzes Leben entscheiden wird, dazu aufzufordern, sich ihres eigenen Verstandes zu bedienen, aus der Unmündigkeit, in der man sie erhalten will, sich herauszuarbeiten, wie es ihr selbst gelungen ist, zu unterscheiden zwischen der »äußeren Hülle« und dem »inneren Verdienst« der Männer, die sie umwerben. Sie veranschaulicht das mit einer exemplarischen Erzählung: Es habe sie einmal eine »nie gefühlte Unruhe« ergriffen während einer Schlittenpartie mit einem ihrer Bewerber. Aber als er zur Abendgesellschaft im Salon ihres Elternhauses in einem »wohllassenden schwarzsammtenen Oberrock« erschien, »war, ich weiß nicht, wie, der Zauber vorüber«, und sie habe sich gefragt, ob das Gefühl für ihn an diesen Oberrock geheftet war, ob also die Arbeit seines Schneiders es war, die sie für ein paar Stunden beunruhigt hatte. Nachträglich, erinnert sie sich, habe sie sich für sich selbst geschämt. Aber sie habe aus dieser Desillusionierung das Unterscheiden gelernt. Das Schöne in jeder Form ziehe ihre Augen noch an, wo immer sie ihm begegne. Aber nur »die Gestalt schwebte in der Folge meines Lebens meiner Seele (...) vor, die sich mir durch Geist und Edelsinn geheiligt hatte«. Durch diese Lehre habe sie für das Gefühl der Liebe, das auf ihr Herz wirkt, einen Maßstab gewonnen.

Was es aber bedeutet, die Liebe zu leisten, beginnt sie im Verlauf eines Gesprächs zu ahnen, dem sie schweigend beiwohnt. Zwei ihrer Bewerber machen sich Gedanken darüber, welchen unter den jungen Männern ihrer Umgebung sie wohl wählen werde, und stellen dann die Frage anders: ob sie überhaupt werde lieben können, und vor allem: *wie*. Dafür aber gebe es nur ein einziges Wort: *Lieben*. Sie erinnert sich an die feierliche Stille, die in diesem Augenblick um sie geherrscht habe. »Auch so ein Moment des Lebens, der sich in der Seele nie verwischt.« *Moments of being* hat Virginia Woolf, die sich darin auskannte, dergleichen Augenblicke genannt, wenn sich etwas ereignet, das sich nicht in Worte fassen läßt, weil es seine eigene Wirklichkeit hat.

Jetzt aber steht Rönne, einer aus dem Zirkel jener liebenswürdigen Männer und der Schönste von ihnen, in ihrem Salon, vor dem Porträt der kleinen Friederike, und wartet auf die Erscheinung der Frau, um die er in ihrer gemeinsamen Jugend geworben hatte, und aus dem Geständnis, das er ihr macht, wird fast eine Liebeserklärung. »Jetzt ist meine Liebe zu Ihnen ganz anspruchslos, doch vor dem Throne Gottes werden Sie es erfahren, daß ich Ihrer Liebe nicht unwert gewesen wäre.« Elisa gesteht der Freundin, daß ihr »Herz bei dieser Rede doch ganz sonderbar« schlug. »Stolzchen, ich fühle es, ich hätte als Mutter und Gattin sehr glücklich sein können, wenn die Vorsehung mir einen Gatten gegeben hätte, den ich hätte lieben und ehren können.« Wie Rönne?! »Als er fort war, mußte ich meinen Thränen Luft machen«, Tränen, in denen sich eine Sehnsucht im Modus einer geträumten Vergangenheit zum Ausdruck bringt. Elisa wäre ja frei gewesen, eine Wahl zu treffen, aber sie verbirgt vor sich selbst, was ihre Wortstellung verrät, die der Mutter vor der Gattin den Vorrang gibt, und was ihre jungen Bewerber ahnten: daß sie nicht lieben kann, aber diesen Mangel verdrängt, indem sie sich danach sehnt. Die schöne Geschichte, die sie der Freundin erzählt, enthüllt eine Wahrheit, die ihr selbst verborgen bleiben mußte. Sie wußte, als sie ihrem Blaubart in sein Schloß folgte, daß sie *diesen* Mann nicht würde lieben können.

Die Frage der jungen Herren im Ballsaal von Mitau hat sie auf ihre Weise beantwortet, indem sie ihre Eltern beschwor, ihr mit der Heirat Zeit zu lassen, oder, wenn sie denn unbedingt solle, so wolle sie »bei Gott« lieber ihren »guten alten Papa Igelströhm nehmen, als diese Herren«. Die Begeisterung des alten Herrn, der bei dieser Aussicht ihre Hände küßt und gen Himmel sieht, erlöst sie von einer »drückenden Plage«, ohne daß sie »in der Unbefangenheit ihrer Seele« hätte sagen können, warum der Gedanke an eine eheliche Verbindung mit dem väterlichen Freund sie weniger erschreckte als die mit »einem dieser Herren«. Der stummen Selbstbefragung des vielumworbenen kleinen Fräuleins über diesen Unterschied macht das Nein der Stiefmutter ein Ende.

Die Szene mit dem unerwarteten Besucher steht ganz im Bann einer in der Erinnerung lebendig erhaltenen Erscheinung, der bildschönen kleinen Ballkönigin, umringt von eleganten jungen Herren, vergegenwärtigt für den Mann im Salon der geschiedenen Frau von der Recke durch das Bild eines toten Kindes. Was die jungen Herren in ihrem pathetischen Gespräch über die Liebe ahnten – Elisa wird es niemals wissen, daß sie für sich nur als schöne Seele existiert, die Liebe zu wecken, aber nicht zu erwidern vermag.

Der »himmlischen« Liebe, die sie ersehnt, hat sie einen Namen gegeben: *Klopstock*, David Georg Hartmanns Dichter, der Dichter der »künftigen Geliebten«, dessen Sehnsucht ein unstillbares Verlangen ist, bis er mit der toten Geliebten im Gedicht auferstehen wird. »Dann, o Unsterblichkeit, gehörst du ganz uns.« Das himmlische »Fest der Liebe« feiern bei Klopstock die »unbekannten Seelen« im unendlichen Raum der Sterne. Elisas Liebe, der es nicht beschieden war, sich in dem erträumten »Ideal einer glücklichen Ehe« zu erfüllen, nährt sich von einem Erinnerungsbild, das ungreifbar und daher unangreifbar über der Wirklichkeit schwebt: Sehnsucht im Stillstand.

»Der Vollmond verschönerte heute diese Gegend über allen Ausdruck. Wir sahen aus dem dritten Stock den Spiegel der Ostsee vor uns liegen. Majestätisch kam ein Schiff mit angeschwollenen Segeln auf der hellen Meeresfläche dahergeschwebt. Blendend weiß waren im Schimmer des Mondes die vollen Segel, und auf der spiegelglatten Fläche zeigte sich das Bild dieses sanft schwebenden Schiffes wie Silberglanz.«

DINÇER GÜÇYETER

DIESE WELT

Gedicht

HIER BIN ICH, unter meinen Füßen die Kruste der Welt,
hier, wo in jeder Dämmerung das stille Begehren
junger Männer von den Schenkeln auf die steinige Erde herunterrinnt,
wo ein kleines Mädchen jede Nacht mit dem toten Fuchs in den Armen
auf die Hügel steigt, sich an die Sterne hält, den Zopf in den Brunnen
wirft
und *Yusuf* flüstert. *Yusuf, Yusuf … erwürge die Schlange in deiner Brust,*
komm wieder zu uns, komm wieder zu uns. die Krähe sitzt am
Nachtigallennest, die Dichter brechen ihren Eid, bejubeln die Kriegsfront,
diese Welt
war einmal fest, es war einmal ein Jetzt, nun wehen wir bodenlos
durch alle rostscharfen Zeiten. gestern oder morgen, beides mit kahler
Brust,
eine brennende Schaukel spuckt ihre Splitter zwischen die beiden

nun stillt jedes Wort das Schweigen mit Aceton verdünnter Milch,
jeder Wand bläht sich der Bauch, jeder Fleck springt über die hohe Mauer
seiner Geographie. mein Vater schaut mich an, die Scheu eines Bastards
tropft auf seine kalkweiße Wange. ein Pfau klopft an die Tür, einmal,
zweimal, dreimal. Hängt die Tüte mit dem warmen Fladenbrot an die
Klinke,
ich und das Gedicht, mit warmer Pisse am Hosenbein, stehen hinter der
Tür,
wofür fragt mich das Gedicht, *wofür flog ich wie ein glühender Pfeil*
durch Jahrtausende, durch die Asche auf Mutterbrüsten, wofür die
Gebete als schwere Fracht, wofür der Panzer aus trockenen Nelken,
wofür, wenn bei jedem Regen die Quitten auf Spielplätzen welken,
wofür, wenn alte Brandflecken mit Wachspflaster durch tiefere ersetzt werden

all die Disteln, all die Eulenaugen zwischen Wurzeln und Pappelkronen
sind zu jung zum Sterben, deshalb sagt das neue Gericht des Windes,
hier stirbt keiner, hier verstecken sich alle. deshalb pfeift in allen
Dachrinnen

die Tiefe der geschaufelten Gräber, deshalb sitzen die verschleierten Witwen
auf Mandelbaumästen, schlagen den Koran auf ihren blutenden Unterleib,
klagen, fluchen in das Nabelloch des Windes: *dein neues Gericht,*
das uns das Berühren verbietet, dein bestochenes, verlogenes Gericht,
jede Sitzbank verkleidet mit Stacheldraht, der allahlose Vormund, der Speichel
schlägt auf unsere offene Küste, im Herzen ein Krüppel, wie der Diwan von Dinçer
geschmiedet mit verborgener Sünde. nimm deinen Altar, deine Schrift, dein Urteil,
nimm deine Finger von unserem Hals, deine behaarten Finger, das geölte Seil

diese Welt, die nun all die Schienen, die Vorhänge der Türen und Fenster abbrennt
sitzt wie ein Kind, seiner Schuld bewußt, mitten auf dem Marktplatz, läßt seine Murmeln
in die Risse der Flußbetten rollen, die letzte Flamme hält es auf den Ärmelknopf,
diese Welt, die ihr Unwissen in den Spiegel diktiert, sich im eigenen Fluch verliert,
sucht nun die heilige, heilende Nacht. doch die Glühwürmchen haben längst
ihre Barrikaden gebaut: *kein Wasser will dich waschen, kein Tropfen will deine*
Haut benetzen. finde nun den Brunnen, hole den Zopf, stelle dich auf den Kopf,
laß Yusuf sein letztes Wort sprechen. laß uns mit dem Erbe der Unschuld
ein letztes Gebet aus Grashalmen flechten. kein Fuchspelz, keine Gnade wird
nun dein Fleisch tragen können. keine Erlösung wird nun dein Gewissen bewohnen,
nun nimm die Flecken deiner Wände, die deine Ängste aus Stein abdecken sollen

Welt, was soll ich dir noch sagen, die Stoppeln der jungen Männer wachsen jetzt
in meinem Hals, ihre Lust hinterläßt brennende Fluchtwege auf meinen Schenkeln

Welt, hier sitze ich, auf dem feuchten Brett und flicke den Bezug meines
Diwans
lege Ziegel neben Ziegel, springe von einem Dach auf das nächste Dach,
puste
auf die verstopften Dachrinnen, werfe die Träume des Dichters den
Eulenaugen hin
halte mich an einer Feder fest, weil zwischen gestern und morgen ein
Wortbruch
über uns schaukelt. weil ein Gedicht vor dem scharfen Pfeifen verstummt,
hier, nimm dein letztes Hemd ohne Ärmelknopf, die leere
Streichholzschachtel,
deine Wut auf dich, deine Rache an dir, deinen Kampf gegen dich
und meine letzten Fragen: *aus welchem Brunnen haben wir das Wasser
getrunken?*
*wenn die Erde das Begehren nicht mehr aufsaugt, wohin mit diesen
Gedichten?*

MARC POMMERENING

RABENER

Ein Phantombild

Das letzte Buch der Weimarer Republik erschien nach ihrem Untergang. Dem Verleger Ernst Rowohlt war der Inzest-, Inflations- und Muttermordroman eines Debütanten so wichtig, daß er ihn als Abrechnung mit einer überwundenen Zeit bewarb und dem vierundzwanzig Jahre jungen jüdischen Autor Jacques Rabinowitz ein kerndeutsches Pseudonym verpaßte – Johann Rabener.

Seitdem sitzt die Tarnkappe, denn das Erscheinungsjahr 1933 und die für Rowohlt untypische Fraktur lassen einen aus politischer Verlegenheit ins Programm gehievten Provinzautor vermuten. Dabei ist das Buch dampfender Asphalt: Schelmenroman und Inflationsgroteske, Künstlerroman und dessen Parodie, ein von sprühendem Pessimismus befeuertes Berlin-Panorama. Es heißt »Verurteilt zum Leben«, und sein Held, der Musiker Fedor Feuerhahn, ist ein Candide der Weimarer Republik: Der ungeliebte Sohn eines Rittmeisters wird zum Liebhaber seiner nymphomanischen Mutter, durchläuft, vor ihr fliehend, ein Pandämonium aus Schiebern, Spekulanten, Prostituierten und Revolutionären, sinkt vom Opernkomponisten zum Jazzpianisten, wird, von Geldnot getrieben, im Affekt zum Muttermörder und begeht Selbstmord, indem er sich mit seiner Geliebten auf die Gleise des Schnellzugs Köln–Berlin legt.

Bei Erscheinen des Buches im Juli 1933 waren seine potentiellen Kritiker und Leser auf der Flucht; das Romanische Café, wo Rabener Schach spielte, halb leer. »Verurteilt zum Leben« wurde zum großen Wurf ins Leere und hat sein deutsches Publikum nie gefunden.

Daß er Rabeners Buch »fürchterlich und herrlich« findet, schrieb immerhin der Rowohlt-Autor Hans Fallada seinem Verleger. »Da wächst ein Erzähler herauf, vor dem können die Meisten einpacken. Das alles erinnert an Balzac, mit seiner Eindringlichkeit, seiner sturen Verbohrtheit in das Thema – und dann in der Leichtigkeit des Erzählens. Lieber Gott, was sind da für Wendungen darin ... und ich Affe habe dem Rabener erzählen wollen, wie man Romane schreibt.« Fallada wirbt für den jungen jüdischen Kollegen bei der einflußreichen »Neuen Rundschau« des Rowohlt-Konkurrenten S. Fischer. Peter Suhrkamp, seit 1932 deren Chefredakteur, reagiert mit heftiger Abneigung und läßt gleich drei Verrisse schreiben, die er alle nicht druckt. Vielleicht, weil Samuel Fischer einen jungen, ebenfalls jüdischen und gleichaltrigen Debütanten im Programm hat: Hans

Keilson, dessen Romantitel »Das Leben geht weiter« wie eine programmatische Entgegnung auf Rabener klingt. Oder, weil Suhrkamp der Deutschlehrer jenes hochtalentierten Freaks war, der Rabener als Vorbild für seinen Muttermörder Feuerhahn diente. Der junge Kalistos Thielecke war Protegé von Gerhart Hauptmann, wurde vom Fischer-Cheflektor Moritz Heimann an die Reformschule Wikkersdorf vermittelt und ermordete am 6. August 1930 seine ihn tyrannisierende Mutter in der Badewanne. Ein Sensationsprozeß folgte; der Fall Thielecke schien wie die Steglitzer Schülertragödie symptomatisch für die grassierende »Krankheit der Jugend« und wurde von Rabener so überzeugend in seinen Roman aufgenommen, daß Zeitgenossen argwöhnten, er sei selbst in die Vorgänge verstrickt.

Nicht Keilson, Rabener ist zunächst der Erfolgreiche. Er wird in Großbritannien und Ungarn gedruckt, in Österreich breit diskutiert und in der Schweiz verrissen. Sein Übersetzer ins Ungarische, Paul Tabori, skizziert Rabener als »Jungen mit klaren dunklen Augen und unbändiger Mähne«, der »in seltsam sprunghaften Sätzen« von Wanderjahren und »mindestens sieben verschiedenen Berufen« erzählt und wie ein amerikanischer Autor wirkt – für Rowohlt eine unwiderstehliche Kombination. Dabei war S. Fischers Erfolgsschriftsteller Jakob Wassermann Rabeners erster Mentor, der als wohlmeinender »Johann Victor« am Anfang und am Ende von »Verurteilt zum Leben« seinen Auftritt hat. Wassermann quetscht den jungen Rabener für eine eigene »Rede an die Jugend« aus und vermittelt, »damit Sie nicht länger in Ihrer originellen Weise schmachten«, sein Buch an Rowohlt. 1933 allerdings zieht er sich, als Jude bedrängt, krank und verfolgt von einer rachsüchtigen Exfrau, nach Österreich zurück und ist nicht mehr recht brauchbar für einen Hochbegabten, der Fürsprache und einen Meister sucht. Rabener wendet sich an Thomas Mann.

Er entschuldigt sich kokett, daß sein Buch »gleichsam raucht von Morden, Selbstmorden und anderen unseligen Toten«, und versichert, daß es Mann »recht intensiv unterhalten« werde. Dieser, Emigrant wider Willen und sich immer noch im verlängerten Urlaub in der Schweiz wähnend, greift, nach »recht lahmer Arbeit« und einem bald überwundenen »Schwäche-Anfall«, am Abend des 23. Oktober 1933 zu Rabeners Buch und bemerkt in dem »sehr begabten epischen Wurf« etwas »Zeitwildes und jugendlich Großartiges«. Wie Fallada und vor ihm Wassermann erkennt der Erzähler den Erzähler. Und schickt ihm den ersten seiner Josephsromane, »Die Geschichten Jaakobs«, dessen Vorwort eine Theorie des Erzählens entwirft. Manns Sentenz »Fest der Erzählung, du bist des Lebensgeheimnisses Feierkleid« preist Rabener als »Prachtsatz«, dessen »großartige Mischung aus höchstem Geist und holder Naivität« ihn an Goethe erinnert.

Daß Mann Rabener schrieb, steht in seinen Tagebüchern. Was er ihm schrieb, ist bestenfalls erahnbar, denn seine Briefe sind verschollen, einige von Rabener

haben sich im Thomas-Mann-Archiv erhalten und sind (bislang unveröffentlichte) Dokumente schwärmerischer Hingabe. Sie lesen sich wie Liebesbriefe. Rabener wirbt um den »hochgeehrten Herren«, dessen Kunst »überaus schön und erhaben« durch »die Jahrhunderte leuchten« wird, spricht von »einer Liebesbeziehung zwischen Ihrem Buch und mir«. Und Mann, zutiefst verletzt durch einen Schmähartikel in der Literarischen Welt, registriert am 4. November dankbar, mit wie »großer Liebe« der »junge Rabener« sein Buch preist, »in Ausdrücken, von denen man nicht glauben sollte, daß sie gleichzeitig mit den Niedrigkeiten des nationalsozialistischen Literaturblattes über ein und dieselbe Sache gesagt werden können«. Es beginnt eine mehrjährige Korrespondenz, in der Rabener Mann herausfordernd schmeichelt oder schmeichelnd herausfordert, Mann Rabeners Lob wohlwollend vermerkt und dessen Bedrängnis ignoriert – eine für Mann ganz untypische Meister-Schüler-Beziehung, die eher an den George-Kreis erinnert.
Ende 1933 wird Rabeners Buch verboten, es kommt zu einer nicht aktenkundig gewordenen Begegnung mit der Gestapo. Depressiv und unter Schreibblockaden leidend sitzt er auf der Galerie des Romanischen Cafés und spielt Schach, ist wieder der den irdischen Konflikten entrückte »Mondbewohner«. Zug um Zug erprobt der junge jüdische Autor die noch vorhandenen Spielräume, zu vorsichtig für Rowohlts Geschmack, der ihm eine Monatsrente zahlt und seinen Lektor Paul Mayer vorbeischickt, der ihm den Ruhm eines deutschen Dostojewski ausmalt – Rabeners zweites, nach einem Goethe-Zitat benanntes Buch »Denn ich bin ein Mensch gewesen« erscheint Ende 1934. Von »verzweifeltester Vorsicht« schreibt Rabener danach an Thomas Mann und von seiner Schwierigkeit, »überhaupt etwas Lesbares zustande zu bringen«.
Johann Rabener maskiert sich im Roman als Joachim Ruderer. Kein Musiker diesmal, sondern ein Schreiber. Gegenstand des Buchs ist das Erzählen selbst in einer Welt, in der Freiräume sich verengen und Wände Ohren haben. Der jäh als Romancier erfolgreiche Ruderer verläßt seine Studentenbude und wird möblierter Herr, verliebt sich in seine finanziell bedrängte Vermieterin und erzählt ihr die »Gewitterjahre« seiner Jugend als hinreißend komischen Schelmenroman. Rabener überschreibt sein eigenes Leben und übertreibt seine Erfahrungen. Ernst Rowohlt etwa ist als »Wolter« vertreten, Paul Mayer als »Paul Germer«, aber auch die Kunstseidenfabrik in Kreuzberg kommt vor, wo der Autor 1926 kurz Lehrling war.
Hier öffnet sich, vielleicht von Mayer freigesprengt, ein Spielraum, in dem die tolldrastische Brillanz des Erzählers, seine Lust an der grotesken Zuspitzung sich austobt. Rabener nutzt die Bühne, um Boheme und Halbwelt des republikanischen Berlins einen letzten Auftritt zu verschaffen. Die Zeit von Weimar

wird nicht verdammt, sondern beschworen – aber politisch nicht konkretisiert, denn Kommunisten und Nazis werden nicht erwähnt. Rabener erschafft für seinen Avatar Ruderer eine Parallelwelt, in der die Republik fortbesteht, als wäre die »Schattenparade« der NS-Herrschaft, die an den Fenstern des Romanischen Cafés vorbeizieht, ein durch die Erzählung verfliegender Alptraum.
Zum Verständnis von Rabeners Erzählstrategien lohnt ein Seitenblick auf den Rowohlt-Kollegen Robert Musil, dessen »Mann ohne Eigenschaften« auf dem Schutzumschlag von »Verurteilt zum Leben« beworben wird. Musil ist sein genaues Gegenteil: Dieser verachtet das Erzählen, jener übertreibt es. Musil überführt die Erzählung ins Essayistische, Rabeners Gedanken sind aus zweiter Hand und stehen im Dienst der Erzählung. Musil ist stets in Gefahr, von Reflexion erdrückt zu werden, Rabener muß fürchten, sich in der Fülle seiner Figuren zu verlieren. Joachim Ruderer, seinem Alter ego, wird die Welt zur Fabel. Er muß wie unter Zwang erzählen, und sei es, als Coda des Romans, den Kindern eines erfolglosen Friseurs im Wedding: »›Schön‹, sagte die kleine Inge sehr damenhaft, sehr gelassen, ›dann kommen wir morgen wieder und holen uns die Geschichte ab. Du mußt dir inzwischen was Feines ausdenken.‹ Joachim machte eine tiefe Verbeugung, und seine Augen leuchteten.« Seinen eigenen existentiellen Konflikt, gehen oder bleiben, thematisiert Rabener anhand der Figur des Arztes Edgar Jonas, der mit seinem Dasein als Deutscher und Jude hadert und, einer tödlich verlaufenen Abtreibung bezichtigt, seine Flucht ins Ausland abbricht und sich zum Bleiben durchringt.
Überwintern möchte Rabener auch, doch Veröffentlichungen für jüdische Autoren werden in regulären Verlagen unmöglich. Zäh und geschickt führt Rowohlt seinen Abwehrkampf, hält zu den jüdischen Lektoren Mayer und Hessel und wagt noch 1936 eine pseudonyme Veröffentlichung des tschechischen Juden Bruno Adler über Stifter, die, wiewohl in der Nazi-Presse gelobt, dem Verlag fast zum Verhängnis wird. Da ist »Denn ich bin ein Mensch gewesen« längst verboten und eingestampft. »Beschlagsahnt«, wie Rabener witzelt. Denn daß der Vater seines Helden in der Brüsseler Etappe eine Hure aufgabelt, sie liebenlernt und ihr ein Café einrichtet, ist inzwischen eines Offiziers unwürdig und eine »infame Schmähung der alten deutschen Armee«, so der Autor an Mann. Die Pechvögel der Wochenzeitung »Deutsche Zukunft« bekommen Ärger mit der Gestapo, weil sie das im Börsenblatt avisierte Verbot von Rabeners Buch nicht mitbekommen und eine wohlwollende Rezension drucken.

Am 19. Mai 1935 emigriert Rabener nach Brüssel, das kein Zentrum der Emigration ist, aber der Ankerpunkt seiner Familie. Sein ein Jahr jüngerer, tatkräftiger Bruder Harry Rabinowitz lebt hier und regelt die aufenthaltsrechtlichen

Formalitäten für den Staatenlosen. Harry leitet »Caracom«, einen solide wirkenden Vertrieb für Modeschmuck, den die belgische Fremdenpolizei als Tarnung beargwöhnt. Rabeners Vater, der 1879 in Witebsk geborene Bernhard Rabinowitz, ist nämlich ein unsteter, durchaus windiger Bankier. Mit Hindenburgs Neffen Beneckendorff führte er eine Privatbank, die in den Barmat-Skandal verwickelt war, bei dem durch Bestechung von Politikern erschwindelte Kredite die Glaubwürdigkeit der frühen Weimarer Republik erschütterten. Wie Julius Barmat emigriert Rabinowitz nach Holland und dient dem berüchtigten Spekulanten beim Kauf einer belgischen Bank als Strohmann. In der Figur des Alexander Alapin setzt der Sohn dem Vater im Debütroman ein Denkmal, schildert halsbrecherische Termingeschäfte bei frommer Versenkung in den Glauben der Väter. Mobil wie der ewige Jude, fühlt Alapin sich in Schlafwagen und Hotelsuiten am wohlsten. Vater und Sohn sind als Börsenspekulant und Asphaltliterat personifizierte Feindbilder der Nazis. Gegen »Bankster« agitiert auch der belgische Faschist Léon Degrelle, Bernhard Rabinowitz geht 1936 in die liberalere Tschechoslowakei.

Und dann ist da Ida Rabinowitz, unter dem Namen Adi Bernard eine angesehene Pianistin, die sich als »Schwester des Dichters Rabener« bei Thomas Mann zum Tee einlädt, vom Glück der Begegnung »ganz benommen« ist und ihm brieflich dankt, daß er »den Kleinen«, ihren Bruder, zu sich emporzieht. »Ohne Maulkorb« schreibt dieser aus Brüssel an Mann, daß »zwei Jahre voller Qualen« hinter ihm lägen, und kündigt aus jugendlichem »Bedürfnis nach Rache, nach Reinigung und Abrechnung« einen großen »Roman gegen die Nazis« an, erwähnt auch die »raffinierte Kühle«, die zur Gestaltung notwendig sein werde, und will gleichsam Revanche für den diktaturbedingt unpolitischen zweiten Roman.

Mann reagiert reserviert. Nach einem Spaziergang mit dem Hund notiert er, Rabener sei nach Belgien »entwichen«. Der ideale Leser, der im »sträflichen« Heimatland ausharrte, ist zu einem Emigranten unter vielen geworden. Schon die Zusendung des zweiten Romans hat ihn nur mäßig beeindruckt. Er konstatiert zwar »eine gewisse Großartigkeit«, moniert aber »direkte Entlehnungen« bei ihm und schließt, »Schüler sind entwertend und schrecklich!«, obwohl kaum ein junger Autor Thomas Mann je so nahe kommt wie Rabener. Stand der Entwichene nicht mehr für ein anderes, intakt gebliebenes Deutschland? Oder ist dem Zauberer ein Lehrling erwachsen, den er nun nicht mehr loswird? Außerdem bedrängt ihn dieser anmaßende Jüngling, sich endlich zur Emigration zu bekennen: »Schachlich ausgedrückt, Sie sind am Zug, Meister!«

Rabener ist neuerdings Kommunist. Der Bankierssohn engagiert sich, leitet in Brüssel Vorträge linker Schriftsteller ein, rühmt am Parteiliteraten Alfred Kantorowicz »die Bescheidenheit eines geistigen Menschen«, stößt mit Gustav Regler auf eine bessere Zukunft an und versucht Thomas Mann für den Kommunismus zu begeistern. Er spricht stolz von »seinen Genossen« und empfiehlt die Briefe Karl Liebknechts; den einstigen Mentor Wassermann zählt er in einem gespenstisch-doktrinären Brief zur untergehenden bürgerlichen Welt. Im sowjetischen Magazin »Das Wort« darf Rabener sich im April 1937 an einer Umfrage beteiligen. Er steht im Alphabet antifaschistischer Schriftsteller zwischen Polgar und Regler, denn Moskau will eine linksbürgerliche Volksfront und gibt sich tolerant. Rabener betont seine hier proletarisch wirkenden Wanderjahre, zählt seine »von der Gestapo« verbotenen Bücher auf und kündigt seinen neuen Roman an, der erst »Menschlichkeit noch erlaubt«, dann »Denk ich an Deutschland in der Nacht« heißt.

Heine im Titel statt Goethe, wieder sechshundert Seiten, wieder ist Joachim Ruderer der Held und wieder spielt die Handlung 1932. Er scheint draußen nachholen zu wollen, was er drinnen nicht schreiben durfte: »Haupt-Thema: junger Schriftsteller zwischen den Klassen, hineingeworfen in eine Flut von Erlebnissen. Kräftige Handlung. Außerordentlich gelungen scheinen mir alle faschistischen Typen (die SA-Führer Heines, von Detten – und Arnolt Bronnen)«, erfährt Thomas Mann, auch daß Ruderer, »obschon anständiger, menschlicher, sauberer als im zweiten Buch«, merkwürdig blaß bleibt. Ob es Rabener gelungen ist, »ihm in den letzten Kapiteln Atem und Wirklichkeit in den Leib zu pumpen«, muß offenbleiben, denn das Manuskript bleibt ungedruckt und ist verschollen, obwohl der Exilverlag Querido sich »doch recht intensiv« für eine Veröffentlichung interessiert und obwohl Thomas Mann, über einen in Prag gegründeten Fonds, die Druckkosten zumindest teilweise zu übernehmen bereit ist.

Erhalten haben sich zwei positive Lektoratsgutachten, in Auftrag gegeben von Rabeners englischem Verleger Boriswood. Demnach setzt »Denk ich an Deutschland in der Nacht« exakt dort an, wo »Denn ich bin ein Mensch gewesen« aufhört: beim fabulierenden Autor Ruderer und der kleinen Inge als Zuhörerin. Doch nun ist ihr Vater, Friseur Benkö, ein glühender Nazi, der seine Kinder mit Stürmer-Zitaten vergiftet. In eine Nachbarin, die Kommunistin Daniela Massin, verliebt sich Ruderer und wird, obwohl apolitisch wie Kästners Fabian, in die Kämpfe der Zeit hineingezogen. Von Saalschlachten im Sportpalast erzählt Rabener, von Bankiers, die Nazis finanzieren, von halbverhungerten Künstlern und frustrierten Arbeitslosen. Zentral ist das kolportagehafte Motiv feindlicher Brüder, die als preußische Junker geboren wurden: Während Caesar von York die Privilegien seiner Klasse verteidigt, verrät sein Bruder Manfred sie, wird Kommunist und als Geliebter Danielas Ruderers Rivale. Daß Rabener den Roman nicht mit dem Reichstagsbrand abschließt, bedauert einer der Lektoren. Dabei entgeht ihm die ironische Pointe, daß das verliebte kommunistische

Paar nach Moskau abreist und Ruderer mit dessen Hund im Wedding zurückbleibt. Überhaupt befremden Rabeners formale Experimente: das ausführliche, aber nicht erzählerisch motivierte Porträt des Naziliteraten »Tronnen«, oder die Vielzahl an Figuren, die einen der Gutachter an das 1858 vollendete Wimmelbild »Derby Day« erinnert. Man schlägt vor, zu kürzen und zu verschlanken, Rabener aber will seine »Gestaltung eines Panoramas« nicht »markttechnisch zurechtbiegen«, denn das »Thema Deutschland ließ sich nicht im Rahmen eines üblichen Romans mit einliniger Handlung bewältigen«.

Querido will das Buch nicht; und auch der zweite, weniger politische Exilverlag Allert de Lange lehnt Ende März 1938 mit warmen Worten ab. Man liest »wenig politische Romane, die sich mit diesen Dingen beschäftigen, die schon so lange vorüber sind«, so der Lektor Walter Landauer. Auch Exilverlage sind kommerzielle Unternehmen; mit den Annexionen der Nazis schwinden 1938 wichtige Absatzmärkte, de Lange setzt vorwiegend auf Unterhaltungsliteratur und Übersetzungen. Außerdem bilden die Lektoren von Querido und de Lange eine eng verknüpfte Seilschaft: Kesten und Landshoff kennen sich vom Gymnasium, wie Landauer waren sie Lektoren beim Kiepenheuer Verlag, wo Kesten zudem als Autor veröffentlichte. Natürlich pflegen sie ihre Autoren auch im Exil: Seghers und Feuchtwanger, Brecht, Arnold Zweig und Joseph Roth. Die Bühne ist zu eng, schon für ein solches Ensemble, Neuzugänge daher kaum erwünscht. Der 2011 zu verdientem Nachruhm gekommene Ulrich Alexander Boschwitz etwa reicht vier Manuskripte bei Allert de Lange ein und stößt, obwohl »entschieden talentiert«, so Kesten, auf freundliche Ratlosigkeit. Kommt es zu einer Veröffentlichung, dann haben die Autoren Protektion, wie Konrad Merz, oder gewinnen einen Wettbewerb, wie Henry Wilhelm Katz. Klaus Mann, als Lektor bei Querido Vierter im Bunde, gibt das »Kassandra«-Manuskript des Freundes Friedrich Walter an seinen Vater, dessen Lob er an Allert de Lange vermittelt. Diese Protektion wird Rabener nicht länger zuteil. Bei Manns Umzug in die USA wird er wie ein Möbelstück zurückgelassen und im Tagebuch nicht mehr erwähnt.

Vom Kommunismus hat Rabener sich im Zuge der Schauprozesse und beeinflußt von André Gides Kritik 1937 gelöst und sich, »fragend, vorsichtig beobachtend«, einem Kreis von geistig interessierten Juden angeschlossen, die das Werk des gerade verstorbenen Philosophen Constantin Brunner mit etwas komischer Exaltiertheit pflegen. Bei einer Feier liest er Schauriges, wohl aus dem Deutschlandroman; Elisabeth Ehrlich, leidend und reich verheiratet, bedankt sich für seine »grausame und wahre Lebensbeschreibung« und begeistert sich für die Formulierung »seelisch obdachlos«. In Brunners Lieblingsschüler, dem ehrgeizigen, hochfahrenden und unglücklich verheirateten Josef Hurtig, findet Rabener seinen »einzigen Freund hier in Brüssel«, obwohl dieser ihn anfänglich als »Autor von zwei Trivialromanen« geschmäht hat. Der einzige erhaltene Brief an Hurtig belegt ihre enge Freundschaft und beleuchtet Rabeners Privatleben: Eingerahmt von Glossen zu Huxleys »Kontrapunkt des Lebens« berichtet er vertraulich von Liebeshändeln mit einer Erna S. und einem mißlungenen Versöhnungsversuch. Er schließt sentenzhaft: »Wenn ich lese, dann lebe ich. Wenn ich schreibe, dann manchmal auch. Sonst bedarf ich eigentlich keiner Wirklichkeit. (Aber das belastet die Wirklichkeit und nicht mich).«

So Rabener in schönem Trotz am 15. Mai 1939. Er leistet Hilfsarbeiten im Betrieb seines Bruders, »Caracom-Stunden«, wie er auf dem Briefpapier der Firma schreibt. Der aufgekratzte Ton verwundert, denn sein englischer Verlag hat Konkurs angemeldet und ein neuer Roman, der vierte, liegt auf Eis. Von einem hochdotierten Literaturwettbewerb der britischen Agentur Pinker, an dem Allert de Lange sich beteiligt, liest Rabener im Mai 1938 und bietet Landauer an, einen »Vollblutroman ins Rennen zu schicken«. Er arbeite an einem »Frauenroman« über eine Tennisspielerin, der, wie er in seinem Brief zweimal versichert, »nicht politisch« sei. Landauer ist angetan: »Es wird immer noch besser sein als alles andere was wir so bekommen«, schreibt er Kesten, der Ende Oktober 1938 von Paris nach Brüssel fährt, um Rabener zu treffen. »Es ist für ihn seine ganz große Chance«, raunt Landauer und droht: »Nur darf er mich eben nicht sitzen lassen …«

Rabener möchte seicht sein und denkt an die Vermarktung, wünscht sich Heath in England und Knopf in Amerika als Verlage. »Dramatische junge Dame« heißt das Werk zunächst, dann »Eine viel zu stolze Frau« und zuletzt »Kein Talent zum Glück« – was als Titel über dem ganzen Unternehmen stehen könnte, denn auch dieser Roman bleibt unveröffentlicht und ist verschollen. Dabei wird Rabener trotz Verzögerung fertig, auch eine den Wettbewerbsregeln entsprechende Übersetzung ins Englische wäre möglich. Landauer aber lehnt linkisch lobend ab, glaubt, das »Berliner Milieu« des Romans würde »im Ausland nicht gut verstanden«, und will ihn auch nicht ins reguläre Programm übernehmen, wo 1938/39 etwa »Heute heiratet mein Mann« von Annemarie Selinko erscheinen darf. Erfolglos für den Wettbewerb nominiert wird der längst etablierte Bernard von Brentano mit »Die ewigen Gefühle«, einer gediegen-langweiligen Ehegeschichte aus dem Berlin von 1931. Brentano, ein Bruder von Adenauers späterem Außenminister, publiziert bald wieder im Deutschen Reich.

Von Verzögerungen »wegen der politischen Lage« schreibt Rabener euphemistisch – dabei ist sein Vater, in der Tschechoslowakei vom deutschen Überfall überrascht, in die Hände der Nazis geraten. Ihren Antisemitismus antizipierend wendet Rabeners Bruder Harry sich an die belgischen Behörden und bietet an, für die Einreise seines Vaters zwei Juden mit Geldmitteln für die Auswanderung zu versehen. Harrys Antrag wird umgehend abgelehnt, er verläßt mit seiner Familie das Land und zieht nach Frankreich. Das Schicksal von Bernhard Rabinowitz ist ungeklärt.

Als der Krieg schließlich ausbricht, bleibt es im neutralen Belgien zunächst ruhig. Regler, Kantorowicz, selbst der in Paris wohnende Kesten werden in Frankreich als feindliche Ausländer in die Lager Gurs und Le Vernet gesperrt. Rabeners Konkurrent Friedrich Walter, als Schullehrer im Elsaß von Internierung bedroht, mißlingt der gemeinsame Selbstmord mit seiner Frau. Fränze Herzfeld stirbt, ihr Mann überlebt und schreibt im Lager seinen biblischen Roman zu Ende. Allert de Lange veröffentlicht »Tobias« im April 1940, wenige Tage vor dem Überfall der Nazis auf Holland und Belgien.

Daß der Nazismus Blutvergießen bedeutet, hat Rabener schon 1932 gewußt. Um so erklärungsbedürftiger, daß er nicht mit einstimmt in den Chor der schutzflehenden Emigranten, die, von den militärischen Erfolgen der Nazis überrascht, in Westeuropa festsitzen und ihre nach Amerika entkommenen Schicksalsgenossen um Geld und Affidavits angehen. In New York formiert sich der Emergency Rescue Fund, nach Kräften unterstützt von Thomas Mann und dem mit knapper Not entkommenen Kesten. Rabener kennt beide gut, aber ein Hilferuf ist nicht überliefert, obwohl er im amerikanischen Literaturbetrieb neugierig rezipiert wurde und als Autor zweier im Reich verbotener Romane besonders gefährdet war. Doch Rabener verschwindet im Schweigen. Ende 1940 zieht er zu Joseph und Mary Hurtig in den Brüsseler Vorort Ukkel. Joseph Hurtig führt ein an die Nachwelt gerichtetes, nach wie vor unveröffentlichtes Kriegstagebuch, in dem er wie ein Schachspieler versucht, die nächsten Züge eines übermächtigen Gegners zu erraten. Von sprachkritischer Zeitungslektüre über historische Analogien bis zu strategischen Spekulationen bietet er seinen ganzen Scharfsinn auf. In Schlaglichtern wird die ohnmächtige Verzweiflung der bereits im Judenregister geführten Emigranten deutlich: »Wir sind Schwätzer aus Lebensnot. Wir sind ohne Heute mit einem verlorenen Gestern, mit einem zweifelhaften Morgen (…) in einer Baracke bei Wassersuppe und Zwangsarbeit.« Und noch hellsichtiger: »Wir leben hier in einem Wartesaal und harren des historischen Zuges, der uns mitnimmt.«

Das Konzentrationslager Breendonk, eine Festung aus dem Ersten Weltkrieg, »halbwegs zwischen Brüssel und Antwerpen«, beschreibt Jean Améry in »Die Tortur«, jenem berühmten Text über seine Erfahrung der Folter. Wie Rabener war Améry Emigrant in Belgien, Autor ohne Verlag und ein Adept Thomas Manns, dem er auch schrieb. Und wie der drei Jahre jüngere Améry wurde Rabener in Breendonk inhaftiert – zwei Jahre vor ihm. Die Staatenlosigkeit, die ihn bei Kriegsausbruch davor bewahrt hat, als »feindlicher Ausländer« nach Frankreich deportiert zu werden, wird Rabener am 21. Juli 1941 zum Verhängnis. Nach dem Überfall auf die Sowjetunion fürchten die Nazis eine fünfte Kolonne und verhaften in der »Operation Sommersonnenwende« staatenlose Emigranten mit russischem Migrationshintergrund, unter ihnen in seiner Wohnung Johann Rabener.

Als einer von 121 Verhafteten steht er stundenlang mit dem Gesicht zur Wand, bekommt eine ausgemusterte belgische Uniform, wird geschoren, erhält die Häftlingsnummer 520, muß mit einer Hungerration auskommen und, den Schikanen der Wärter ausgesetzt, Zwangsarbeit leisten. Ein »Massenschicksal« (Améry), auf das einen Thomas-Mann-Lektüre nicht vorbereitet, eher die von Kafka, denn Rabeners zermürbende, vorsätzlich sinnlose Zwangsarbeit besteht darin, den um die Festung errichteten Sandwall abzutragen und als Sichtschutz an der Eisenbahnlinie neu zu errichten. Allerdings ist in Breendonk 1941 ein Mindestmaß an Menschlichkeit noch erlaubt. Eine aufgewühlte belgische Öffentlichkeit setzt die Behandlung von Verletzten im Militärkrankenhaus Antwerpen durch. Rabener wechselt zweimal von der Strafkolonie ins Spital: Nachdem ein verstauchter Fuß kuriert und ein genereller Erschöpfungszustand behoben ist, wird er am 12. Dezember wieder nach Breendonk entlassen, um im Mai 1942 erneut behandelt zu werden, wegen eines gebrochenen Fingers, die Rekonvaleszenz nimmt vier Monate in Anspruch. Der lange Aufenthalt läßt Protektion durch das Krankenhauspersonal oder Hilfe von außen vermuten. War der Bruder Harry beteiligt, der mit seiner Familie indes schon am 4. Juni 1941 aus Lissabon entkam und als Harry Robbins-Tremont Amerikaner wurde? Oder die energische Schwester Adi, die nach eigenen Angaben in der Résistance kämpfte und nach dem Krieg vor Eleanor Roosevelt spielte? Half das Ehepaar Hurtig, obwohl zerstritten und selbst unmittelbar bedroht? Oder ein in Belgien berühmter Widerstandskämpfer, Arthur Verdurmen, der im selben Haus wie Rabeners Bruder wohnte?

Es gibt keinen Hinweis darauf, daß seine Peiniger in Rabener den antifaschistischen Romancier erkannten, wohlweislich hat er sich hinter der Nummer und dem Allerweltsnamen Rabinowitz verborgen gehalten, nicht Thomas Mann erwähnt, der sich von Amerika aus an die »Deutschen Hörer« wendet, und auch nicht die liquidierten Exilverlage, deren Lektor Walter Landauer die Nazis 1944 verhungern lassen. Zuletzt jedoch und wie zum Trotz gibt er seinen Künstlernamen zu Protokoll, bei der Überstellung von Breendonk ins inzwischen errichtete Durchgangslager Mechelen, von dem aus die belgischen Juden nach Osten verschickt werden: »Jacques dit Johann, Rabinowitz dit Rabener« steht in den Unterlagen, ein Epitaph, wie »Denn ich bin ein Mensch gewesen«.

Mit der Nummer 643 und dem tödlichen Vermerk K. V. – Keine Verwendung – wird Johann Rabener am 12. September 1942 in den Deportationszug IX Richtung

Osten gesperrt. Den Weg seines Vaters, »Vom Ghetto nach Europa«, machen die Nazis rückgängig. Über Köln, Kassel und Wiesbaden geht es durch das verdunkelte Deutschland, wo Johann Rabener als Jacques Rabinowitz 1909 in Breslau zur Welt kam, in Seesen im Harz das jüdische Gymnasium besuchte und in einer Schultheateraufführung des Schwanks »Othellos Erfolg« mitwirkte, wo sein Vater ein Kaddisch beten ließ für seine Genesung von der Diphterie; wo ihn, kaum zwanzigjährig, die deutsche Schiedsrichterzeitung mit Fußballreportagen beauftragte und von wo aus er als »Oberhäuptling« eines kleinen Kreises Thomas Mann grüßte.

Bevor er in Auschwitz ankommt, hält Deportationszug IX in Cosel, achtzig Kilometer entfernt von seiner Geburtsstadt. Hier hat die »Organisation Schmelt« sich etabliert, um gerade noch brauchbare Arbeitskräfte für IG Farben und Wehrmacht abzuschöpfen. Als einer von fünfhundert männlichen Deportierten wird Rabener vor dem Tod in der Gaskammer bewahrt; als Sklavenarbeiter im Dienst der IG Farben wird er »vernichtet durch Arbeit«.

»Ich bin so vernünftig, deshalb habe ich überlebt«, behauptete der zu spätem Ruhm gekommene Hans Keilson 2009. Der Zeitgenosse Rabeners hatte rechtzeitig den bürgerlichen Beruf des Arztes und die Sprache seines Gastlands erlernt, war beizeiten in den Niederlanden untergetaucht und hatte seinen kafkaesken Roman »Der Tod des Widersachers« in einer Brottrommel vergraben und geborgen.

Kantorowicz führt »Johannes« Rabener 1947 als verschollen, Kesten nennt 1961 sein korrektes Todesjahr. Als sich ein französischer Lektor 1962 bei Rowohlt nach Rabener erkundigt, weiß niemand, um wen es sich handelt. Nur Verlagschef Ledig erinnert sich vage und befürchtet, daß er »den damaligen Zeitumständen« zum Opfer gefallen sei.

THOMAS KARLAUF

SCHREIBEN IN FINSTEREN ZEITEN

Helmuth Kiesels Neuvermessung der deutschen Literatur zwischen 1933 und 1945

Das Wort entschlief, als jene Welt erwachte

I

Ende August 1935 wurde der deutsche Gesandte in Bern, Ernst von Weizsäcker, bei der Schweizer Regierung vorstellig. Er wollte die Eidgenossen davon abhalten, deutsche Hochschullehrer, die für NSDAP-Ortsgruppen in der Schweiz aktiv waren, zu entlassen. Die Berner Behörden vertraten die Auffassung, daß der Beamtenstatus unvereinbar sei mit politischer Agitation für eine ausländische Macht. Weizsäcker konnte nichts ausrichten und mahnte das Auswärtige Amt in Berlin daraufhin zur Zurückhaltung. Man solle den Professoren nahelegen, ihre Tätigkeit für die NSDAP vorübergehend ruhen zu lassen; für das Deutsche Reich sei es wichtiger, die Lehrstühle zu halten. Die Gesandtschaft in Bern wurde auf diese Weise weiterhin zuverlässig mit Informationen über die politische Einstellung deutscher Dozenten und Studenten versorgt.

Zu den eifrigen NS-Propagandisten und Zuträgern der Gesandtschaft gehörten die Literaturwissenschaftler Helmut de Boor und Richard Newald. De Boor lehrte seit 1930 Altgermanistik an der Universität Bern – nach der Erschießung des Landesgruppenleiters der NSDAP-Auslandsorganisation in der Schweiz, Wilhelm Gustloff, trat er 1936 demonstrativ in die Partei ein –, Richard Newald war seit 1930 an der Universität Fribourg tätig. Im Sommer 1945 wurden sie wegen Verletzung des Gastrechts von der Schweizer Regierung ausgewiesen. Nur vier Jahre später erschien im Verlag C. H. Beck der erste Band der von den beiden »Exilanten« herausgegebenen »Geschichte der deutschen Literatur von den Anfängen bis zur Gegenwart«.

Ein halbes Jahr, nachdem er sein Votum in der Hochschulangelegenheit abgegeben hatte, sollte Ernst von Weizsäcker zu einem Artikel von Thomas Mann Stellung nehmen, der Anfang Februar 1936 in der »Neuen Zürcher Zeitung« erschienen war. Die Ideologie des Nationalsozialismus, hieß es in dem offenen Brief, rüttele an »den christlich-antiken Fundamenten der abendländischen Gesittung« und laufe auf den »Versuch einer Abschüttelung zivilisatorischer

Bedingungen« hinaus. Thomas Mann habe mit diesem Text – so Weizsäcker an das Auswärtige Amt – »eindeutig gegen das Dritte Reich Stellung genommen und den bisherigen Langmut der deutschen Behörden gegenüber seiner Person mit höhnischen Bemerkungen bedacht«; es gebe daher seinerseits keine Bedenken, ein Ausbürgerungsverfahren gegen ihn einzuleiten. Zwei Jahre später übersiedelte Thomas Mann mit seiner Familie von Zürich in die USA; deutschen Boden betrat er nach 1945 nur noch besuchsweise.

In dem soeben erschienenen Band zur deutschen Literatur von 1933 bis 1945, mit dem das auf siebzehn Bände angewachsene Großunternehmen »de Boor / Newald« nach einem Dreivierteljahrhundert abgeschlossen vorliegt, ist Thomas Mann – neben Bertolt Brecht – der immer wieder aufgerufene Hauptzeuge gegen die Barbarei. Keiner hat wie er das politische, geistige und moralische Versagen der Deutschen, ihre bizarre Verblendung auf dem Weg ins tausendjährige Reich, die Mischung aus »Ressentiment und Größenwahn« (Tagebuch, 7. September 1933) so scharf gesehen und so gültig auf den Punkt gebracht.

Der von Helmuth Kiesel verfaßte Band »Schreiben in finsteren Zeiten« bildet nicht zufällig den Schlußstein einer Literaturgeschichte, die unmittelbar aus den Verwerfungen des Nationalsozialismus hervorging: Hitler steht am Anfang, und er steht am Ende.

»Mir fällt zu Hitler nichts ein.« Der heute geflügelte Satz, mit dem Karl Kraus die »Dritte Walpurgisnacht« eröffnete, eine Collage von weit über tausend mit beißenden Kommentaren versehenen Zeitungsausschnitten und Redezitaten, wurde erst 1952 aus dem Nachlaß bekannt. Kraus hatte sich zu einer Veröffentlichung des bereits gesetzten Textes im September 1933 nicht entschließen können. »Vermutlich hatte er das Gefühl«, so Kiesel, »der Text werde der Ungeheuerlichkeit der Vorgänge in Deutschland und der Komplexität der Lage nicht gerecht.« Statt dessen erschien im Oktober, im ersten Heft der »Fackel« nach Hitlers Machtübernahme, als Antwort an diejenigen, die sehnsüchtig auf eine Stellungnahme von Kraus warteten, ein kurzes Gedicht. Die Schlußzeile lautete: »Das Wort entschlief, als jene Welt erwachte.«

Zu den Verehrern von Kraus, die sich mit dieser scheinbaren Kapitulation nicht abfinden wollten, gehörte Bertolt Brecht. Er entwarf ein Antwortgedicht, in dem er an sein Idol appellierte, »ohne Verzug den Kampf fortzuführen«, auch wenn »die Möglichkeiten der Sprache begrenzt« seien. Als das Gedicht im April 1934 unter dem Titel »Über die Bedeutung des zehnzeiligen Gedichtes in der 888. Nummer der Fackel« erschien, hatte Brecht jedoch eine Kehrtwende vollzogen. Der »Beredte« – so nannte er Kraus – habe seine Stimme erhoben, »einzig um zu klagen / Daß sie nicht ausreiche«. Brecht machte sich Kraus' Standpunkt zu eigen – »Wenn die Greuel ein bestimmtes Maß erreicht haben / Gehen die

Beispiele aus« – und deutete das Schweigen dialektisch um. Das Schweigen, so die Schlußpointe, trat »vor den Richtertisch / Nahm das Tuch vom Antlitz und / Gab sich zu erkennen als Zeuge«.

Als Karl Kraus drei Monate später auf über dreihundert Seiten doch noch wortreich ausführte, »Warum die Fackel nicht erscheint«, begründete er seine Weigerung, dem Nationalsozialismus publizistisch entgegenzutreten, damit, daß bei Leuten wie Hitler und Goebbels mit Wahrheitsliebe nichts auszurichten und »Irrsinn kein Gegenstand der Satire« sei. Während die deutschen Exil-Kommunisten in Prag bei ihrer Ablehnung dieser Haltung blieben und erklärten, Schweigen könne niemals als Protest verstanden werden, stellte Kraus grundsätzlich in Frage, daß der Literatur im Kampf gegen die Gewaltherrschaft überhaupt geeignete Mittel zur Verfügung stünden.

Das Schweigen war bereits im Juli 1933 an prominenter Stelle thematisiert worden. Walter Benjamin hatte, unter Pseudonym, in einem Artikel der »Frankfurter Zeitung« zum 65. Geburtstag Stefan Georges die Frage aufgeworfen, warum der Prophet, als der sich der Dichter ein Leben lang inszenierte, neuerdings schweige. Klaus Mann knüpfte drei Monate später daran an und deutete »Das Schweigen Stefan Georges« als Absage an die neuen Machthaber. Ganz sicher war er sich allerdings nicht, genausowenig wie im Fall des von ihm fast gleichermaßen verehrten Gottfried Benn, der im Frühjahr 1933 als kommissarischer Leiter der Sektion Dichtkunst der gleichgeschalteten Berliner Akademie der Künste eine unrühmliche Rolle spielte. Anfang Mai sah Klaus Mann sich veranlaßt, ihn in einem Brief aus Südfrankreich zur Rede zu stellen.

Der darüber entbrannte Streit zwischen Klaus Mann und Gottfried Benn markiert die Scheidelinie zwischen Gut und Böse weit über das Ende der NS-Herrschaft hinaus. »Wer sich aber in dieser Stunde zweideutig verhält, wird für heute und immer nicht mehr zu uns gehören«, hatte Mann postuliert. Benn antwortete mehr oder weniger postwendend – politisch heillos verwirrt, geradezu makaber, noch dazu öffentlich, dabei aber stets aufs neue den Punkt umkreisend, auf den es ihm ankam: daß das Moralische nicht die Kategorie sei, revolutionäre Vorgänge zu beurteilen. »Wie stellen Sie sich denn nun eigentlich vor, daß die Geschichte sich bewegt?« Aus der Ferne könne, was sich in Deutschland derzeit abspiele, gar nicht beurteilt werden, deshalb verbitte man sich Einmischungen von Emigranten.

Was hier zwischen Benn und Mann stellvertretend verhandelt wurde, die Frage, »wo der Ort der Schriftsteller sei, innerhalb oder außerhalb der Reichsgrenzen« (Kiesel), spielte in den nächsten zwölf Jahren keine Rolle mehr. Die Versuche, sich gegenseitig zu delegitimieren, dauerten zwar noch eine Zeitlang an, die Ortsbestimmung jedoch, die Frage, wo ein Schriftsteller lebte und wo seine Bücher erschienen, sollte als entscheidendes Kriterium literarischer Dignität erst bei Kriegsende zurückkehren – dann freilich mit voller Wucht. »In meinen Augen«, so Thomas Mann in seiner oft zitierten Antwort auf Walter von Molo und Frank Thiess im Sommer 1945, »sind Bücher, die von 1933 bis 1945 in Deutschland überhaupt gedruckt werden konnten, weniger als wertlos und nicht gut in die Hand zu nehmen. (...) Sie sollten alle eingestampft werden.«

Die Frage, was ein Roman, ein Drama, ein Gedichtband an widerständigem Denken in Gang zu setzen vermag, die Frage von Karl Kraus, ob Literatur überhaupt zur Veränderung politischer Zustände beitragen könne, mußte mit Blick auf die in Deutschland verbliebenen Schriftsteller nach diesem Bannfluch aus Pacific Palisades fortan als unziemlich, als politisch inkorrekt gelten.

II

Wir haben uns damit abgefunden, daß Literaturwissenschaft und Geschichtswissenschaft, diese ungleichen Schwestern, sich aus dem Weg gehen. Schlägt man das Quellenverzeichnis maßgeblicher historischer Darstellungen auf, wird man literarische Titel vergeblich suchen, so wie auf der anderen Seite historische Referenzwerke in Literaturgeschichten Seltenheitswert haben. Alfred Döblins monumentale Trilogie über den November 1918 – um ein Beispiel herauszugreifen – erzähle mehr über die deutsche Revolution »als alle dickleibigen Bücher der Historiker«, urteilte Volker Ullrich provokant wie zutreffend. In Ullrichs eigenem Siebenhundert-Seiten-Buch über das Kaiserreich und seinen Weg in den Untergang (1997) taucht Döblins Name dennoch kein einziges Mal auf.

Woher dieses Fremdeln? Ist die Literatur für den Historiker als Quelle wirklich unbrauchbar? Tagebücher und Briefwechsel von Literaten werden zwar gern als primäre Zeugnisse genutzt, insofern sie die Komplexität geschichtlicher Wirklichkeit oft besonders anschaulich machen; Harry Graf Kessler, Thomas Mann oder Victor Klemperer gehören zu den prominenten Beispielen im 20. Jahrhundert. An die wirklichen Brocken wie den »Zauberberg« oder »Doktor Faustus« trauen sich Historiker aber selten heran. Die Literaturwissenschaft wiederum macht in der Regel einen Bogen um alles Politische und implantiert, wo historische Kenntnis zum Verständnis eines Textes unabdingbar ist, meist eher lustlos Versatzstücke aus Wikipedia.

Vor vierzig Jahren wäre eine Literaturgeschichte, die nicht auch Sozialgeschichte zu sein vorgegeben und eine kritische Hinterfragung der gesellschaftlichen Rahmenbedingungen von Kunst zu ihrem Kernanliegen erklärt hätte, undenkbar gewesen. Verlage wie Athenäum, S. Fischer, Rowohlt oder Hanser/dtv überboten sich seit Beginn der achtziger Jahre mit mehrbändigen Reihenwerken, in denen allerdings die demokratische Gesinnung von Literaten häufiger auf den Prüfstand gestellt wurde als die Beschaffenheit und Güte von Literatur. Herausgebergremien rückten an die Stelle von Autoren und suggerierten, daß sich Kompetenz am ehesten über Projektgruppen und folglich über die Anzahl der Beiträger erschließe. Solche Buchbinder-Synthesen, die zerbröselten, noch ehe man sie in die Hand nahm, besiegelten das Ende der Literaturgeschichte als einer Disziplin, die über die Seminare hinaus Interesse weckte – soweit sie das je vermochte.

Von den Strömungen des Zeitgeists unbeeindruckt, hielten die Dickschiffe aus dem Beck-Verlag über Jahrzehnte Kurs. Der eine und andere Kahn wurde runderneuert oder ganz aus dem Verkehr gezogen – 2009 ersetzte man endlich die Bände von Newald durch den Barockband von Volker Meid –, und 2020 konnte mit Peter Sprengels Darstellung der Jahre 1830 bis 1870 die letzte Lücke im Geschwader geschlossen werden. Helmuth Kiesel dampfte hinterher. Seinen Vertrag hatte er zwar bereits Mitte der neunziger Jahre unterschrieben, aber dann kamen dem so bewundernswert Fleißigen mehrere Großprojekte dazwischen: die »Geschichte der literarischen Moderne« (2004), eine Biographie Ernst Jüngers (2007), schließlich drei historisch-kritische Editionen – Jüngers Kriegstagebuch 1914–18, »In Stahlgewittern« und »Strahlungen«.

Kaum eine Epoche der deutschen Geschichte ist so exakt fixierbar wie die, die am 30. Januar 1933 begann und am 8. Mai 1945 endete. Auch wenn Anfang und Ende auf die Stunde genau zu bestimmen sind, waren die Übergänge dennoch fließend. In einer Umfrage Anfang 1931, was Intellektuelle und Künstler zu erwarten hätten, wenn das Dritte Reich tatsächlich errichtet werde, antwortete Lion Feuchtwanger mit einem einzigen Wort: »Ausrottung«. Die Versuchung, die Geschichte der Weimarer Republik als Geschichte ihres Untergangs zu lesen, ist verlockend. Aber eine retrospektive Betrachtung, die auf die »Machtergreifung« zuläuft, wird den Geist der Republik nicht erfassen, Weimar war nicht das Präludium zu Hitler. Das Damoklesschwert, das über Weimar hing, war die von den Deutschen nicht verwundene Niederlage von 1918. Nirgendwo spiegelte sich die daraus entstandene Krisenerfahrung deutlicher als in der Literatur.

Während man eine Literaturgeschichte Weimars gewissermaßen voraussetzungslos lesen kann, sollte man zum Verständnis der Jahre danach mit den kulturellen Hauptströmungen der Republik ein wenig vertraut sein. Die Konflikte, die mit der Machtübernahme der Nationalsozialisten aufbrachen, erwuchsen aus den politischen und ästhetischen Auseinandersetzungen von Weimar, sie reichten zum Teil weit zurück. Vor allem blieben die Autoren dieselben; kein Schriftsteller von Rang, der nach 1933 von sich reden machte, hatte nicht auch schon vor 1933 veröffentlicht. Brechts »Heilige Johanna« vor 33, »Mutter Courage« danach; Döblins »Alexanderplatz« vor 33, die »Amazonas«-Trilogie danach; zwei Romane aus dem

Verdun-Zyklus von Arnold Zweig vor 33, zwei danach, und so weiter. Franz Werfels Meisterwerk »Die vierzig Tage des Musa Dagh« konnte im November des Unheiljahrs noch in Deutschland erscheinen; die verstörende Schilderung des Völkermords an den Armeniern, deren zweite Auflage bereits in Amsterdam gedruckt werden mußte, erwies sich im nachhinein als das Menetekel des Grauens, das wenig später die Juden ereilte.

Der Beck-Verlag vertraute die Literatur von 1918 bis 1945 in zwei Bänden einem einzigen Autor an und akzeptierte am Ende auch das Anschwellen des Umfangs von verabredeten 1000 Manuskriptseiten pro Band auf zusammen über 2600 Druckseiten. Ausdauer und Großzügigkeit des Verlegers wurden belohnt. In seinem vor acht Jahren erschienenen Weimar-Band hat Kiesel vorgemacht, was es heißt, das literarische Profil einer Epoche vor dem Hintergrund der politischen, gesellschaftlichen und sozialen Entwicklung zu zeichnen. Das war nicht ohne Risiko. Mit dem Band über die Jahre 1933 bis 1945 rückt die Abhängigkeit der Literatur vom Gang der politischen Ereignisse noch stärker in den Mittelpunkt. Im Fokus stehen nicht die literarische Qualität eines Werkes und sein Rang innerhalb der jeweiligen Gattung; entscheidend für Kiesel ist, ob und inwieweit ein bestimmtes Werk, unabhängig von seinem künstlerischen Wert, gesellschaftspolitische Realität reflektiert.

Wie sich literarische Qualifikation und politische Einstellung zueinander verhalten, war schon unter den Zeitgenossen Thema. Die Vertreter des neuen Nationalismus seien »gesetz- und verhängnismäßig mit Talentlosigkeit geschlagen«, hatte Thomas Mann 1928 behauptet, sie könnten »in irgendeinem höheren Sinne nicht faszinieren«. Künstlerisches Urteil wurde hier mit politischem Ressentiment vermischt. Eine solche Profanierung der Kunst konsequent weitergedacht, wäre das Schicksal der deutschen Literatur mit Hitlers Machtübernahme entschieden gewesen: Die Talentierten wählten das Exil, die Talentlosen blieben. Als Mann nach dem Krieg die zwischen 1933 und 1945 in Deutschland gedruckten Bücher »weniger als wertlos« nannte, schloß sich für ihn der Kreis.

Die Dichotomie war in dieser Form nicht aufrechtzuerhalten, das ahnte Mann selbst; sie zu überwinden, ist dennoch nie wirklich gelungen, im Gegenteil. Als sich das wissenschaftliche Interesse in Westdeutschland um 1980 verstärkt der Exilliteratur zuzuwenden begann, waren die Werke der in Deutschland verbliebenen Autoren weitgehend in der Versenkung verschwunden. Im Übersichtswerk eines renommierten Schulbuchverlags wurden 1985 rund dreihundert Titel von Emigranten gelistet, aber kein einziger binnendeutscher. Zwar wurden von Anfang an Ausnahmen gemacht – Erich Kästner etwa oder Hans Fallada –, und um die beiden Solitäre Gottfried Benn und Ernst Jünger entbrannten wiederholt Kontroversen, aber das Gros derer, die geblieben waren, unterlag der alten

Wahrheit: mitgefangen, mitgehangen. In Deutschland erschienene Erfolgstitel, die sich nach dem Krieg weiterhin in großen Stückzahlen verkauften, wie »Der Großtyrann und das Gericht« von Werner Bergengruen (zuerst 1935), »Tsushima« von Frank Thiess (zuerst 1936) oder »Das einfache Leben« von Ernst Wiechert (zuerst 1939), galten gemeinhin als Relikte einer untergegangenen Zeit, bestenfalls als gehobene Unterhaltung.

Kiesel folgt in seiner Gliederung der Ereignisgeschichte und ordnet das Material entsprechend den Stationen der politischen Entwicklung. Im ersten Teil, »Die Machtergreifung im Spiegel der Literatur«, werden die Weichen gestellt; er ist mit 320 Seiten zugleich der umfangreichste des Buches. Der vierte Teil, der die binnendeutsche Literatur bis zum Kriegsausbruch verfolgt, ist mit 300 Seiten fast dreimal so lang wie Teil fünf, in dem »Exil, Spanienkrieg und Moskauer Säuberungen« behandelt werden. Der anschließende Abschnitt widmet sich den historischen Romanen und Zeitromanen, in denen die Epoche ihren höchsten künstlerischen Ausdruck fand, und nimmt dabei binnen- und exildeutsche Epik zusammen in den Blick. Die Kriegsjahre haben in Deutschland selbst verhältnismäßig wenig bemerkenswerte literarische Erzeugnisse hervorgebracht. Den letzten Teil dominieren Werke, die den Genozid an den Juden thematisieren, »Stimmen aus den Gefängnissen« und eine Reihe von zehn beeindruckenden »Abgesängen«, in denen auf je unterschiedliche Weise Bilanz der Katastrophe zu ziehen versucht wird.

III

Wie sieht sie nun aus, die deutschsprachige Literatur dieser zwölf Jahre, wenn man die Reichsgrenzen, später die Grenzen des deutschen Einflußbereichs, außer acht läßt und weder nach Verlagsadressen noch nach den Wohnorten der Autoren, sondern zunächst nur danach fragt, ob ihnen auf einem den Stand der Literatur reflektierenden Niveau die Wiedergabe eines bestimmten Lebensausschnitts, die Vermittlung von Lebenswirklichkeit gelungen ist. Alle, die zwischen 1933 und 1945 schrieben, standen, ob sie wollten oder nicht, im Bann der Politik, also drängt sich zwangsläufig die Frage nach ihrer politischen Haltung auf.

Das gilt für den Präsidenten der Reichsschrifttumskammer, SS-Gruppenführer Hanns Johst, der 1940 mit Heinrich Himmler tagelang durch das eroberte Polen reiste und über diese gespenstische »Ostfahrt« ein weitverbreitetes Buch veröffentlichte, genauso wie für Anna Seghers, die es unter vielen Entbehrungen schließlich nach Mexiko schaffte. Ihr dort 1942 erschienener Roman »Das siebte Kreuz« über die Auswirkungen der NS-Gewaltherrschaft auf das Verhalten einfacher Leute und die Macht der Solidarität gehört zu den großartigsten Werken

der Emigration. Er wurde ein Welterfolg, und er rangiert auch künstlerisch Lichtjahre über den Schriften von Johst, aber nicht, weil Seghers auf der richtigen Seite der Geschichte stand, sondern weil sie einfach besser schreiben konnte.
»Das siebte Kreuz« wird von Kiesel zusammen mit Irmgard Keuns »Nach Mitternacht« (erschienen 1937 in Amsterdam) und Arnold Zweigs »Das Beil von Wandsbek« (zuerst 1943 auf Hebräisch in Haifa) bereits im dritten Teil ausführlich vorgestellt, wo von Terror und Verfolgung im Dritten Reich die Rede ist. Indem er die drei Romane aus dem Kontext der Exilliteratur löst, wo sie meist eher unverbindlich nebeneinanderstehen, und chronologisch dem Zeitraum zuordnet, in dem sie spielen, vermag Kiesel sowohl ihre Eigenständigkeit als auch das Allgemeingültige hervorzuheben. Durch einfühlsame Paraphrasierung und Einordnung in das zeitgeschichtliche Umfeld gelingt ihm eine dichte Beschreibung der Lebenswirklichkeit zwischen den Polen Verführung und Gewalt anhand literarischer Zeugnisse, die mehr Ertrag liefert als manche historische Abhandlung.
Vor allem die Verführung durch den Nationalsozialismus wird durch Kiesels Charakterisierungen einschlägiger, damals vielgelesener Bücher höchst anschaulich. Natürlich kann man fragen, ob die Abschnitte über Thingspiel, NS-Volkstheater oder Bauern- und Dorfromane in dieser Ausführlichkeit nötig sind, und auch Kiesels nachdrückliches Werben für Romane, über die die Zeit hinweggegangen ist – »Das Riesenspielzeug« von Emil Strauß (1934), Johannes Freumbichlers »Philomena Ellenhub« (1936) oder Erika Mitterers »Der Fürst der Welt« (1940) und andere –, wird nicht jeden überzeugen. Repräsentativ für das Leseverhalten im Dritten Reich sind solche Bücher allemal. Durch ihre Kenntnis wird unser Blick auf den Nationalsozialismus als eine breite Volksschichten mitreißende Bewegung erweitert und geschärft, zumal Kiesel auch die zeitgenössische Rezeption durchgängig berücksichtigt (von Literatur*kritik* oder literarischer *Öffentlichkeit* zu sprechen erübrigt sich).
Ein Abschlußkapitel über die Entwicklung der Gattungen, wie es noch im Weimar-Band zu finden ist, enthält der Band über die Jahre 1933 bis 1945 nicht. Um 1930 war eine allgemeine Müdigkeit in der Diskussion um den Avantgarde-Begriff zu verzeichnen gewesen, poetologische Auseinandersetzungen wurden seitdem nicht mehr geführt. Die Kunst stand jetzt vor anderen Herausforderungen. Nichts veranschaulicht ihren Bankrott im offiziellen Deutschland besser als die Uraufführung von Hanns Johsts Drama »Schlageter« am 20. April 1933, Hitlers Geburtstag, im Staatlichen Schauspielhaus Berlin. Es müsse ein Ende haben »mit dem ganzen Weltanschauungssalat«, schrie es da von der Bühne: »Wenn ich Kultur höre (...) entsichere ich meinen Browning!« Das war drei Wochen vor der Bücherverbrennung.

Nicht weniger dramatisch als das Ringen um die Entscheidung zu gehen oder zu bleiben, sich anzupassen oder abzutauchen, waren die Auseinandersetzungen über den richtigen Weg des Widerstands in den Reihen der Exilanten. Die Linken begannen sich mit Hilfe Moskaus schnell zu organisieren, aber der Versuch, eine Einheitsfront gegen Hitler zu errichten, scheiterte nicht nur an der Gegensätzlichkeit politischer Standpunkte, sondern auch an ästhetischen Überzeugungen. In Vorbereitung auf den »Ersten Internationalen Schriftstellerkongreß zur Verteidigung der Kultur« im Juni 1935 in Paris schrieb Bertolt Brecht: »Wir können die Wahrheit über barbarische Zustände nicht erforschen, ohne an die zu denken, welche darunter leiden.« Mit seinem Text »Fünf Schwierigkeiten beim Schreiben der Wahrheit« legte er die »methodischen Grundlagen einer Ästhetik des Widerstands« (Werner Mittenzwei); die Möglichkeiten, mit den Mitteln der Kunst vom Ausland auf die Entwicklung in Deutschland einzuwirken, hielt er jedoch für begrenzt.

Im Exil wurde Brecht zum theoretischen und praktischen Erneuerer der Lyrik, die er reimlos wünschte und in unregelmäßigen Rhythmen. Mit lapidaren Versen suchte er den größtmöglichen Gegensatz zum nationalen Rausch in Deutschland zu erzielen, ohne sich Illusionen hinzugeben: »Was sind das für Zeiten, wo / Ein Gespräch über Bäume fast ein Verbrechen ist / Weil es ein Schweigen über so viele Untaten einschließt!« Die »Svendborger Gedichte« von 1939 sind das lyrische Denkmal des deutschen Exils schlechthin. So wie Brechts ebenfalls noch in Dänemark begonnenes Schauspiel »Leben des Galilei« als einziges Geschichtsdrama dieser zwölf Jahre überdauert hat, »ein Stück von bleibender Eindrücklichkeit und immer wieder aufrufbarer Wirkungskraft« (Kiesel).

Brecht ist, neben Thomas Mann, die überragende dichterische Potenz der Zeit, breiter aufgestellt als dieser, zugleich deutlich nachsichtiger mit den Deutschen, fast möchte man sagen, humaner. Während Mann in alttestamentarischen Radioansprachen dem deutschen Volk die drohenden Strafgerichte ausmalte, riet Brecht noch den Nachgeborenen, Maß zu halten: »Ihr, die ihr auftauchen werdet aus der Flut / In der wir untergegangen sind (...) Gedenkt unsrer / Mit Nachsicht.« Brecht und Mann gehörten zu einer Gruppe prominenter Emigranten, die am 1. August 1943 in Santa Monica eine Erklärung formulierte, in der die Sieger aufgefordert wurden, nach dem Krieg zwischen überzeugten Parteigängern und dem deutschen Volk zu unterscheiden. Am Morgen danach zog Thomas Mann seine Unterschrift zurück. Brecht war empört – und schrieb ein Gedicht: »Als der Nobelpreisträger Thomas Mann den Amerikanern und Engländern das Recht zusprach, das deutsche Volk für die Verbrechen des Hitlerregimes zehn Jahre lang zu züchtigen«.

Hitler habe »eine Vereinfachung der Gefühle« bewirkt, indem er »klaren und tödlichen Haß« hervorrief, schrieb Mann in seinem Bericht zur »Entstehung des

Doktor Faustus« 1949. »Die Jahre des Kampfes gegen ihn waren moralisch gute Zeit [sic].« In der Nachkriegsdebatte über Schuld, Verstrickung und Verantwortung in Deutschland hatte Manns Stimme Gewicht. Der »Doktor Faustus« sei für viele ihrer Generation »wichtiger als alles andere« gewesen, erinnerte sich Ivan Nagel an die gemeinsame Lektüre mit Peter Szondi, »die einzige große Erklärung des Grauenhaften, das wir erlebt hatten«.

Die aufwendige Pionierarbeit Helmuth Kiesels, seine subtile Verschränkung von binnendeutscher und exildeutscher Literatur, ermöglicht erstmals den direkten Vergleich zwischen dem, was in den Jahren der Gewaltherrschaft innerhalb und außerhalb des Deutschen Reiches geschrieben wurde. Sie bestätigt im wesentlichen das Urteil von Thomas Mann: Die besseren Bücher erschienen *extra muros*. Nicht zuletzt die großen, zum Teil mehrbändigen Romane, die wir heute zu den unvergänglichen Meisterwerken des 20. Jahrhunderts zählen, entstanden »draußen«. Ihre Autoren waren damit über Jahre befaßt: Thomas Mann arbeitete am Joseph-Roman von 1934 bis 1943, Alfred Döblin an der November-Trilogie von 1938 bis 1943, und Hermann Broch schloß den »Tod des Vergil«, den er 1936 in Angriff nahm, erst 1945 ab. Es scheint, als hätten die Emigranten in ihrem Schreiben Halt gesucht.

Was aber bleibt von denen »drinnen«, von der Masse derer, die in Deutschland publizierten und die wir oft nicht einmal mehr dem Namen nach kennen? Kiesel hat ihre längst vergessenen Bücher gelesen, auch die Schriften von strammen Parteigängern, dubiosen Konjunkturrittern, üblen Antisemiten – »so widerwärtig sie sein mögen«. Durchgängig zu konstatieren ist jenes falsche Pathos, mit dem der Nationalsozialismus ewige deutsche Werte propagierte, zu deren Ausschmückung die Literaten (und nicht wenige Literaturwissenschaftler) eifrig und höchst erfindungsreich beitrugen. Das Panorama, das Kiesel entfaltet, reicht von plumper Anbiederung an das Regime bis zu halb widerständigen Beispielen. Manches Buch wird man jetzt vielleicht selber lesen wollen: Reck-Malleczewens »Bockelson« etwa, »Das Reich der Dämonen« von Frank Thiess oder auch Paul Ettighoffers »Verdun«; das eine und andere von Arnolt Bronnen, Friedo Lampe oder Ilse Molzahn und möglicherweise diesen oder jenen Gedichtband. Im Kieselschen Kosmos wird jeder fündig.

Die wahren Funde sind jedoch außerhalb der Reichsgrenzen zu machen, und in der Mehrzahl handelt es sich dabei um jüdische Autoren, die bis heute im Schatten ihrer berühmten Kollegen stehen. Soma Morgensterns autobiographische Romantrilogie »Funken im Abgrund«, deren erster Band 1935 noch in Berlin veröffentlicht werden konnte, während die Folgebände nach Kriegsende zunächst in englischer Übersetzung erschienen (auf deutsch erstmals 1996!), steht für Kiesel als Vermächtnis osteuropäischen Judentums auf einer Stufe mit den Romanen von Joseph Roth. Anna Gmeyner beschreibt in »Manja« (Amsterdam 1938), nach dem Urteil Kiesels einer der konzeptionell anspruchsvollsten und künstlerisch versiertesten Romane der Zeit, in simultaner Erzählweise den Lebensweg von fünf im Frühjahr 1920 in derselben Nacht geborenen Kindern im Übergang von der Republik zur Diktatur. »An den Wassern von Babylon« von Robert Neumann (englisch 1939, deutsch 1945) schildert die Biographien von zehn europäischen Juden aus gänzlich unterschiedlichen Milieus. An der Grenze nach Palästina verunglückt der Bus, der sie ins gelobte Land bringen sollte; so wird das Buch zum »Roman über das Dauerexil der Juden«.

Die Austreibung der Juden aus Deutschland ist Thema eines 1933/34 entstandenen, mehrfach überarbeiteten Gedichts von Karl Wolfskehl, »An die Deutschen«, dem Kiesel mit Recht ein eigenes Kapitel einräumt. Der Dichter erinnert seine Landsleute in sieben Strophen daran, daß die seit Jahrhunderten an Rhein und Main seßhaften Juden Teil einer gemeinsamen Kultur sind: »Eure Kaiser sind auch meine«, lautete die Zeile, von der das »Lebenslied« seinen Ausgang nahm. Auch die Dichter, auch die Sagen, auch die Träume, auch die Sprache – all das ist gemeinsames Erbe, das sich der Dichter von den neuen Herren nicht rauben lassen will. Im »Abgesang« weist er deren Anmaßung zurück: »Teut, dir schwant, erkoren seist Du«, und vollzieht nun seinerseits in erschütternden Wendungen die Trennung, indem er sich selbst akklamiert: »Wo du bist, ist deutscher Geist.«

Für nicht wenige Schriftsteller, die Deutschland verließen und an fremden Küsten landeten, dürfte diese magische Ortsbestimmung gegolten und ihnen bei ihrer Neufindung im Exil geholfen haben. Wolfskehl selbst bestieg im Mai 1938 in Marseille ein Schiff nach Neuseeland. Drei Monate zuvor hatte Thomas Mann die Formel bei seiner Ankunft in New York ein wenig profaniert, als er einem Reporter ins Mikrophon sagte: »Where I am, there is Germany«. Die Schriftstellerkollegen zu Hause in Germany dürften die Botschaft kaum verstanden und vermutlich nicht geahnt haben, wieviel Bitternis und Verzweiflung dem stolzen Satz zugrunde lagen.

FRANZ FÜHMANN

»KENNEN SIE WEINHEBER? KENNEN SIE RUSSLAND?«

Ein Brief an Karl Krolow vom 28. Mai 1943 und unveröffentlichte Gedichte

Vorbemerkung

Das erste Schreiben Franz Fühmanns in der 1994 erschienenen Sammlung seiner Briefe ist datiert auf den 30. Januar 1950 und gerichtet an den Dichter und Kulturpolitiker Johannes R. Becher. Da lagen bereits ereignisreiche Jahre hinter ihm, prägend für sein schriftstellerisches Werk bis zum letzten Atemzug: Kindheit im böhmischen Rochlitz an der Iser, mehrjähriger Aufenthalt im Jesuitenkonvikt Kalksburg bei Wien, Gymnasialbesuch in Reichenberg, Mitgliedschaft in der Sudetendeutschen Hitlerjugend, 1938 Eintritt in die Reiter-SA, 1941 nach Ablegen der Matura (Abitur) bis Mai 1945 Soldat in der deutschen Wehrmacht mit Einsätzen erst an der Ost-, dann an der Westfront, zuletzt russische Kriegsgefangenschaft und von 1946 bis Ende 1949 Kursteilnahme und Lehrgruppenleitung an den Antifa-Schulen in Noginsk, Rjasan und Ogre. Fühmann war achtundzwanzig Jahre alt und stand am Anfang einer kulturpolitischen Karriere in der Nationaldemokratischen Partei Deutschlands (NDPD) sowie einer literarischen in der DDR.

Briefe aus seinem Leben vor 1950 fehlen; sie sind verschollen, möglicherweise in den Kriegs- und Nachkriegswirren verlorengegangen. Nun ist ein Brief aus dem Mai 1943 aufgetaucht. Er fand sich in den Beständen des Dichters Karl Krolow (1915–1999), die sein Sohn vor einigen Jahren dem Deutschen Literaturarchiv Marbach übergeben hatte. Dank einer Reihe urkundlicher und lebensgeschichtlicher Dokumente aus Fühmanns Nachlaß, der sich im Archiv der Berliner Akademie der Künste befindet, sind wir einigermaßen verläßlich unterrichtet über jene Jahre bis 1945. Eine Leerstelle sind allerdings authentische Zeugnisse aus eigener Hand. Die Herausgeber und Biographen haben diese Lücke zu schließen versucht, indem sie Teile des Erzählwerks uneingeschränkt autobiographisch lasen und bedenkenlos daraus zitierten, als handele es sich um historisch Beglaubigtes. Ähnliches, wenn auch abgemildert, gilt für den wissenschaftlichen Umgang mit späteren gedruckten Gesprächen und Interviews.

Mit dem am 28. Mai 1943 verfaßten Brief Fühmanns an Karl Krolow liegt ein unmittelbares Zeitdokument vor uns, eine Momentaufnahme des einundzwanzigjährigen Gefreiten, der in einem Luftwaffenstab der deutschen Wehrmacht als Funker und Telegraphenbauer eingesetzt wurde. Warum er den Brief schrieb, teilt der erste Satz mit: Ihm war eine Ausgabe der im Hamburger Verlag Heinrich Ellermann erschienenen Reihe »Das Gedicht. Blätter für die Dichtung« in die Hand gekommen, die 4. Folge des 9. Jahrgangs Januar 1943. Sie trug den Titel »Hochgelobtes gutes Leben« und versammelte auf vierzehn Seiten jeweils sechs Gedichte von Hermann Gaupp und Karl Krolow. Mag sein, daß ihm der

Verleger dieses schmale Bändchen hatte zukommen lassen, war doch Fühmann ein Jahr früher selbst in der Reihe vertreten gewesen (8. Jahrgang, 5. Folge, Februar 1942). Unter dem Titel »Jugendliches Trio. Gedichte junger Menschen« hatte Ellermann damals fünf Gedichte von ihm gedruckt und jeweils vier von Edith Tohde (1922–1990 [?]) und Alois Timmesfeld (geb. 1920, am 27. April 1945 standrechtlich erschossen wegen Kriegsdienstverweigerung). Daß das Bändchen mit den Gedichten von Gaupp und Krolow, das ihn im Frühjahr 1943 erreichte, nachhaltigen Eindruck hinterließ, bezeugt die späte Erwähnung im Gespräch mit Wilfried Schoeller 1982. Es sei das nächste nach seinem gewesen, erinnerte er sich nicht ganz korrekt, und »war einem einzelnen Debütanten zur Verfügung gestellt – und der hieß Karl Krolow«. Die Beteiligung von Hermann Gaupp (1901–1966), der damals Dramaturg am Reichssender in Stuttgart war und bereits einen Gedichtband vorweisen konnte, hatte im Gegensatz zu Krolow, der seit den fünfziger Jahren zu den maßgeblichen Lyrikern der Bundesrepublik gehörte, in seinem Gedächtnis keine Spur hinterlassen.

Ganz offensichtlich war es im Spätfrühling 1943 aber nicht die literarische Prominenz Krolows, von der sich Fühmann Förderung erhoffte. Denn von einer solchen konnte zu diesem Zeitpunkt noch keine Rede sein. Aus der Ellermann-Publikation wußte Fühmann nicht mehr, als daß Krolow ihm sieben Lebensjahre voraus war, aus Hannover stammte und »zur Zeit an der Universität Göttingen« studierte. Spontane Begeisterung führte die Feder – richtig: die Hand auf einer Schreibmaschine, deren Tastatur Fühmann auf Großbuchstaben arretiert hatte –, und die unbestimmte Hoffnung, im anderen einen Gleichgesinnten getroffen zu haben. Er schrieb hier nicht nur einem Gegenüber, von dem er außer einigen Gedichten nichts kannte, er schrieb auch sich selbst. Ob noch an der östlichen oder wenig später an der griechischen Front: Es hätte wohl auch nichts geändert, wenn Fühmann gewußt hätte, daß Krolow bis 1942 erst evangelische Theologie, dann Germanistik, Philosophie und Kunstgeschichte studiert hatte, daß er seit 1937 NSDAP-Mitglied und seit 1941 verheiratet war. Selbst die kurzzeitige Referentenstelle Krolows beim »Reichskommissar für die Festigung deutschen Volkstums«, in dessen Aufgabenbereich nach dem Hitler-Stalin-Pakt 1939 die Umsiedlung der deutschen Bevölkerung aus den Ostgebieten lag, hätte ihn kaum interessiert. Eher wäre er neugierig gewesen, was der andere schon publiziert hatte. Doch wie hätte er an die vereinzelten Drucke in größeren Zeitungen kommen können? Eine Ausnahme mochte die »Zeitschrift für Dichtung, Kunst und deutsches Leben«, »Das Innere Reich«, sein, deren Schriftleiter Paul Alverdes seit Anfang der vierziger Jahre wiederholt Texte Krolows publiziert hatte. Gedichte wie »Lebenslied« und »Für mein Kind« im Mai/Juni-Heft 1942 fielen nicht weiter ins Gewicht, Krolows Revue zeitgenössischer Lyrik im ersten und zweiten Heft 1943 hätte aber allemal Fühmanns Leseinteresse gefunden (»Betrachtungen zu Gedichtband-Titeln und Zur Gegenwartslyrik«). Immerhin hatte Krolow hier auf 32 Druckseiten die aktuell maßgeblichen in Deutschland erschienenen Gedichtbände von Friedrich Georg Jünger, Gotthard de Beauclair, Werner Bergengruen, Oda Schaefer, Franz Tumler, Eberhard Meckel, Manfred Hausmann, Friedrich Bischoff, Hermann Struppäck und Georg von der Vring besprochen – mit einem reservierten Fazit: Durch »den Umgang mit bildungsmächtigem Geist« entziehe sich ein »nicht geringer Teil der heutigen Lyrik (...) der Fülle nothafter Gegebenheiten des Daseins« und könne sich »mit der drangvollen Nähe nicht verstehen (...), wie sie uns angeht«. Das »Ateliermäßige und Akademische« sei der

»Wirklichkeit des Krieges« nicht gewachsen, werde ihr nicht gerecht. Daß Krolow nur die einzige Frau in dieser Reihe gelten ließ, hatte weniger mit deren Geschlecht zu tun als mit der baltischen, »ostdeutschen« Landschaftsprägung. »Man ist in dämonisches Land ausgeschlüpft und wird darüber selbst zum Dämonenwesen.«
Vermutlich kannte Fühmann diesen kritischen Gleitflug Krolows über das weite Feld zeitgenössischer deutscher Dichtkunst nicht. Er hätte darauf Bezug genommen, beiläufig zumindest. Aber er las aus dessen sechs Gedichten heraus, wonach dieser in seiner Bestandsaufnahme gefahndet hatte: »Sie schreien den Schrei der Zeit nicht mit. Sie verleugnen sich auch nicht vor ihr. Sie stehen schon darueber.« Was er mit diesen Worten den Versen Krolows attestierte, klang nach einem poetischen Credo. Indem Fühmann dem Brief eine kleine Auswahl eigener Gedichte beifügte, setzte er sich dem Vergleich mit den »jetzt im Mittelpunkt des Interesses stehenden Lyrikern« und auch der Prüfung aus, ob er – was er seinerseits Krolow wertschätzend bescheinigte – »etwas zu sagen« habe.
Fühmanns Brief kommt gleich ›zur Sache‹. Er beläßt es nicht bei bloßer Huldigung, sondern wird konkret, und der Ton, in dem das geschieht, ist nicht anders als unumwunden zu nennen. »Kennen Sie Weinheber?« Diese Frage, unter Dichtern gestellt, war Mitte 1943 reine Rhetorik. Der 1892 in Wien geborene Josef Weinheber gehörte nicht erst seit dem »Anschluß« Österreichs zu den prominentesten Lyrikern im deutschsprachigen Raum. Nach einem politischen und konfessionellen Schlängellauf hatte er sich entschieden auf die Seite des NS-Regimes und Adolf Hitlers geschlagen. Weinheber, immerhin an Karl Kraus geschult, hatte sich seit den frühen zwanziger Jahren dank seines breiten lyrischen Gestaltungsvermögens einen Namen gemacht. Dabei hielten sich in seiner höchst widerspruchsvollen Persönlichkeitsstruktur Größenwahn und Nichtigkeitsgefühle die Waage. Galt er den einen als kultureller Repräsentant des »Dritten Reiches«, war er den anderen ein Nachfolger Hölderlins. Den jungen Fühmann interessierte ausschließlich der Lyriker. Weinheber, bekennt er 1980 im Gespräch mit Margarete Hannsmann, sei »auch mein Dichter gewesen, vor dem bin ich auf den Knien gelegen« und habe »à la Weinheber gedichtet«. Das »ziemlich unbekannte« Gedicht jenes so verehrten Dichters, aus dem er für Krolow zitiert, war unter einem abweichenden Titel bereits im Juli 1934 in der Ostdeutschen Rundschau erschienen. (Möglicherweise hatte Fühmann es im »1. Kunstjahrbuch des Reichsgaues Salzburg« gelesen. Das nämlich war vom Salzburger Verlag Bergland-Buch 1941 herausgegeben worden, was die Titelverwechselung erklärte. In ihm waren neben Weinheber alle maßgeblichen nationalsozialistischen Dichter vornehmlich Österreichs versammelt.) Es charakterisiert Fühmanns damalige lyrische Affinitäten, daß ihm gerade diese Weinheber-Verse gegenwärtig waren. In ihnen entdeckte er eine poetische Korrespondenz zu jener Zeile, mit der die zweite Strophe von Krolows Gedicht »Waldmusik« beginnt: »Wenn der Nachmittag im Himbeerwald / Dunkelte im Tönen des Fagott: / Hornklee roch und Nebel braute bald, / Schauder überrieselte mich kalt, / Und ich sah den starken Hirtengott.« Viermal pries Fühmann Krolows erahnte Kunst mit einem »Sie koennen«, und er nannte die poetischen Tugenden, die für ihn maßgeblich waren: beschwören, träumen und leben. Ein für ihn im soldatischen Dasein gefährdetes Maß.
Diesem Dasein, das als »da draußen« aufscheint, widmet der Brief in unmittelbarem Anschluß einen kompakten Absatz. Dem »Kennen Sie Weinheber?« folgt ein »Kennen

Sie Russland?« Der hochgestimmte Ton, in dem Fühmann die landschaftliche Schönheit ins fast Märchenhaft-Mystische erhebt, verschlägt dem, der sich die unmittelbaren Kriegsumstände dieser Region vor Augen führt, die Sprache. Nachdem das deutsche Heer unter fürchterlichen Verlusten bei Stalingrad besiegt war, hatte der deutsche Oberbefehlshaber Adolf Hitler die unbedingte Verteidigung der ukrainischen Gebiete um Charkow befohlen. Als es Mitte Februar 1943 der Roten Armee gelungen war, die Stadt zurückzuerobern, war Hitler persönlich an die Front geflogen, um einen bei der Militärführung umstrittenen militärischen Großeinsatz durchzusetzen. Charkow, so ein damaliger Wehrmachtsgeneral, habe wie ein »magischer Anreiz« auf die deutschen Truppen gewirkt. Am 18. März 1943 war es zu einer qualvollen Rückeroberung von Charkow gekommen, die die beteiligten Divisionen, unter ihnen Spezialeinheiten der SS, über hunderttausend Tote gekostet hatte. Dieser Pyrrhussieg war der letzte der deutschen Wehrmacht an der Ostfront. Ende März hatte die Rasputiza (russ. »Wegelosigkeit«), die Schlamm- und Regenperiode, eingesetzt, und die Kämpfe waren zum Erliegen gekommen. Daß von alldem nichts in Fühmanns Brief steht, darf nicht verwundern, so nachdenklich die schillernd-verklärenden Schilderungen der ukrainischen Welt, in der er damals lebte, stimmen. Militärisches zu berichten, konnte Kopf und Kragen kosten. Aber es lag auch außerhalb seiner Schreibintention. Er wollte einen lyrischen Freund gewinnen, keinen Teilhaber an seiner soldatischen Existenz und Lage.

Die war vorgezeichnet: weniger für ihn und seinesgleichen, gewiß aber für die, die die Gesamtsituation des Krieges überschauten. Nach einer Großoffensive im Sommer gelang es der Roten Armee im August 1943, Charkow und die umliegenden Gebiete wieder einzunehmen, nun endgültig. Fühmann, der bereits wieder in das 150 Kilometer entfernte Poltawa verlegt worden war, mußte mit seiner Einheit überstürzt den weiteren Rückzug antreten. Mit einem Antwortschreiben von Karl Krolow wird er nicht gerechnet haben. Das Briefende deutet an, wie er sich, den offenen Ausgang ahnend, zu trösten suchte. Und Trost war es ihm, seine beigelegten Gedichte in eine Unbestimmtheit geschickt zu haben, in der er eine eigene Bestimmung wähnte.

Tief saß sein Bedürfnis, Verse zu »trinken wie das Gift von Äther«. Er wisse noch, heißt es 1953 in dem Poem »Die Fahrt nach Stalingrad«, »wie das war, als ich Gedichte schrieb im flammenversengten Charkow«. Er habe »schon als Kind«, seit er »schreiben konnte, geschrieben: (...) fast nur Gedichte, wahllos, kritiklos, fast automatisch und ohne Korrekturen, tagaus, tagein (...)«, erinnert er sich 1971. Eine »Existenznotwendigkeit« sei ihm das Schreiben gewesen, auch dann noch, als in Gefangenschaft alles Papier fehlte und er nichts hatte als eine Schiefertafel, die er vollkritzelte und wieder und wieder löschte.

Von dem, was er bis 1950 gedichtet habe, meinte er 1982, sei »fast alles abhanden gekommen«, ausgenommen jene Arbeiten, die seine Mutter vor ihrer Umsiedlung 1945 im Heimatdorf Rochlitz unter die Leute verteilte. Im Nachlaß im Archiv der Akademie der Künste befindet sich eine erstaunliche Anzahl lyrischer Texte Fühmanns von 1936 bis 1945, beinahe ausschließlich unveröffentlicht (vgl. Uwe Buckendahl. »Keine Auswahl. Werkverzeichnis Franz Fühmann«). Dabei sticht – neben 181 Schulheftseiten handgeschriebener Lyrik unter der Überschrift »Athen« – eine gebundene Broschur mit 137 Typoskriptseiten von Versen heraus. Fühmann hatte ihr den Titel »Feierliche Beschwörung« gegeben und als Untertitel »Gedichte von Franz Peter Fühmann«, ergänzt

um Ort und Jahr: Athen, im Herbst 1943. Hier findet sich mit kleineren Abweichungen auch das Titelgedicht der an Krolow geschickten Sammlung. Eine weitere Mappe enthält das Gedicht »Untergang«. Die drei anderen Texte, die Fühmann an Krolow sandte – »September«, »Charkow Jänner 1943« und »Dämmerung in Rußland« – sind, nach ersten Recherchen, im Nachlaß nicht überliefert.
Fühmann ist mit diesem umfangreichen lyrischen Frühwerk unbarmherzig umgegangen. Keine Gnade hat es vor seinem Auge gefunden. In der Werkausgabe, die er mit seiner Lektorin Ende der siebziger Jahre in Angriff nahm, wollte er nichts davon gedruckt sehen. Kaum weniger schroff verfuhr er mit seiner Lyrik der fünfziger Jahre. Das hat dazu geführt, daß wesentliche Teile dieser Werkphasen unbekannt sind. Gewiß, dem Dichter stand das frei, der Forschung indes nicht und auch nicht der Edition. Indem sie sich ebenfalls diese Freiheit nahmen, versäumten sie ihre Pflicht – bis heute. Hätte Fühmann diesen Werkteil nicht gewollt, hätte er ihn vernichtet. Die Forschung darf Bestände von dieser Substanz nicht ignorieren, auch wenn der Autor sie in seiner Werkauswahl unberücksichtigt ließ. Karl Krolow übrigens verfuhr nicht anders als Fühmann. Seine »Gesammelten Gedichte« (1965) beginnen mit fünf Texten von 1944, alles Folgende stammt aus der Zeit nach Kriegsende. Erst lange Jahre später entschloß er sich, eine Auswahl dieser frühen Lyrik zu veröffentlichen.

Fühmanns Nachlaß enthält keine Korrespondenz mit Krolow. Wenn es ein Erwiderungsschreiben 1943 oder später gegeben hat, ist es verlorengegangen. Zu weit entfernt voneinander waren die realen Welten, um eine persönliche Annäherung zu gewähren. Belege, daß Fühmann nach 1945 oder nach Rückkehr aus Kriegsgefangenschaft noch einmal den Kontakt zu Krolow suchte, gibt es nicht. Wahrgenommen dürfte er ihn haben, denn Krolows Gedichte erschienen sowohl im Westen als auch in der Sowjetischen Besatzungszone (»Heimsuchung« im Verlag Volk und Welt 1948, mit einer Vorbemerkung von Stephan Hermlin). Doch selbst ein Gedicht wie »Nachtstück mit fremden Soldaten« (1948) hätte den aus Rußland Heimkehrenden wohl nicht mehr interessiert. Vielleicht kam es Dezember 1975 zu einer persönlichen Begegnung, als der Suhrkamp Verlag eine Feier anläßlich Rilkes hundertstem Geburtstag veranstaltete, wer weiß. Doch wenn, dann wird es bei einem Händedruck geblieben sein. In seinem Taschenkalender, den er zunehmend wie ein Tagebuch führte, vermerkte Fühmann nichts davon.

Roland Berbig

Franz Fühmann an Karl Krolow, 28. Mai 1943

Charkow, 28.5.43.

Werter Herr Krolow,
Wundern Sie sich bitte nicht, dass Ihnen ein Unbekannter schreibt. Das ›Gedicht‹ dringt auch hierher, in mein Tomi. Und es gibt uns manchmal eine Welt zurück,

an die wir schon fast nicht mehr glaubten im Bewusstsein, unterbewusst aber nie so stark gefuehlt haben wie in diesen Jahren.
Ich will Ihnen keine Komplimente machen, wenn ich Ihnen sage, Ihre Gedichte gehoeren zu den besten, die ich seit langem gelesen habe. Vor allem sind es Verse dieser Art, die den anderen, jetzt im Mittelpunkt des Interesses stehenden Lyrikern trotz des guten Willens nie und nimmer gelingen koennen. Weil Sie naemlich etwas zu sagen haben und dies auch sagen koennen. Sie schreien den Schrei der Zeit nicht mit. Sie verleugnen sich auch nicht vor ihr. Sie stehen schon darueber.
Eine Strophe vor allem war es, die mich gefangen nahm. Kennen Sie Weinheber? Ich glaube doch, denn Sie scheinen von ihm her zu kommen. Kennen Sie sein ziemlich unbekanntes ›Salzburger Bergland?‹ Hoeren Sie eine Strophe daraus

> Finstrer Forst, darin der Brodem raucht
> Muetterliches Wasser raunt und rinnt
> Stille Lichtung von Magie umhaucht
> Wo geschwistert aesen Reh und Rind
> Wo die Schlange traeg ins Dunkel taucht
> Und die suessen reifen Beeren sind …

Und diese Stelle draengte sich mir unwillkuerlich und mit einer Gewalt sondergleichen auf, als ich diese Strophe las – wenn der Nachmittag im Himbeerwald …
Beide haben Sie etwas an sich – Weinheber und Sie – Sie koennen beschwoeren. Sie koennen auch das Dunkelste, Chtonischste heraufbeschwoeren aus einem warmen, dampfenden Erdleib. Und Sie koennen traeumen – in Farben, wie Weinheber in Toenen. Und Sie koennen leben und beim herben Nusschnaps dasitzen und eine Welt gewinnen, wenn die reifen Fruechte ins Gras klopfen. Das sind drei Gaben, die unsere Groessten nicht haben. Und die wir da draussen zu verlieren im Begriff sind.
Kennen Sie Russland? Sie wuerden das erste Jahr verzweifelt sein. Doch dann wuerden Sie es lieben muessen. Und wuerden in einem weichen Sang wegschwimmen ueber alle Unendlichkeiten bis an sehr ferne Meere. Und wuerden an einem fremden Strande aufwachen und sich sehnen wie nie zuvor nach diesem Lande, da hinter grauen Dingen ein Leben ist, von einer Urspruenglichkeit und einer Farbenpracht und einer Musik und einem Rausch – und dann der volle Mond, im Daemmern fast verloren durch eine Himmelskuppel ohne Massen schwebte wie ein goldener Taugenichts – denn hier sind die Monde golden und die Sterne anders als in der Heimat. Und die Luft ist fast spuerbar auf der Haut. Und dann – ueber das Land hinzuschweben und zu fliegen, wenn in der Ferne

die Kuppeln von Kiew auftauchen und das Land wie ein Mantel ueber den armen schwachen Sinnen zusammenschlaegt …
Wozu schreibe ich Ihnen als Fremder das alles? Ich weiss es eigentlich nicht. Ich wollte Ihnen lediglich schreiben, dass Sie zu einer Aufgabe berufen sind. Aber nach dem Wollen fragt man hier nicht mehr, wenn es Nacht ist. Man muss etwas schreiben, was gerade auf der Seele brennt.
Und diese Flammen hier sind heiss. Kein Wein kann sie kuehlen.
Vielleicht haben Sie durch Zufall in einem frueheren Hefte des Gedichtes einmal ein Paar Verse von mir gelesen, die mehr zufaellig dorthinkamen. Wenn nein, dann waere ich froh, wenn ja, vergessen Sie sie bitte, denn sie sind schlecht und ich wollte, sie waeren nicht gedruckt worden. Wenn ich Ihnen heute einige Gedichte mit beilege, dann nur, damit Sie vielleicht fuehlen koennen, dass es auch hier, unter dem Himmel des flammenden Orion, noch Menschen gibt. Und dass Sie sich auch hier schon einen Freund erworben haben. Ob bekannt oder unbekannt, ja ob von Ihnen gewollt oder ungewollt, das tut nichts zur Sache. Denn damit mussten Sie rechnen. Und jeder Gedanke, der einmal gedacht wird, mag man ihn drucken oder nicht, der ist unvergaenglich und vollendet seine Bahnen. Und jedes Wort, das gesprochen wird, ist wie ein Stein, der ins Wasser faellt und seine Kreise ziehen muss – bis nach Russland. Bis in die Himmel. Es gibt keine Wahl.
Ich wuensche Ihnen das Beste fuer Ihr weiteres Schaffen. Verraten Sie sich nicht. Bleiben Sie Ihrem Werk treu. Lassen Sie sich weder schrecken noch kaufen.
Ihr
Fühmann.

Gefr. Fuehmann
L 43 8 44 (N)
L G P A Breslau.

UNTERGANG

Was da war, als das Schweigen entfloh?
Der Rest des Tages zerbrach
und aus den grauen
Trümmern siegreich der Hass in die Himmel stieg?

Die Häuser geborsten. Die Lichter erloschen. Der Wald
ein Feuermeer, nur ungewiss des Todes schlürfender
Tritt, er verwischt die Konturen des Lebens und

der Strom, gequält vom wütenden Sturme der Glut
spie seine gemordeten Fische ans Land.

Das Ende. Keiner weiß
mehr einen Weg und niemand
hat ein Gebet.

SEPTEMBER

Dem gebräunten Bilde des Weihers gleich, gebleicht
im Mondglanz versilberter Himmel
und der Bäume Wipfel, sie wiegt ein Wind
friedlich ein in den langen Schlaf.

Da uns der Tod traf, so gehen wir gerne
beiseite. Die Sterne, sie fallen so tief
und in der niederen Luft, da werden sie Laub
vergilbt und bestaubt und duftlos rauh.

Und als es Nacht war, ward ein Meer der Stille
Teich, und ihn säumten, im Wesen gleich
die entlaubten Bäume, groß und voll Adel
zunichte geträumt von dem endenden Leben.

CHARKOW JÄNNER 1943

Weites und Tiefes birgt Euch die Nacht
fühlt ihren Körper entstehn.
Schatten, sie leben darin und der Tod
gespenstisch im Untergehn.

Das Ewige ist von dem nächtlichen Schwarz
der kleinste Ring nur umschließt
das Leben unser. Was außerhalb steht
ist Klang, den kein Denken ermisst.

Und er bannt (verbrannt an der eigenen Glut)
und er bannt uns zu unserem Kreise.
Die Nacht hat die berstenden Grenzen verhüllt
nur das große Vergessen macht weise.

Und Weisheit, sie schöpft ja nur wieder zur Nacht
und ist wie ein Kreis, der sich schließt.
Wir sind nur ein Acker, durch den der Wurf
eines beinernen Sämanns fließt

Der scheidet vom Weizen die Spreu hinweg
und im Dunkel erst formt sich das Licht.
Die Welt zerfiel. Der Tag ward zum Tod.
Wir sahens, doch wussten wirs nicht.

DÄMMERUNG IN RUSSLAND

Was da von Ungefähr kam –
deckend das Licht Scheib um Scheib
da selbst das Dunkel verschwamm
eins mit dem sträflichsten Leib …

Girren, gestammelte Worte
Aufruhr, verhaltener Schrei
zog die verfemte Kohorte
an ihrer Zeit vorbei.

Formlos Konturen und Schatten
kreuzen sie meine Bahn
Schemen, die Augen nie hatten
starren mich Nächtlichen an.

Zitternd im Dunkel verhallend
Musik. Prelude amoureuse.
Über die Liebe noch wallend
dass sie das Leiden erlös.

Tanzt auf verlassenen Mauern
spukhaft ein lüsternes Paar
löscht ein gewaltiges Trauern
alles, was tönend einst war.

Schwankend münden die Schritte
ein in die Dunkelheit.
treibt eine kindhafte Bitte
aus der verratenen Zeit –

Überall ahnen und deuten
schweigsam dem innersten Klang.
eherne Glocken, sie läuten
ein wie zum Untergang.

FEIERLICHE BESCHWÖRUNG

Ja ich hab
dich zurück
auf die Erde gebannt
in das Grab
dir den Blick
meiner Liebe gesandt
hab dein Blut
aus dem Schoß
dunkler Haft
neu als Glut
klar und groß
mir erschafft.

Aus dem Tod
steigt ein Neu-
es Geschlecht.
Morgenrot
neuer Treu
neuem Recht.
Neues Licht
hat die Nacht
uns erzeugt.
Ein Gesicht
das die Macht
niemals beugt.

Bist du nun
überall
in der Welt
Menschentun
Sündenfall
hergestellt.
Wie ein Stern

aus dem Tal
steigt dein Bild.
Tod ist fern.
Alle Qual
nun gestillt.

Und du schwebst
aus dem Stein
aus der wehenden Gruft
und du hebst
klar und rein
dich zur lebenden Luft
oh erhör
noch das Wort
das ich Bittender sprach
ja – beschwör
jenen Ort
der dein Leben zerbrach.

Sieh – ich hab
dich zurück
auf die Erde gebracht
fand im Grab
noch das Glück
jener werbenden Nacht
sei du Stern
und vergeh
du ins Licht.
Sei mir fern.
und ich steh
und ich lasse dich nicht.

ALEXANDER GELMAN

MEINE OHREN SIND VERSCHLOSSEN

Gedichte

WENN DAS GEDICHT noch keine Form hat,
wenn es sich in deiner Brust zusammenballt wie blauer Dunst,
wenn noch unsicher ist, ob es wird,
wenn noch unklar ist, ob es von dir oder von Gott abhängt,
bete, daß es nach seinem, nicht nach deinem Willen gelinge,
hindere den Allerhöchsten nicht an seiner Arbeit,
sei nicht böse, wenn er es sich anders überlegt.

ALPTRAUM

Ich hab' geträumt von einem Zug.
Nacht war's. Und in diesem Zug fuhr
das ganze russische Volk weg, irgendwohin,
ich auch, der einzige Jude.
Das riesige Territorium menschenleer, keine Seele weit und breit,
die Schienen glitzern, überall freie Fahrt,
der lange, überlange Zug rast dahin,
so viele Waggons, nicht zu zählen,
keiner weiß, wohin wir fahren.
Irgendwohin.
Wenn aber das russische Volk sich irgendwohin auf den Weg macht,
wird die Bevölkerung anderer Länder unruhig:
»Womöglich kommen sie zu uns, wollen sich bei uns niederlassen?«
Ich denke, ich muß den Zug anhalten, bevor es zu spät ist,
muß die Menschheit beruhigen.
Aber ich kann ihn nicht anhalten,
ich ziehe die Notbremse – einmal, noch einmal.
Er bleibt nicht stehen.
Stellen Sie sich meine Situation vor:
Das russische Volk fährt in unbekannte Richtung,
die ganze Welt ist in Panik
und ich kann den Zug nicht anhalten!

Über Rußland aber gehen in dieser Zeit
heftige Regenfälle nieder,
aus dem Land wird ein Sumpf, dann ein Meer,
aus dem Zug ein Schiff.
Und da fahren wir nun auf dem Meer »Rußland«
und wissen nicht, was tun, wo anlegen,
und an alledem bin ich schuld –
der einzige Jude auf diesem Schiff,
Alexander Isaakowitsch Gelman.

EINST WAR ICH nur ein Wort in Mutters und Vaters Mund,
einst werde ich wieder nur ein Wort sein in meiner Lieben Mund.
Oh, was für glückliche Zeiten!

VERSAMMLUNG meiner Angewohnheiten.
Die Angewohnheit, sich vom Wesentlichen ablenken zu lassen,
erzählt voller Stolz,
wie es mir schon seit vielen Jahren nicht gelingt,
sie loszuwerden.
»Jetzt aber«, sagt sie, »ist er alt,
jetzt wird er mich nie mehr los und
stirbt in meiner Umarmung.«
Ich höre zu und weine.
Die Versammlung begrüßt stehend
und mit stürmischem Applaus
meine Niederlage.

ICH SITZE ALSO einfach so da,
leicht betütert,
denke über nichts nach,
nichts nagt an mir,
im Kopf irgendwas Rundes,
einer Null, einem Rad gleich,
das nirgendwohin rollt,
dabei rollte es früher mal irgendwohin.
Mein Kopf ist so leer, entleert,

daß nicht einmal die Frage auftaucht,
wo sein Inhalt hin ist.
Keine Fragen im Kopf –
mein Gott, welch ein Wunder,
welch eine Freude, welche Glückseligkeit!
Oh, Kopf ohne Fragen,
Füße ohne Weg,
Ende ohne Anfang …

ZUM GEDENKEN AN NACHMAN VON BRACŁAW

Wenn ich von der Erdoberfläche verschwunden sein werde,
sagte Rabbi Nachman seinen Schülern,
sucht mich in den Tiefen, in den Tiefen,
tief im Himmel.
Seid nicht böse, wenn ihr mich nicht findet.
Dann hat mich der Herrscher des Alls
auf eine neue Dienstreise geschickt –
er hat immer weniger
zuverlässige Helfer,
da muß man ohne Urlaub arbeiten.

—

Möge der Himmel seine Wasser über uns ausschütten,
daß kein Fleck trocken bleibt –
auch wenn du die ganze Nacht suchst.
Durchnäßt erscheinen wir am Morgen in der Synagoge,
werden beten,
völlig durchnäßt:
Gottes Worte
werden Gottes Naß trocknen.

—

Von allem, was Du, Gott, uns geschenkt hast,
sterben nur die Fragen nicht,
in allen Zeiten richten wir an Dich
ein und dieselben Fragen.
Warum? Wofür? Wie lange noch?
Da wir die Hoffnung verloren haben, eine Antwort zu hören,
haben wir gelernt, uns zu freuen

über geschliffene, feine Fragestellungen.
Du hast große Meister dieses Genres
hervorgebracht.

—

Meinen Ohren verschlossen
sind die Gebete meiner Worte,
mag sein,
wenn ich mich an der Klagemauer hin und her wiege,
bringen sie Fluch
über mich.
Wer weiß, was sie denken,
wenn sie ohne meine Vermittlung
mit dem Allerhöchsten reden.

—

Im Namen Gottes, im Namen Gottes
wird entsetzlich Böses getan,
aber es gibt einen anderen Gott –
ohne Namen.

UNTRÖSTLICHES UNGLÜCK gibt es nicht –
sogar für den Tod gibt es einen Trost:
besser sterben als nicht geboren werden.

ICH VERZIEHE MICH, vergehe, verschwinde,
Kehre niemals hierher zurück.
Zu vollenden die irdischen Dinge
muß ich eilen, denn die Zeit, die drückt.

Von mir bleiben wird Wortmüll, ein Haufen.
Und schickt der Herr einen armen Sünder,
Läßt der vielleicht seinen Kursor laufen
Und wird drin ein Körnchen Gold finden.

Und findet sich solch ein Freak nicht,
dann ist es halt so. Ein jedes hat sein Schicksal,
selbst der Herrgott weiß nicht immer,
wie sich alles im einzelnen fügt.

DIE NACHT NAHT,
Die Null naht –
Kein Komma, der Punkt.

WAS FÜR wundervolle Nächte
stellten sich hinter mir an,
eine nach der anderen, eine nach der anderen,
sie wollen an die Reihe kommen.
Im Traum schrie ich, forderte ich:
»Zeigt mir die Nacht, die nach meinem Tod kommt,
ich will mit ihr schlafen, hört ihr,
ich will mit ihr schlafen, solange ich noch am Leben bin!«
Oh, erste Nacht ohne mich, verwaiste Nacht,
verheultes Himmelszelt,
verweinte Sterne …

Aus dem Russischen von Susanne Rödel

FJODOR DOSTOJEWSKI

ENTWÜRFE UNGESCHRIEBENER ROMANE

Vorbemerkung

Dostojewski führte umfangreiche Notizbücher und verbrachte viele Stunden am Tag damit, Handlungsstränge zu entwerfen, Ereignisse aufzuschreiben, die er von Freunden gehört hatte, und Besonderheiten zu notieren, die ihm in Zeitungen aufgefallen waren: ein Junge, der sich drei Tage lang unter einem Altar in einer Kirche versteckte; ein Mann, der anstelle seines Bruders wegen Vatermord zur Zwangsarbeit in einem sibirischen Straflager verurteilt wurde; der Mord an einem reichen Bürokraten in einem Bordell, dessen Leiche in einem Koffer per Post nach Moskau geschickt wurde. Diese und viele andere Ereignisse, die Dostojewski in die Handlungen seiner Romane und Erzählungen einwob, waren seinen Lesern bekannt und verliehen seiner Prosa eine besonders realistische Anmutung.
In den folgenden, hier erstmals auf deutsch veröffentlichten Entwürfen aus den Jahren 1864 bis 1876 haben wir die Gelegenheit, einem großen Schriftsteller bei der Konzeption neuer Romane und Erzählungen über die Schulter zu schauen. Aus diesen Entwürfen – direkt und offen, da sie nicht für das Auge eines Lesers bestimmt waren – wurden keine Romane oder Erzählungen entwickelt. In ihnen sehen wir aber Motive und Handlungsstränge, die Dostojewski zeit seines Lebens interessierten und von denen wir einige in variierter Form in seinen Werken wiederfinden.
Die knappen, aneinandergereihten Sätze lesen sich manchmal fast wie experimentelle Texte, aber es sind oft eigenständige Ideen, die in Reinschrift einen Dostojewski-Roman ergeben könnten. So privat diese Notizen auch sind, bieten sie einen faszinierenden Einblick in Dostojewskis Innenleben. Es ist ein besonderes Vergnügen sich vorzustellen, wie er sie zu Romanen weiterentwickelt und ausgestaltet hätte.

Peter Constantine

NEUE ERZÄHLUNGEN

1) Selbstmorde. Ein Beamter oder irgendwer, talentlos, elend, dem nichts gelingt. Er weiß selbst, daß er wertlos ist. Eigensucht und Einbildung bis zum Wahnsinn. In einem vornehmen Haus, das er geschäftlich aufsucht, wird er ausgelacht. Man verachtet ihn und er wird als ein Niemand betrachtet. Die Tochter des Generals wird heiraten. Er ist zwar nicht in die Braut verliebt, aber eifersüchtig. Er hat vor, sich zu erschießen, aber plötzlich denkt er: Entführen könnte ich die Tochter des Generals, die Braut, am Abend vor der Hochzeit, sie mißbrauchen und entehren. Er geht in eine verruchte Schenke (wie bei Nikolai von Zon). Es gelingt ihm irgendwie sie hinzulocken. Er und die Tochter allein. Szene, Entwicklung usw. (phantastisches Kolorit, »Pik-Dame«).

2) Die Kinder, ein Bruder und eine Schwester, klein, laufen vor ihrem Stiefvater davon. Irren in Sankt Petersburg umher. Sie sterben. Dem Stiefvater den Charakter von Michail Nikolajewitsch verleihen. Ein Engländer.

wie bei Nikolai von Zon Der pensionierte Beamte wurde 1870 von einem Zuhälter in ein Bordell gelockt, von diesem ermordet und in einem Koffer nach Moskau geschickt. Der Fall wird auch in »Die Brüder Karamasow« erwähnt.
»Pik-Dame« Für Dostojewski war Alexander Puschkins Erzählung ein Meisterwerk des phantastischen Realismus. 1880 schreibt er in einem Brief: »Das Phantastische muß so eng mit der Realität verbunden sein, daß man gezwungen ist, es fast zu glauben.«

VÄTER UND SÖHNE
ROMAN

Ideen:

Ein Junge sitzt im Lager für jugendliche Straftäter, er haßt alle und träumt davon, daß seine Verwandten (Fürsten und Grafen) kommen. Er liebt die Wahrheit.

Ein Mann tötet seine Frau; aber sein neunjähriger Sohn hat es gesehen. Sie verstecken die Leiche im Keller. Vater und Sohn umarmen einander und zittern. Der Sohn liebt seinen Vater, aber der Vater sieht, daß der Sohn tief betroffen ist und daß der Tod seiner Mutter ihn plagt. Doch beide ergreifen weitere Maßnahmen, um die Leiche und sich selbst zu verstecken (in der Art von »Schuld und Sühne«). Am Ende beschließt der Vater, sich den Behörden zu stellen, seines Sohnes und der Wahrheit wegen, und auch der Wahrheit vor seinem Sohne. Bevor er sich stellt, umarmt er seinen Sohn immer wieder (über mehrere Tage hinweg) und fragt ihn: Du wirst doch immer die Wahrheit lieben, die Ehre usw.? Er stellt sich den Behörden, damit sein Sohn ihn künftig liebt oder wenigstens in Erinnerung behält. Er sagt seinem Sohn nicht, daß er sich stellen wird, aber sein Sohn ahnt es. Sie gehen zusammen, um sich zu stellen. Der Vater denunziert sich selbst und der Sohn ist Zeuge.

Ein Vater, Witwer nach dem Tod seiner Frau, findet heraus, daß sein Sohn nicht seiner ist, sondern der von ihrem Geliebten. Zumindest vermutet er es. Er führt ihn hinaus in die Nacht, läßt ihn irgendwo draußen in der Kälte stehen und rennt davon. Nachher kann er ihn nicht mehr finden.

Kinder, die vor ihrem Vater geflohen sind.

Kinder in einer Menschenmenge überwinden das Unwahre, erringen Siege, triumphieren usw.

Charakter eines Träumers. (Schau nach in den alten Heften.)

Ein Junge versteckt sich drei Tage lang unter dem Altar des Erlösers.

Amerikanisches Duell zweier Gymnasiasten wegen Leo Tolstoi.

Ein Junge (Jugendlicher) ist ein Zerstörer von Frauenherzen und ein Frauenkenner.

NB: Für eine Ehefrau ist es nur wichtig, daß ihr Mann ihr in der Realität treu bleibt; seine Träume von anderen Idealen und Frauen beunruhigen sie nicht. Der radikalste Verrat eines Ehemanns in Gedanken (z.B. daß er verliebt ist) bedeutet für eine Ehefrau nichts im Vergleich zur kleinsten wirklichen Untreue (wie ein völlig zufälliger und unvorhersehbarer Geschlechtsakt mit irgendeiner Frau, die eine Minute da war und dann für immer weg ist).

Im öffentlichen Badehaus. Das Bein eines Apollos.

Zwischenhandlung im Roman: die ganze Geschichte von Kroneberg, mit Suslowa, die die Taten des Mädchens bezeugt.

Mitrofanja. Und der Anwalt schreit in einer rasend-liberal-verstellten Weise und trifft die rasend-liberal-verstellten Herzen: »Sie ist keine Ehefrau, sondern eine Prokopja, eine Agathonja.«

Väter und Söhne. Fedjas Geschichte über seinen Bruder und über Krymsk. In der Fröbel-Schule entfachen die neuen Lehrerinnen einen Sturm gegen ihn; sie beschuldigen ihn der Lüge, beschämen ihn vor seinen Kameraden (was in ihnen die niedrigsten Instinkte des Hasses weckt), machen ihn lächerlich, erwecken Scham und Haß in ihm – und führen ihn in Verzweiflung und zum Untergang. Hier die Sache mit Kroneberg usw.

Schemtschuschikow und »Gebet an die Mutter Gottes«.

Familie. »Wegen drei Rubeln.« Tod mit diesen Worten. Gedenken an die Witwe und die Kinder.

Amerikanisches Duell Zwei Streitende vereinbaren vor Zeugen, daß einer von ihnen Selbstmord begeht; ein Los entscheidet, wen es trifft.
die ganze Geschichte von Kroneberg Eigentlich Kronenberg, polnisch-russischer Finanzier und Adliger. 1876 in einem spektakulären Prozeß zu Dostojewskis Empörung vom Vorwurf freigesprochen, seine Tochter wiederholt gefoltert und brutal geschlagen zu haben. Rußlands führender Anwalt, Wladimir Spassowitsch, hatte erfolgreich argumentiert, daß die Siebenjährige eine Lügnerin und Diebin sei (sie hatte ein paar Pflaumen gestohlen) und daß der Vater im Falle einer Verurteilung nach Sibirien geschickt würde

und sie niemanden hätte, der sich um sie kümmerte. Nadeschda Suslowa, die erste promovierte Medizinerin Rußlands, sagte aus, daß das Mädchen Onanistin sei. Sie war die Schwester von Apollinaria Suslowa, der Geliebten Dostojewskis.
Mitrofanja Äbtissin, 1874 in einem aufsehenerregenden Prozeß wegen Urkundenfälschung, Betrug und Unterschlagung verurteilt.
eine Prokopja, eine Agathonja Weibliche Formen der Mönchs- und Heiligennamen Prokop und Agathon.

DER WUCHERER

Zwei Idioten (erschießen sich gegenseitig).
(Ein Künstler).
Danilow, O. P.
Offizier Perebas.
Der ältere ist lahm.

Ein Graf (Sollogub) bittet ihn um Geld, bedroht ihn sogar. Der andere lacht ihn aus und hänselt ihn, *stolziert herum*. Dann willigt er ein, ihm Geld zu geben, wenn er ihn in die *vornehmste* Gesellschaft einführt. Der Graf stimmt zu und findet eine Gelegenheit, die Sache einzufädeln. Trotz aller Verachtung und Entrüstung über den Goldkönig Rothschild und seiner Nähe zum Selbstmord ist der Graf so erregt, daß er vor dem Spiegel einstudiert, wie er den Saal betreten wird usw. Die Soiree, ein Fiasko. Wielgorski.

Am folgenden Tag weigert er sich, dem Grafen Geld zu geben. Er lacht ihn aus und gibt ihm dann hundert Rubel usw.

Wielgorski Graf Michail Wielgorski (1788–1856), Freund von Zar Nikolaus I. Seine extravaganten Soireen standen im Mittelpunkt der höchsten Sankt Petersburger Gesellschaftskreise. Sein Schwiegersohn war der oben genannte Graf Wladimir Sollogub.
hundert Rubel Damals eine beträchtliche Summe; 1830, auf dem Höhepunkt von Wielgorskis berühmten Soireen, verdiente ein Metallarbeiter etwa 28 Rubel pro Jahr.

NACH DER BIBEL ERSTACH ER SIE

NB: Nach der Bibel erstach er sie. (Ein Untergrundmensch, er konnte seine Eifersucht nicht ertragen.) NB: Er war Witwer, die erste Frau war verstorben. Er suchte sich zum Heiraten eine Waisin aus, absichtlich, damit er seine Ruhe hatte. Ein echter Untergrundmensch, lauter Seitenhiebe im Leben. Er war verdrossen. Außerordentliche Eitelkeit. Er hat seine schuldige Frau erstochen. Er hat sich lange auf die Tat vorbereitet und mit den Zähnen geknirscht, ein echter

Untergrundmensch. Sein Sohn oder seine Tochter aus erster Ehe freunden sich mit der zweiten Frau an. Das Kind rennt davon, er jagt es in der Nacht durch die Straßen. Seine Frau hielt ihn für gebildet, sah dann aber, daß er es nicht wirklich war; jede Art von Spott (und er hält alles für Spott) ärgert ihn, er ist mißtrauisch. Als er bemerkt, daß sie gar nicht vorhatte, sich über ihn lustig zu machen, ist er außer sich vor Freude. Einmal ein Theaterbesuch und einmal ein Empfang. Seiner Frau zuliebe lädt er zur Abwechslung Freunde ein. Das alles quält ihn. Er streitet sich mit einem Gast, der ihn herablassend behandelt. Er beobachtet einen Liebhaber durch den Hof, von einem Fenster ins andere, er beschattet sie.
Er belauscht das Rendezvous. Vor seiner Frau bekommt er eine Ohrfeige.
NB: Die Frau hat plötzlich und unerwartet Beschützer. Sie kommen ihr zu Hilfe, die Patin und eine wichtige Dame, die sie sogar zu sich nimmt. Er *muß* nachgeben.
NB: Er und seine Frau waren einst wahrhaftig verliebt. Aber er brach ihr das Herz.

damit er seine Ruhe hatte Elemente dieses Entwurfs verwendet Dostojewski in seiner Erzählung »Die Sanfte«.

TRAGÖDIE. IN TOBOLSK

13. September 1874. Tragödie. In Tobolsk, vor etwa zwanzig Jahren, wie die Sache mit Iljinski.
Zwei Brüder, ein alter Vater, der ältere Bruder hat eine Verlobte, in die der andere Bruder heimlich und erbittert verliebt ist. Sie liebt jedoch den älteren Bruder. Der ältere Bruder, ein junger Unteroffizier, trinkt, albert herum und streitet sich mit seinem Vater. Der Vater ist spurlos verschwunden. Mehrere Tage kein Lebenszeichen. Die Brüder besprechen ihr Erbe. Plötzlich kommen die Behörden: Im Keller wird die Leiche ausgegraben. Es gibt Beweise gegen den älteren Bruder (der jüngere wohnt nicht im selben Haus). Der ältere Bruder wird vor Gericht gestellt und zu Zwangsarbeit verurteilt. (NB: Er hatte sich mit seinem Vater gestritten, prahlte mit dem Erbe seiner verstorbenen Mutter und anderem Unsinn. Als er das Zimmer betrat und sogar seine Verlobte sich von ihm abwendete, sagte er angetrunken: »Du glaubst es also auch?« Die Beweise wurden vom jüngeren Bruder hervorragend gefälscht.) Das Volk ist sich nicht sicher, wer den Mord begangen hat.

Szene im Straflager. Sie wollen *ihn* töten.

Die Gefängnisoberaufsicht. Er gibt nichts preis. Die Häftlinge schwören ihm Bruderschaft. Ein Gefängnisaufseher hält ihm vor, seinen Vater getötet zu haben.

Sein Bruder besucht ihn nach zwölf Jahren. Eine Szene, in der sie einander schweigend verstehen.

Weitere sieben Jahre verstreichen, der jüngere Bruder hat Rang und Titel erworben, leidet aber, kränkelt und offenbart seiner Frau, daß er der Mörder ist. »Warum hast du es mir gesagt?« Er reist zu seinem Bruder ins Straflager. Seine Frau eilt ihm nach.

Die Frau kniet vor dem Sträfling und bittet ihn zu schweigen und ihren Mann zu retten. Der Sträfling sagt: »Ich bin an all dies schon gewöhnt.« Sie schließen Frieden. »Du wurdest schon genug bestraft«, sagt der Sträfling zu seinem Bruder.

Der Geburtstag des jüngeren Bruders. Die Gäste sind versammelt. Er verkündet: »Ich bin der Mörder.« Sie denken, er habe einen Anfall.

Ende: Der Sträfling kehrt zurück. Der jüngere Bruder wird abtransportiert. Der jüngere bittet den älteren, der Vater seiner Kinder zu sein.

»Er hat den rechten Weg eingeschlagen!«

die Sache mit Iljinski Dostojewski hatte Dmitri Iljinski während seiner Internierung im sibirischen Straflager (1850–54) kennengelernt. Dieser verbüßte eine Strafe für einen Mord, den er nicht begangen hatte; er erscheint als eine der Figuren in »Aufzeichnungen aus einem Totenhaus«. Dostojewski entwickelte Iljinskis Geschichte später zu einer der Haupthandlungen in »Die Brüder Karamasow«.

EINE IDEE

Ein Beamter, ihm ist langweilig: »Ich könnte alles in Brand setzen.«

Er bekommt eine Ohrfeige. Er setzt alles in Brand (in seiner Phantasie).

Er mordet. Fürchterliche Empfindungen. Er vergräbt sich in Arbeit.

Er träumt von einer Insel in der Ostsee.

(Pruschanskaja)

Die leere Seele des modernen Selbstmords.

Pruschanskaja Marija Pruschanskaja war eine der ersten promovierten Medizinerinnen Rußlands und in revolutionäre Aktivitäten verwickelt.

EHE (ROMAN, STATT »EIN MODERNER MENSCH«)

Statt einer Seele steckt in ihr eine Drei-Kopeken-Münze.
Ch. ist gestorben, es gibt Kinder. Katja. Heirate wenigstens einen Schreiber, einen Hilfslehrer. Er bricht ab.
Ehe. Sie ist nicht die Richtige, sie verstehen sich nicht, hat er sein Leben zerstört?
Er beginnt sie zu lieben (sie ist wie Prinzessin Katja), sie ist voller Widersprüche und Spott. Eine Berühmtheit in der Stadt. Der Gouverneur wirbt um sie. Ihr Mann wird verspottet. Er schikaniert sie. Sie versucht, ihm eine gute Gattin zu sein; führt den Haushalt.
Der junge Prinz. Sofortige Anziehung. In den Bergen, ein Kuß vor allen Leuten. Sie ist kompromittiert! Sie kehrt nach Hause zurück, versucht mit ihm zu sprechen, er hört nicht zu; ich bringe ihn um; das Duell hat nicht stattgefunden, er liebt sie unheimlich (sie ist hinter Schloß und Riegel), er wirft sich auf die Knie. Sie in Tränen aufgelöst. Sie spricht von seinen Tugenden und wieviel sie ihm schuldet und wie gut er ist, sie beginnt empfindsam und rührend, aber dann verspottet sie ihn.
Schließlich flieht sie. Zeigt sich offen mit dem Prinzen. Der Gatte bleibt allein und wird boshaft. In Ketten! Der Gouverneur und alle reichen ihr und dem Prinzen die Hände. Der Prinz nimmt sie mit. (Die Tochter des Gouverneurs.) Der Gatte bleibt allein. Seine Mutter, die er ihretwegen verjagt hatte, stirbt. Er wird zum Gegenstand des Gespötts. Sein Gram läutert ihn. Anderthalb Jahre später geht er nach Sankt Petersburg.
Zu was der Prinz verkommt.

Zweiter Teil. Ihr Mann sucht sie, findet sie (die Spannung liegt in den Abenteuern). Sie verbirgt sich in seinem Vertrauen. Sie ist frivol. Ihre Verzagtheit. Exzentrik. Ihre Wehmut. Er behandelt sie in jeder Hinsicht christlich. Sie wird verrückt. Im Krankenhaus. Er geht zu ihr, läßt sie wiederauferstehen. In ihr erwacht ein neues Leben. Ihn liebend, stirbt sie. Er ist allein …

Oder der Entwicklung nach zu urteilen:

Dritter Teil, in dem er ihr den Todesstoß versetzt und sie stirbt.

Sie macht sich Sorgen um ihn, während sie (graziös) stirbt. Sie stirbt mit einem letzten Wort: »Lebe!«

wie Prinzessin Katja Eine der Hauptfiguren in Dostojewskis Erzählung »Netotschka Neswanowa«.

NOTIZEN, PLÄNE, ENTWÜRFE

Hamlet als Christ.

Die Geschichte des belanglosen russischen Bauern Iwan Matwejewitsch Prochodimow.

Apokryphes Evangelium (NB: Die Versuchung des Teufels, ein Lehmvogel für die, die da geistig arm sind. Sozialisten und Nationalisten in Jerusalem. Frauen. Kinder.)

Kinder. Eine Mutter, die wieder geheiratet hat. Eine Gruppe Halbwaisen. Kinder, die alle zusammengebracht werden. Ein Kämpfer für die Wahrheit. Tod der erschöpften Mutter. Die Kinder halten es ihm vor. Wegrennen? Sie gehen auf die Straße. Der Kämpfer allein. Reisen usw.

Schullehrer, Roman (Beschreibung der Wirkung der Lektüre von Gogols »Taras Bulba«). Feinde, ein Gemeindeschreiber (Briefe schreiben ist erlaubt).

Phantastischer Gedichtroman: zukünftige Gesellschaft, Kommune, Pariser Aufstand, Sieg, zweihundert Millionen Köpfe, schreckliches Übel, Unzucht, Zerstörung der Künste, Bibliotheken, ein gequältes Kind. Streit, Gesetzlosigkeit. Tod.

Ein Mann, der sich erschießt, und ein Dämon wie Faust. Könnte in einem Gedichtroman verknüpft werden usw. …

ein Lehmvogel Im apokryphen Kindheitsevangelium nach Thomas erweckt der Knabe Jesus die Lehmvögel zum Leben, so daß sie davonfliegen können, bevor ein wütender Rabbiner auf ihnen herumtrampelt. Die Kinder spielen am Sabbat, was als Sünde gilt.

ZU TUN

24. Dezember 77

Memento: Fürs ganze Leben.

1) Schreibe den russischen Candide.
2) Schreibe ein Buch über Jesus Christus.
3) Schreibe deine Memoiren.
4) Schreibe das Gedicht »Elstern«.

NB: (All dies, mit Ausnahme des letzten Romans und der geplanten Veröffentlichung des »Tagebuchs«, d.h. mindestens zehnjährige Arbeit, und ich bin schon 56 Jahre alt).

Aus dem Russischen von Peter Constantine

IWAN ALEXEJEWITSCH BUNIN

ANACHRONISTISCHER SPAZIERGANG

Gedichte

DORT, wo zu Füßen sich die Wolken schieben,
Hab' ich mit spitzer Klinge ein Sonett
Auf eine grüne Gletscherwand geschrieben,
Vielleicht als dauerhaftes Etikett.

Dort oben, wo der Himmel blau geblieben,
Gehört allein dem Winter das Parkett;
Die Sonne kann bezeugen: Mein Stilett
Hat vierzehn Verse in das Eis getrieben.

Ich stell' mir lächelnd vor, daß ein Poet,
Der sich im Tale keinen Ruhm erschrieben,
Zur Höhe wandert, weil er mich versteht.

Dort oben, wo der Himmel blau geblieben,
Schrieb ich am hellen Mittag ein Sonett
Für jene, die den Gang zum Gipfel lieben.

ANACHRONISTISCHER SPAZIERGANG

Nacht. Auf der Heide, vom Vollmond beschienen,
Ragen die windigen Münster-Ruinen.
Durch die verlaßene Abtei von Valette
Wandeln im Mondlicht zwei gelbe Skelette:
Dame und Ritter. Sie schweigt. Er befindet:
»Hat uns hierher auch der Zufall verschlagen,
Gibt es doch eins, was uns beide verbindet:
Daß wir der Seuche, der schwarzen, erlagen.
Mir widerfuhr es im zehnten Jahrhundert;
Traf es Euch auch in demselben, verhexten?«
Sie bleckt die Zähne. Dann sagt sie verwundert:
»Ach, seid Ihr jung noch! Mich traf es im sechsten.«

MOHAMMED UND SÁPHIA

Sáphia, wachgeworden, flicht mit ihren fixen
Himmelblauen Fingern sich den schwarzen Zopf.
»Mohammed, das Volk hier schimpft mich Judenschickse!«
Sie beklagt sich bitter und die Träne tropft.

Der Prophet, sie tröstend: »Laß es in dem Wahne!
Sag dem Volk (er blickt sie lieb und spöttisch an):
»Moses ist mein Oheim, Abraham mein Ahne,
    Mohammed – mein Mann.«

DAS TIER HAT SEINEN BAU, der Vogel hat sein Nest,
Wie früh schon mußte ich den Schmerz ertragen,
Mit dem der jüngste Sohn das Vaterhaus verläßt,
    Um ihm auf ewig Lebewohl zu sagen!

Der Vogel hat sein Nest, das Tier hat seinen Bau.
Wie spür' ich laut und bang mein Herze schlagen,
Wenn ich dem Mietshaus mich, dem fremden, anvertrau'
    Mit meinem Koffer, alt und abgetragen!

Aus dem Russischen von Edgar Fuchs

KATHARINA BENDIXEN

LAGERFEUER

Als ich das Klickern hörte, öffnete ich die Augen wieder. Ich schob die Bettdecke zur Seite und stand auf. Von draußen fiel weißes Laternenlicht in mein Hotelzimmer, und es war nicht schwer, den Weg zur Heizung zu finden. Vorsichtig legte ich mein Ohr an die Rohre, die vom Tag noch warm waren. Von hier kam das Klickern nicht.

Ich schaltete das Deckenlicht ein und schaute mich um. Im Hellen kam mir das Klickern schon leiser vor. Ich schaltete das Licht wieder aus und legte mich zurück ins Bett. Jetzt klickerte es wieder lauter. Ich legte mich auf die Seite und zog mir die Bettdecke über das Ohr. Es klickerte. Ich legte mich auf die andere Seite. Es klickerte immer noch, und von der Straße fiel jetzt rötliches Licht in mein Zimmer.

Ich stand auf und schaltete alle Lampen an, zog meine Jeans über die Schlafanzughose und einen Kapuzenpulli über mein Schlafshirt. Bevor ich in den Gang trat, warf ich einen Blick in den Spiegel. Ich sollte nicht so herumlaufen, dachte ich, ich sollte mir wenigstens einen Zopf binden, und doch stieg ich mit offenen Haaren die Treppe nach unten.

An der Rezeption saß nicht mehr der Mann, der mir den Zimmerschlüssel gegeben hatte, sondern ein Mädchen oder vielleicht eine Frau, blaß, schmal, mit dünnen Haaren und unreiner Haut.

»Was kann ich für Sie tun?« fragte sie.

»In meinem Zimmer klickert es«, sagte ich.

»Es klickert?«

»Könnten Sie vielleicht nachsehen?« fragte ich. »Ich hole morgen eine Freundin aus dem Haus der Sonne ab, da muß ich früh raus.«

Die junge Frau nahm ein altes Tastentelefon von der Ladestation. Sie stieg die Treppe schnell und, wie mir schien, ein wenig ängstlich nach oben.

»Hören Sie es?« fragte ich, kaum daß ich mein Zimmer aufgeschlossen hatte.

»Nein.« Die junge Frau war im Türrahmen stehengeblieben. »Ich höre nichts.«

»Jetzt höre ich es auch nicht mehr«, sagte ich. »Eben war es noch ganz deutlich. Vielleicht kommen Sie kurz rein?«

Sie tat ein paar zögerliche Schritte in mein Zimmer. Offenbar wollte sie nicht, daß ich zwischen sie und die Tür trat. Ich hob meinen Slip vom Boden auf und stopfte ihn in meine Hosentasche, ließ meine Nagelschere hinter der Nachttischlampe

verschwinden und warf eine Bluse auf das Buch, das im Sessel lag. Es hieß »Achtsam atmen«, Josefin, meine Freundin, hatte es mir auf der Fahrt gegeben.
»Eben war es wirklich laut«, sagte ich. »Ich muß unbedingt schlafen.«
Draußen auf der Straße lachte eine Frau auf. Ein Mann sagte: »Du bist mir eine«, dann fiel eine Haustür ins Schloß.
»Ich höre nichts«, sagte die junge Frau wieder.
»Nur noch einen Moment«, sagte ich, obwohl ich jetzt vielleicht hätte schlafen können, und dann fragte ich: »Sind hier eigentlich viele aus demselben Grund wie ich?«
»Aus welchem Grund?«
»Warten viele auf jemanden, der im Haus der Sonne ist?«
»Das kann ich Ihnen nicht sagen«, sagte die junge Frau. »Ich habe erst vor kurzem hier angefangen.«
»Aber Sie kennen das Haus der Sonne?« fragte ich. »Sie wissen, was dort passiert?«
»Das weiß hier jeder.«
»Und was halten Sie davon?« Ich konnte nichts dagegen tun, daß mein Augenlid zitterte. »Ist es gut, oder wird den Leuten dort nur das Geld aus der Tasche gezogen? Muß ich mir Sorgen um meine Freundin machen?«
»Ich weiß nur, daß –« Eine fröhliche Melodie unterbrach ihren Satz. Sie hob die Hand mit dem Telefon und wandte sich zur Tür. »Sorry«, sagte sie. »Ich meine, entschuldigen Sie mich kurz?« Noch während sie mein Zimmer verließ, sagte sie: »Romantik Hotel und Spa Burgkeller, Sie sprechen mit Lysann Faust, was kann ich für Sie tun?«
In dem Moment, in dem Lysann Faust ihren Namen nannte, klickerte es wieder.
»Warten Sie!« rief ich. »Haben Sie das gehört?«
Aber Lysann Faust stieg schon die Treppe nach unten.
Ich setzte mich auf mein Bett. Mir war warm geworden und mit dem Schlafanzug unter meiner Kleidung kam ich mir deplaziert vor. Aber um die Kleidung zu wechseln, hätte ich die Zimmertür schließen müssen, und ich wollte nicht, daß Lysann Faust bei ihrer Rückkehr eine verschlossene Tür vorfand. Immerhin schnappte ich mir einen Haargummi. Nachdem ich mir einen Zopf gebunden hatte, blickte ich wieder in den Spiegel. Im roten Licht der Straße, fand ich, wirkte ich fast durchsichtig.
»Du hast das Klickern eindeutig gehört«, sagte ich leise. »Du darfst dieses Mädchen um Hilfe bitten. Wenn es für Josefin schlecht läuft, erwartet dich morgen so einiges.«
Ich überlegte kurz, ob ich allein nach dem Grund für das Klickern suchen sollte. Eigentlich wollte ich auf Lysann Faust warten, aber dann leuchtete ich doch mit

dem Handy unter das Bett. Dort waren nur Staubflusen und nichts, was klickerte. Ich legte das Ohr an die Wand, dahinter war es still. Ich steckte den Kopf hinter den Schrank. Dort erspähte ich einen länglichen Gegenstand mit grauen, etwas dickeren Enden.

»Da bin ich wieder.«

Ich zuckte zusammen und stieß mir die Stirn. Nur ein Wattestäbchen, dachte ich und zog den Kopf hinter dem Schrank hervor.

»Als Sie ans Telefon gegangen sind, hat es wieder geklickert«, sagte ich. »Schade, daß Sie es nicht gehört haben.«

»Ja, schade.« Lysann Faust setzte sich auf mein Bett, genau dorthin, wo ich eben noch gesessen hatte. »Vielleicht hätte ich gar nicht ans Telefon gehen sollen. Die Frau aus der 201 wollte eine Flasche Wasser, und als ich gesagt habe, daß das um diese Uhrzeit nicht geht, hat sie angefangen zu weinen. Sie hat richtig ins Telefon geschluchzt. Aber meine Chefin hat mir ganz klar gesagt, ab 22 Uhr kein Zimmerservice.«

»Wenn Ihre Chefin das so sagt, dann haben Sie richtig gehandelt«, sagte ich, obwohl ich eigentlich etwas anderes sagen wollte.

»Was soll ich denn jetzt tun?« fragte Lysann Faust. »Soll ich ihr das Wasser bringen?«

Mein Augenlid fing wieder an zu zittern. »Ist sie auch wegen dem Haus der Sonne hier?«

»Ach, nein, das glaube ich nicht«, sagte Lysann Faust. »Bei ihrer Ankunft hat sie sich nach der Höhlenmalerei erkundigt. Vielleicht liegt es daran? Manche Leute zieht die Malerei richtig runter.« Sie stand wieder auf. »Jetzt müssen wir das Klickern finden.«

»Ich bin froh, daß Sie mir helfen«, sagte ich. »Danke, daß Sie mir überhaupt glauben.«

»Ich habe es doch auch gehört«, sagte Lysann Faust.

»Also doch?«

Ich glaubte nicht, daß sie es gehört hatte. Aber ich hatte nichts dagegen, daß sie das Ohr an die Heizung und an die Wände preßte. Sie schien ihre Angst jetzt verloren zu haben, denn sie legte sich sogar auf den Boden und schob sich ein Stück unter das Bett. Als sie wieder auftauchte, hingen Staubflusen in ihren dünnen Haaren.

»Hier ist nichts«, sagte sie.

»Darf ich?« fragte ich und zog den Staub heraus.

»Das läuft alles nicht so gut.« Sie wurde rot. »Bitte verraten Sie das nicht meiner Chefin.«

»Keine Sorge«, sagte ich. »Was mache ich, wenn meine Freundin morgen komplett am Ende ist?«

»Soweit ich weiß, wird der Saft abends ausgeschenkt«, sagte Lysann Faust, »und schlimm ist vor allem die Nacht. In der Nacht hängen die Leute über der Kloschlüssel, am nächsten Morgen ist das meiste vorbei.«

»Und was genau passiert in der Nacht?«

»Die Leute haben Visionen«, sagte Lysann Faust, »oder Sehstörungen, das weiß niemand genau. Sie sehen Schatten, die es gar nicht gibt, und sie bekommen Besuch aus der Vergangenheit, von Menschen, mit denen sie dringend etwas klären müssen. Ich finde es nett, daß Sie Ihre Freundin begleiten.«

»Begleiten ist nicht die ganze Wahrheit«, sagte ich. »Es war meine Idee, ins Haus der Sonne zu gehen. Aber am Eingang habe ich plötzlich Angst bekommen. Meine Freundin ist dann allein reingegangen. Meinen Sie, das war ein Fehler?«

»Ich kenne Sie beide doch gar nicht«, sagte Lysann Faust. »Kriegen Sie wenigstens das Geld zurück?«

Wieder klingelte das Telefon.

»Sorry«, sagte Lysann Faust. »Ich meine, bitte entschuldigen Sie mich. Ich bin gleich wieder da.«

Diesmal lehnte ich meine Zimmertür an. So schnell wie möglich fuhr ich mit den Armen aus meinem Pulli und schob ihn hoch zum Hals, um mich aus meinem Schlafshirt zu schälen. Es war verschwitzt, deshalb war die Angelegenheit nicht so einfach. Als ich es endlich geschafft hatte, zog ich so schnell wie möglich den Kapuzenpulli herunter. Das Shirt warf ich in die Dusche, dann band ich mir einen neuen, festeren Zopf. Beim Blick in den Spiegel fiel mir wieder ein, daß ich doch eigentlich schlafen mußte. Seit Lysann Faust zum ersten Mal das Zimmer verlassen hatte, hatte es nicht mehr geklickert.

»Sie weint immer noch«, sagte Lysann Faust, als sie zurückkam. »Meinen Sie, ich soll ihr das Wasser bringen?«

»Ich weiß nicht«, sagte ich.

»Ich frage nur, weil Sie beide ungefähr im selben Alter sein müßten«, sagte Lysann Faust. »Ich dachte, vielleicht haben Sie einen Tip für mich. Trinkt man in Ihrem Alter kein Leitungswasser?«

»Ich mag kein Leitungswasser«, sagte ich. »Josefin, meine Freundin, trinkt es literweise. Aber sie muß auch viel trinken, sie muß auf ihre Stimme achten. Wissen Sie, sie ist Lehrerin, aber sie hält die Kinder nicht mehr aus. Sie will mit ihnen nichts mehr zu tun haben. Manche, sagt sie, haben nicht einmal einen Ranzen. Sie haben kein Sportzeug und keine Stifte. Sie bestellt die Eltern in die Schule, um ihnen zu sagen, daß sie Stifte kaufen müssen, zumindest einen Füller und einen Bleistift. Aber die Eltern kommen nicht. Sie sagen, klar kommen wir, es geht schließlich um unser Kind, aber es klappt erst nach der Arbeit, kurz nach

siebzehn Uhr, paßt das noch? Und dann sitzt Josefin um siebzehn Uhr allein im Klassenzimmer. Aber das interessiert Sie wahrscheinlich nicht.«
»Doch, doch«, sagte Lysann Faust. »Erzählen Sie ruhig, vielleicht klickert es ja noch mal.«
»Hatten Sie gute Lehrer?« fragte ich.
»Ein paar gute«, sagte Lysann Faust, »und ein paar schlechte, so wie überall.«
»Josefin war eine gute Lehrerin«, sagte ich. »Jetzt, sagt sie, ist sie eine schlechte Lehrerin. Was mache ich mit einem Kind, hat sie mich auf der Fahrt gefragt, das sich mitten im Unterricht eine Haarklemme an den Hals hält und damit droht, sich die Kehle aufzuschneiden? Sie hat mir auch erst auf der Fahrt erzählt, daß sie schon lange keine Klassenmaskottchen mehr kauft. Sie schreit die Kinder an, sagt sie, am liebsten die stillen, die, die richtig schnell Angst kriegen, und dann schickt sie sie raus auf den Gang. Dort müssen sie die Türklinke nach unten drücken, damit sie weiß, daß sie nicht abhauen. Die würden sofort nach Hause rennen, sagt sie, obwohl es bei ihnen zu Hause noch schlimmer zugeht. Josefin denkt, daß sie blockiert ist. Aber der Saft im Haus der Sonne, sagt sie, wird ihre Blockade lösen. Sie kannte das Haus der Sonne nicht, aber als ich ihr davon erzählt habe, wollte sie mich sofort begleiten. Sie muß nur diese Blockade lösen, sagt sie, dann ist sie wieder eine gute Lehrerin.«
Mir war so heiß geworden, daß ich nichts mehr sagen konnte. Auch Lysann Faust schwieg. Draußen auf der Straße lachte schon wieder eine Frau, und eine Männerstimme sagte: »Auf dich habe ich mein ganzes Leben gewartet.«
Als ich mich in der Lage fühlte weiterzureden, klingelte wieder das Telefon.
»Sorry«, sagte Lysann Faust. »Tut mir echt leid.«
Als sie weg war, schlüpfte ich, so schnell ich konnte, aus meiner Jeans. Ich zog die Schlafanzughose aus und warf sie zu meinem Schlafshirt ins Bad. Während ich meine Jeans wieder anzog, wiederholte ich leise die Sätze, die ich gerade gesagt hatte. Es war seltsam, über Josefin zu reden, während die vielleicht gerade über der Kloschüssel hing oder Schatten sah, die es gar nicht gab. Noch seltsamer war, daß ich meine Kleidung jetzt auf der bloßen Haut trug, ohne Slip und ohne BH. Der Stoff fühlte sich weicher an als gedacht, nur die Jeans kniff im Schritt. Ganz ruhig saß ich auf dem Bett und schaute auf meine Hände. Sie verschwanden fast in dem roten Licht, und es klickerte nicht.
»Sie weint immer noch«, sagte Lysann Faust, als sie endlich zurückkam. »Und sie sagt, daß es mit der Höhlenmalerei nichts zu tun hat.«
»Was für eine Nacht«, sagte ich. »Was machen Sie eigentlich, wenn hier nichts passiert?«
»Ich lese meistens«, sagte Lysann Faust. »Manchmal schreibe ich.«
»Sie schreiben? Geschichten?«

»So was in der Art.«
»Wollen Sie auch publizieren?«
»Publizieren?« fragte Lysann Faust.
»Bücher veröffentlichen«, sagte ich, »damit andere Ihre Geschichten lesen können. Damit Sie Geld verdienen und Ihre Nächte nicht mehr im Hotel verbringen müssen.«
»Es stört mich nicht, meine Nächte hier zu verbringen«, sagte Lysann Faust. »Die anderen aus meinem Jahrgang sind weggegangen, aber ich glaube nicht, daß es anderswo besser ist.«
»Was für eine Geschichte schreiben Sie gerade?«
»Das wollen Sie wissen?« Lysann Faust wurde wieder rot.
»Irgendwas müssen wir ja tun, während wir auf das Klickern warten.«
»Gerade schreibe ich über eine Frau«, sagte Lysann Faust. »Ihr Kind ist todkrank, und sie muß ein Elixier finden, das es heilen könnte. Aber das Elixier ist tief in einem Berg versteckt. Auf dem Weg zum Berg muß die Frau eine Wüste durchqueren. Tagelang läuft sie durch Sand, und die ganze Zeit trägt sie ihr Kind auf dem Rücken. Gerade bin ich an der Stelle, an der sie von einer Giftschlange gebissen wurde, die sich im Sand versteckt hatte.«
»Das klingt furchtbar.« Ich schluckte. »Überlebt sie?«
»Sie muß überleben. Ich weiß nur noch nicht wie. Ich habe mich ein bißchen ins Abseits geschrieben.« Lysann Faust lächelte. »Und was ist mit Ihnen? Wieso wollten Sie überhaupt ins Haus der Sonne? Wem wollten Sie begegnen?«
»Ich wollte –«, sagte ich. »Vielleicht wollte ich –«
Von draußen war wieder das Lachen zu hören, und das Licht wechselte von Rot zu Rosa. Plötzlich verstand ich, was das alles zu bedeuten hatte – das Licht, die Sprüche der Männer und das Lachen der Frauen.
»Ihre Chefin will nicht, daß Sie nachts Getränke ausschenken, damit die Frauen nicht mit ihren Kunden herkommen«, sagte ich.
»Meine Chefin ist noch älter als Sie«, sagte Lysann Faust. »›Käufliche Liebe ist häßliche Liebe‹, sagt sie immer. Vielleicht hat sie sogar recht. Nur deshalb hat sie mich eingestellt, weil ich nicht nach Liebe aussehe.«
»Aber Sie sehen –«
»Schon gut«, sagte Lysann Faust. »Ich könnte auch anders aussehen, aber das interessiert mich nicht.«
»Was interessiert Sie?« fragte ich.
»Gerade interessiert mich vor allem, was ich mit der Frau aus der 201 tun soll.«
»Und wenn Sie sie hierherbringen?« fragte ich. »Sie könnte uns helfen, das Klickern zu finden. Josefin sagt, den Kindern geht es besser, wenn sie sich gebraucht fühlen. Früher, als sie noch eine gute Lehrerin war, hat sie Aufgaben verteilt,

damit die Kinder zumindest für einen Tag strahlen. Bei den Eltern hat es auch funktioniert. Die Eltern, die nicht zum Elternabend erschienen, hat sie zu einem Beitrag für das Sommerfest verdonnert. Und dann standen sie da mit ihrem Papageienkuchen und haben gefragt, wie sich ihre Kinder so machen und in welchem Fach sie sie unterstützen können.«

»Vielleicht ist das eine gute Idee«, sagte Lysann Faust. »Ich kann sie ja mal fragen.«

Als Lysann Faust weg war, ging ich wieder ins Bad und holte mein Schminkzeug hervor. Ich malte mir die Lippen an, und weil ich mich danach noch durchsichtiger fühlte, legte ich auch Make-up auf. Es war seltsam, geschminkt zu sein und gleichzeitig einen Kapuzenpulli und eine Jeans auf der bloßen Haut zu tragen.

»Das bin ich«, sagte ich zu der Frau im Spiegel. »Ich, ich, ich, ich, ich.«

»Hallo, Jana«, sagte ich zu mir. »Jana, Jana, Jana, Jana, Jana.«

»Nur gibt es leider keinen Beweis«, sagte ich. »Ich kann behaupten, daß es mich gibt. Aber niemand muß mir das glauben.«

Kurz darauf kam Lysann Faust zurück. Die Frau, die sie mitbrachte, war sicher zehn Jahre älter als ich. Sie war ähnlich geschminkt, aber viel eleganter gekleidet, mit einer Bluse und einer Anzughose und großem, auffälligem Schmuck. Kraftlos ließ sie sich in den Sessel fallen. Sie schien nicht zu merken, daß sie auf meiner Bluse und einem Buch mit dem Titel »Achtsam atmen« gelandet war. Sie saß einfach da und schaute nirgendwohin. Es war ihr nicht anzusehen, daß sie eben noch geweint hatte. Offenbar wollte sie dazu auch nichts sagen, und ich war mir nicht sicher, ob ich sofort mit dem Klickern anfangen sollte.

»Was zeigt die Höhlenmalerei eigentlich?« fragte ich, und als die Frau nicht reagierte, ging ich ins Bad und füllte mein Zahnputzglas. »Möchten Sie?«

Immerhin griff die Frau nach dem Wasser.

»Wir haben jedes Schuljahr eine Exkursion dorthin gemacht«, sagte Lysann Faust. »Die Malerei besteht aus vielen goldenen Linien. Manche Forscher halten das Bild für ein Lagerfeuer mit Menschen, die sich wärmen. Es gibt aber auch Stimmen, die behaupten, daß es nur Eisenablagerungen sind.«

Lysann Faust setzte sich wieder auf mein Bett und ich setzte mich in einem angemessenen Abstand neben sie. Zu dritt saßen wir in meinem Hotelzimmer und schwiegen, und zuerst dachte ich, daß wir jetzt einfach Wasser trinken und warten würden, bis aus der Nacht ein neuer Tag wurde.

Aber dann klickerte es. Es klickerte laut und deutlich, es klickerte wieder und wieder, und ich sah, daß auch Lysann Faust das Klickern hörte. Es klickerte jedesmal, wenn die Frau aus der 201 ihren großen Ring gegen die Brosche an ihrer Bluse schlug. Wir saßen da und hörten dem Klickern zu, und in diesem Moment hätte ich nicht glücklicher sein können.

ABD ALKARIM ALAHMED

GROSSMÜTTERERZÄHLUNGEN

Gedichte

GESCHICHTEN, DIE GROSSMÜTTER ERZÄHLEN

In jenem Land
welken die Statuen der Götter dahin
und eine Zivilisation erhebt sich,
wie wir sie aus Großmutters Geschichten kennen.
In jenem Land
werden Scheinwerfer auf dich gerichtet,
als wärst du ein Autor, der spannender schreibt als Agatha Christie und
philosophischer als Dostojewski.
Alpträume, die von unbekannten Orten aufsteigen,
bitten dich um Verzeihung –
wie auch die Tage, an denen du Zugeständnisse machen mußtest.
In jenem Land
mußt du deine Taten nicht rechtfertigen,
wenn du dich auf rätselhafte Zitate berufst,
wenn du deine Einsamkeit mit Erdwällen befestigst.
In jenem Land
ist alles von äußerster Klarheit.
Propheten erklären an der Tafel,
wie einfach das Leben doch sei.
Nichts bedroht das Gleichgewicht der Natur.
Niemand stirbt an Cholera.
Rauchen verursacht keine Herzinfarkte.
Und die Vögel spenden Blut, und ebenso die Enten.
In jenem Land
hängen sie die Zeit an Telegrafenmasten auf.
Die Freiheit siegt wieder und wieder.
Und eine Zivilisation erhebt sich,
wie wir sie aus Großmutters Geschichten kennen.

EIN PHILOSOPH – UND DOCH …

Wir hielten ihn für einen Philosophen,
und das war er auch immer.
Er war ein Botschafter hehrer Absichten,
ein Zweig, bereit für alle Möglichkeiten.
Er erklärte mit Instinkt,
doch wir verstanden erst nach langem Ringen.
Die Welt sei nur drei Meter groß,
und die Natur Feindin ihrer selbst.
Die Freiheit – ein Beben
mit der Wucht von tausend auf der Richter-Skala.
Gewißheit – verschanzt im Nichts.
Und das Ende geschieht jeden Tag,
jeden Tag gibt es ein Ende.
Wir hielten ihn für einen Philosophen,
einen Zweig, behängt mit Fragezeichen,
Er äußerte sich in Gebärdensprache,
Gerüchte und Bitten umgaben ihn.
Die Musik war sein durchsichtiger Stock.
Manchmal umarmte er Hunde, die ihm ihre Sorgen offenbarten –
Bein an Bein.
Er kannte den Geist des Feuers, um das wir kreisen.
Er kannte die Tage, an denen sich die Hälse der Panzer
dem Nichts zuwenden,
und die Nächte, in denen Gott die Türen der Klage öffnet.
Er nutzte Landkarten,
die aus dem Zittern sanfter Wellen sprangen.
Seine Augen durchpflügten ferne Horizonte
auf der Suche
nach der Lösung,
nach dem Wind,
der die Wurzeln kappen wird,
die uns an den Abgrund fesseln …

Aus dem Arabischen von Günther Orth

WOLFGANG CZIESLA

RUHM UND SCHMACH DES AMATEURSCHRIFTSTELLERS

Die Ausgangslage

Der Auslöser meines Nachdenkens über das Wort Amateurschriftsteller war eine Nachricht im Radio, deren eigentlicher Inhalt im folgenden kaum eine Rolle spielen wird. Am 16. Mai 2024 fuhr ich mit dem Auto vom Ruhrgebiet nach Baden-Baden und hatte den Deutschlandfunk eingeschaltet. Im Halbstundentakt kamen die Nachrichten. Den Begriff Amateurschriftsteller hörte ich im Zusammenhang mit dem circa siebzigjährigen Mann, der auf den slowakischen Ministerpräsidenten geschossen und ihn schwer verletzt hatte. Ich erfuhr, daß der Täter unter anderem der Gründer eines Literatenzirkels war und auch dem slowakischen Schriftstellerverband angehörte. Als sein Tatmotiv wurde eine Umstrukturierung im staatlichen Rundfunk angegeben, die seitens der Politik vorangetrieben wurde und gegen die es schon seit Tagen heftige Proteste gab.
Bei der Weiterfahrt fiel mir auf, daß das Wort Amateurschriftsteller bereits in den Nachrichten eine halbe Stunde später nicht mehr auftauchte; jetzt war von einem Schriftsteller die Rede. Welcher redaktionelle Eingriff mochte dahinterstecken? Das kann ich nicht beantworten – zumindest war der Begriff des Amateurschriftstellers für mindestens eine halbe Stunde durch einen öffentlich-rechtlichen Rundfunksender legitimiert.

Triggerwörter, Reizwörter

Es gibt Triggerwörter, auch Aktivierungswörter genannt, die eine Maschine (wie Alexa oder Siri) anwerfen, die dann ihr Programm abspult, ähnlich wie »Der Lauf der Dinge« des Künstlerduos Fischli & Weiss, nur nicht so lustig. Schon länger im deutschen Sprachschatz verankert – seit dem 16. Jahrhundert – ist der Begriff »Reizwort«. Solch ein Reizwort kann reflexartige mentale Prozesse auslösen oder den Gedankenfluß umlenken in eine wohlvertraute Richtung, eventuell auch in eine neue.
Meine erste Freundin nannte mir – vielleicht als Warnung – mal den Grund, warum sie sich von ihrem vorigen Freund getrennt hatte: Er war Gitarrist, und jedes Mal, wenn sie sich eine Schallplatte gekauft hatte und sie auflegte, nahm er

sein Instrument und begann zu den neuen Klängen zu improvisieren, bis er nach mehr oder weniger gescheiterten Versuchen des Mitspielens dann doch wieder in das zurückfiel, was er immer spielte, und damit die Schallplatte übertönte. Das Prinzip leuchtete mir ein: Der Künstler braucht immer neue Anregungen, um das immer gleiche zu sagen.

So übertönten meine Gedanken die Schüsse auf den slowakischen Ministerpräsidenten und blieben beim Wort »Amateurschriftsteller« hängen. Ich bin einer jener miserablen Zuhörer, die alles auf sich beziehen. Denen zu allem, was jemand sagt, eine eigene Geschichte einfällt und die damit sofort bei sich selbst sind.

Ohnehin hatte ich nie etwas mit Schußwaffen zu tun; dem Wehrdienstverweigerungsausschuß sagte ich 1973 bei der sogenannten Gewissensprüfung, ich werde nie im Leben eine Waffe in die Hand nehmen, und daran habe ich mich bis heute gehalten. Ich verabscheue Gewalt und empfinde keinerlei Aggression, gegen nichts und niemanden. Aber als ich hörte, der Mann sei ungefähr siebzig, habe eine Literatengruppe gegründet und gehöre dem Schriftstellerverband an, ratterten meine Gedanken los, ich zog Parallelen.

Der deutsche Schriftstellerverband VS, zumindest die von mir als Gast besuchte Sektion, kam mir wie ein Schnarchtütenverein vor, dessen Mitglieder bei kontinuierlicher gegenseitiger Beweihräucherung eher gewerkschaftliche als künstlerische Anliegen verfolgten. Ich verzichtete darauf, Mitglied zu werden.

Ich bevorzuge die Schreibgruppe, die aus der zeitweise auch von mir geleiteten Literaturwerkstatt der Essener Volkshochschule hervorgegangen war und der später weitere Teilnehmende beitraten. Entstehende Werke interessieren mich weit mehr als abgeschlossene: »was besteht, ist veraltet« – dieser Satz aus Oswald Wieners Hauptwerk »die verbesserung von mitteleuropa, roman«, in meiner Jugend gelesen, ist mir unvergeßlich. Unabhängig von seiner Richtigkeit wird damit eine gute Arbeitsmethode empfohlen.

Die Welt der Schreibwerkstätten, der Kosmos der Schriftstellervereinigungen, wie weit entfernt erscheint mir das von den Künstlergruppen vor hundert Jahren, den Dadaisten, den Surrealisten und all den weiteren Gruppierungen in der bildenden Kunst. Wo sind die Leute, mit denen gemeinsam Neues entsteht? Ich spüre Sehnsucht nach einer ästhetischen Revolution. Künstliche Intelligenz mag Großartiges erschaffen, erscheint mir jedoch nicht als die Lösung dessen, worum es mir in meinen Vortrag geht.

Hat es in heutigen Schriftstellerkreisen keinen Wert mehr, ein *Poète maudit* zu sein? Hat die Wirtschaft alles im Griff? Die Medien mit ihren klaren Regeln, was erlaubt ist und was nicht? Wo ist der Underground? Oder bin ich zu alt, um ihn wahrzunehmen? Wer ruft heute *»épater le bourgeois«?* Vielmehr: Wer tut es?

Katalysator Finanzamt

Warum ich aber gerade auf das Wort Amateurschriftsteller so sehr ansprang: Der Begriff erinnerte mich an ein Schreiben des Finanzamts, das ich mehr als fünf Jahre zuvor erhalten hatte. Darin wurde jegliche Gewinnerzielungsabsicht bei mir angezweifelt und die Vermutung der Liebhaberei ausgesprochen, ich also gewissermaßen von einem Berufs- zu einem Amateurschriftsteller heruntergestuft – falls es in dieser Hinsicht ein Oben und Unten gibt. Nicht nur das. In einer von der Behörde adaptierten Wirtschaftssprache wurden mir ordentlich die Leviten gelesen. In Form einer Indizienbeweisführung listete das Finanzamt die Gründe seiner Entscheidung auf, unter anderem: Es fehle mir das »Streben nach Vermögensmehrung in Gestalt eines Totalgewinns«; meine Tätigkeit sei »auf Dauer nicht nachhaltig dazu bestimmt und geeignet, aus ihr Gewinne zu erzielen«; weil ich die Tätigkeit nebenberuflich betreibe, sei ich »auf einen wirtschaftlichen Erfolg nicht angewiesen«; die »Öffnungszeiten meines Geschäfts« – was immer das bei einem Schriftsteller heißen mag – seien »auf Vor- bzw. Nachmittage oder auf besonders vereinbarte Termine begrenzt« (das stimmt nicht, hauptsächlich schreibe ich nachts); wegen »der zeitlichen Beanspruchung im Hauptberuf« bliebe mir »nur wenig Zeit«, mich »um den Verlustbetrieb zu kümmern«; ich verfüge »über keinen nach außen erkennbaren Geschäftssitz mit Firmenschild« (ich ergänze: auch in den Cafés, in denen ich bevorzugt schreibe, stelle ich kein Schild vor mir auf); ich hätte noch nicht dargelegt, wie lange ich »die Tätigkeit aufrechterhalten« wolle; ich hätte »den Betrieb trotz der anhaltenden Verluste weitergeführt und bisher keine innerbetrieblichen Strukturmaßnahmen zur Erzielung positiver Ergebnisse ergriffen« und auch keine »aussichtsreichen Anstrengungen zu einer Umsatzsteigerung unternommen«; ich hätte »trotz der erheblichen Verluste« keine »besonderen Maßnahmen unternommen«, um die von mir »erbrachten Leistungen attraktiver anbieten zu können«; auch sei nicht ersichtlich, daß ich »erhöhte Anstrengungen unternommen« hätte, »um durch gezielte Werbemaßnahmen oder marktgerechtes Verhalten aus der Verlustzone zu gelangen«; Fazit: meine Angaben seien »nicht dazu geeignet, das Vorliegen einer Gewinnerzielungsabsicht in hinreichender Form glaubhaft zu machen«.

Was mich schockierte, waren weniger die Urteile, zu denen das Finanzamt gelangte; die waren fast alle richtig. Ich war entsetzt über die Umkehrung meiner Denkart. Gut, daß der Finanzbeamte nie in mein Schlafzimmer gekommen ist, denn dort hing seit Jahrzehnten in allen wechselnden Wohnungen ein Plakat des Verlags Matthes & Seitz aus den frühen achtziger Jahren mit einem Zitat Georges Batailles: »Aber auf der Ebene des grenzenlosen Verlustes finden wir den Triumph des Seins wieder.« Meine nahezu grenzenlosen Verluste hat das Finanzamt mißbilligt, es wollte nicht mein Sein triumphieren, es wollte Gewinne sehen. Daß mir durch meine Vollzeitbeschäftigung bei der Landeshauptstadt Düsseldorf und die Pflege meiner kranken Mutter kaum Zeit fürs Schreiben blieb, war für mich keine neue Erkenntnis. Aber anstatt mich wegen meiner aufopferungsvollen und verlustreichen Tätigkeit zu verehren, erhob der Finanzbeamte Vorwürfe, die an eine Kriminalisierung meines Tuns grenzten. Ich bin zu weich für diese Welt. Warum schreibt ein Mensch, wenn er kein Geld damit verdient? In meinem Fall seit mehr als fünfzig Jahren, als wollte ich es noch immer nicht begreifen.

Liebhaber, Amateur, Dilettant, Laie

Deutsche Behörden meiden Fremdwörter. »Liebhaber« heißt auf Latein *amator*, wovon sich das französische »Amateur« ableitet. Im Deutschen ist »Amateur« meistens negativ konnotiert, während mir persönlich beispielsweise der »Salon des amateurs« in der Düsseldorfer Kunsthalle – ein Musikclub, in dem auch literarische Lesungen und Gespräche stattfanden – in sehr positiver Erinnerung bleibt. Die Amateurtätigkeit gerät im öffentlichen Ansehen leicht in die Nähe des Dilettantismus – wobei auch dieser Begriff in den frühen achtziger Jahren in der Musikszene umgedeutet und unter anderem durch die gewollt fehlerhafte Schreibweise der »Genialen Dilletanten« zu einem Markenzeichen wurde. Wie zuvor auch bei anderen kunst- oder musikgeschichtlichen Phänomenen (den *Fauves*, den *Punks* ...) ursprüngliche Diffamierungen bald anerkannte Stilbegriffe waren.
Gelingt das mit dem »Amateurschriftsteller« ebenfalls? In den verschiedenen Berufsfeldern wird die Frage, wer als Amateur und wer als Profi durchgeht, unterschiedlich gehandhabt, im Sport anders als in der Musik, dem Theater, der Astronomie, dem Funkwesen oder der Pornographie. Im Amateurfunkdienst, lese ich, bezeichnen sich die Teilnehmenden, um der Abwertung entgegenzutreten, lieber als Funkamateure denn als Amateurfunker. Wäre etwas damit gewonnen, wenn wir statt Amateurschriftsteller Schriftstelleramateur sagten? Nein.
Olympische Spiele mit ihren ehrenvollen Medaillen waren lange Zeit den Amateuren vorbehalten und Profisportler von ihnen ausgeschlossen. Die Trennlinie wurde mit den Jahren zunehmend unscharf. Beispielsweise ließ sich eine weltberühmte Eiskunstläuferin, nachdem sie mit ihren Eistanzrevuen Millionen verdient hatte, »reamateurisieren«, um noch einmal an einer Olympiade teilnehmen zu dürfen. Wieder muß ich an das Finanzamt Essen-Süd denken, das mich nach einigen Jahren als anerkannter Freiberufler, wenn auch ohne Millioneneinkommen, »reamateurisiert« hat. Mich tröstet Franz Kafka, der standardmäßig als Trost herhalten muß, wenn es ein Schriftsteller zu Lebzeiten nicht zum

gewünschten Ruhm bringt. Das Finanzamt Prag dürfte ihn als Versicherungsbeamten, nicht als Schriftsteller verwaltet haben.

Autoren und ihre Brotberufe: Eine systematisch vergleichende Studie steht noch aus. Wie schreiben Juristen, Architekten, Ärzte, wie Journalisten, Biologen, Tennislehrer, wie Nachtportiers, wie Germanisten? Letztere bringen mich auf ein weiteres Gegensatzpaar, das im Zusammenhang mit Amateur oder Profi oft genannt wird: der Laie und sein Gegenstück, der »Fachmann«. Fachleute für Literatur gibt es jede Menge: als Lehrende an Universitäten und im Deutschunterricht an Schulen, als Rezensenten in Feuilletons, in Expertenrunden im Fernsehen oder kundenberatend im Buchhandel. Das Beispiel eines Germanistikprofessors – ich nenne seinen Namen nicht – zeigt mir: Expertentum ist nicht von Vorteil für das kreative Schreiben. Eher sollte hier George Bernard Shaws Bonmot beherzigt werden: »He who can, does. He who cannot, teaches.« (Wer's kann, der tut's. Wer's nicht kann, unterrichtet es.)

Viele, die es nicht können, schreiben trotzdem, ganz gleich, ob sie Literatur unterrichten oder nicht. Nach meiner Einschätzung sind es aber nicht die Nichtkönner, die am meisten Ablehnung durch Verlage oder vom Lesepublikum erfahren. Meine mitfühlende Anteilnahme gilt denen, die können und doch nicht können, weil ein Brotberuf ihnen keine Zeit läßt, ihr Können zu zeigen.

Schriftsteller ist kein Ausbildungsberuf. Außer in einem metaphorischen Sinne gibt es keine Gesellen- und keine Meisterprüfung. »Schriftsteller« ist kein rechtlich geschützter Begriff. Entsprechend hat das Finanzamt auch bei mir nicht die Schriftstellerei in Frage gestellt, sondern die überwiegend freiberufliche Tätigkeit. Schriftstellerschmieden wie das Deutsche Literaturinstitut Leipzig oder die Universität Hildesheim bieten zwar Bachelor- und Magisterabschlüsse an, die allerdings keine Garantie für einen erfolgreichen und womöglich auch guten Roman beinhalten.

Mit alledem will ich nicht sagen, daß man, was das literarische Schreiben betrifft, nichts lernen könnte. In Schreibwerkstätten treten regelmäßig die typischen Anfängerfehler zutage. Es gibt erlernbares Handwerk. Doch ist seine Beherrschung lediglich eine notwendige, keine hinreichende Bedingung für einen guten Text. Ein Fachmann, eine Fachfrau bemerkt meistens auf den ersten Blick, ob ein Text etwas taugt.

Das Bottrop-Erlebnis

Freilich arbeite auch ich täglich an der Vervollkommnung meiner Texte, ebenso wie an der Bildung meines Charakters, aber ob das Resultat gut oder schlecht ist, das ist letztlich von zweitrangiger Bedeutung, wie mir mein Bottrop-Erlebnis klargemacht hat. Entscheidend für die Tatsache, daß ich überhaupt schreibe, ist etwas anderes.

Ich war eingeladen, in einer Reihe mit dem Titel »Heiter und so weiter« etwas vorzutragen. Für die Textauswahl konsultierte ich zuvor ebenso unsere Schreibgruppe wie meine Freundinnen und Freunde vom Literaturstammtisch, ob ihnen etwas Heiteres aus meinen Texten in Erinnerung sei. Allen fiel etwas ein, sogar Witziges. Gut ausgerüstet mit mir geeignet erscheinenden Erzähltexten fuhr ich nach Bottrop, las in einem Lokal vor einer kleinen, aber nicht zu kleinen Zuhörerschaft. Beim Lesen blickte ich ab und an ins Publikum, hatte den Eindruck, alle hörten aufmerksam zu, aber niemand traute sich, laut zu lachen. Auch im stillen schien sich niemand besonders zu amüsieren. Da ich unterschiedliche Texte in Reserve hatte, wollte ich die Leute einbeziehen und fragte nach einer Weile, ob jemand Wünsche habe, vielleicht Vorlieben für das eine oder andere Thema, ob jemand eine Frage habe oder etwas anmerken wolle.

Eine Frau meldete sich und sagte mit einer Stimme, die aus der Tiefe einer schweren Depression aufzusteigen schien: »Wie lange leiden Sie schon unter dem Zwang, alles festhalten zu müssen?«

Die Frage »wie lange?« konnte ich schnell beantworten (seit frühester Jugend). Aber leiden? Das hielt ich für ein fundamentales Mißverständnis. Die Art meines Vortrags ließ hoffentlich nicht auf ein Leiden schließen. Vielleicht bildete den Hintergrund ihrer Frage die Kenntnis großer Leidenden in der Literaturgeschichte, oder es galt für sie unausgesprochen die Prämisse: Warum sollte jemand überhaupt schreiben, wenn nicht ein Leidensdruck ihn dazu zwingt? Festhalten, auf dem Papier festhalten, dem Vergessen entreißen wollte ich alles, was mir zuteil wurde. Ganz besonders das viele Schöne, die außerordentlichen Erlebnisse, auf fernen Kontinenten ebenso wie in dem Umfeld, das ich als meine Heimat empfand – womit keine bestimmte Region gemeint ist. »Dem Vergessen entreißen« – damit ist die Vergänglichkeit der Welt und ihrer Bewohner angesprochen, und die Trauer. Aus dem weiten Spektrum möglicher Gefühle dürfte Trauer bei mir einen herausragenden Platz einnehmen. Frühere Freundinnen wollten gar keine Gefühle bei mir erkennen, aber zu Trauer war ich, glaube ich, immer schon fähig. Mein Schreiben entsteht aus dem Verlust, oder der Sorge vor einem Verlust.

Vor allem aber hat die Frau aus Bottrop, was mir erst nach und nach klar wurde, mit dem Wort »Zwang« die richtige Diagnose gefällt. Kaum habe ich etwas gemacht, muß ich schon aufschreiben, was ich gemacht habe. Ich schreibe meinem Leben dauernd hinterher, unter dem Zwang, möglichst viel festzuhalten, zu dokumentieren, zu überliefern. Täglich laufe ich Gefahr, den Anschluß an mein Leben zu verlieren. Ein guter Kollege schrieb mir einmal: »Du bist der geborene

Protokollant.« Über den konkreten Anlaß – ein Protokoll, das ich im Rahmen eines meiner Ehrenämter schrieb – hinaus weiß ich dieses Lob zu schätzen. Einmal mehr fühle ich mich erkannt. Ein nicht dokumentiertes Leben halte ich für ein verlorenes, gleichsam nicht gelebtes Leben. Schreiben ist nicht ein Teil meines Lebens. Schreiben, beziehungsweise das Geschriebene oder anderswie Dokumentierte, ist mein Leben. Das Schreiben konstituiert mich. Durch mein Schreiben erschaffe ich mich, nicht in einem pathetischen, sondern im buchstäblichen Sinne: Ich erschreibe mir meine Existenz. Nicht die berufliche Existenz, sonst wäre ich ja Profischriftsteller. Sondern meine existentielle Existenz, das wirkliche, das mir selbst nicht ganz verständliche Leben neben dem bürgerlichen; das geistige Abenteuer im Kontrast zum amateurhaften Dasein. Wir alle sind als Amateure geboren. Das Leben ist unsere Liebhaberei.

Säkularisierung des Heiligen

Manchmal empfinde ich das Schreiben als eine Art Gottesdienst ohne Gott. Also ein Dienst. Aber für wen? In einer Fernseh-Doku höre ich, der Kölner Dom sei für die Augen Gottes errichtet. Könnte ich doch sechshundert Jahre an einer von Beginn an profanen Kathedrale bauen – und dann mit einer Renovierung beginnen, die kein Ende nimmt! Wie kann ich für die Augen Gottes schreiben, ohne an einen Gott zu glauben? Für wen schreibe ich dann? Für ein mir unbekanntes Publikum? Für mich selbst? Für meine besten Freundinnen und Freunde? Nach dem Verlust meines Kinderglaubens sind Strukturen einer christlichen Sozialisation erhalten geblieben, zum Beispiel das Bedürfnis nach einer Instanz, die alles sieht und alles weiß und die alles richtig versteht und gerecht beurteilen kann. Eine Art Weltschiedsrichter ohne Eigeninteresse, ein Unparteiischer, also kein Geheimdienst und kein Big-Data-Konzern; eher die Gesamtheit aller Bibliotheken und Archive. Vielleicht besetzt für mich der Archivar die Leerstelle, die nach dem Gottesverlust vakant geworden ist, ohne daß ich den Archivar deswegen vergöttern würde.

Zu den säkularisierten Strukturen gehört auch ein Jenseits, freilich nicht im Sinne einer der großen Weltreligionen; kein Paradies, kein Nirwana, keine Wiedergeburt, keine esoterischen Wunschvorstellungen. Wenn ich im Hier und Jetzt den Wunsch nach Weiterleben über den Tod hinaus äußere, meine ich ausschließlich ein Existieren im Diesseits, jenseits meines Sterbedatums. Mein Leben auf dem Papier im Archiv. Aus Fleisch wird Wort, diese Metamorphose vollziehe ich mein Leben lang.

Gerade das Schreiben ohne Erfolg, ohne Einkommen, ohne Anerkennung erscheint mir als ein Echtheitsbeweis. Es ist nicht von niedrigen Beweggründen geleitet.

Schreiben um seiner selbst willen, das geht in Richtung Grundlagenforschung, abseits der angewandten Wissenschaften, also zunächst einmal von ungewissem Nutzen. Sich zu neuen Erkenntnissen schreiben, schreiben, um zu verstehen.

Auftragsarbeiten

Der Komponist Arnold Schönberg schrieb in einem 1910 verfaßten Aufsatz: »Ich glaube: Kunst kommt nicht von können, sondern vom Müssen«.
Wie schafft es ein Berufsschriftsteller, neben den inneren Zwängen, die ihn ebenso bedrängen werden wie mich die meinen, sich zusätzlich die äußeren Zwänge aufzuerlegen, die das professionelle Schreiben mit sich bringt? Aus Briefen Samuel Becketts wissen wir beispielsweise, wie schwer sich der Autor damit tat, aus Gefälligkeit auch nur den kürzesten Text zu schreiben, wie das Vorwort zu einem Ausstellungskatalog eines befreundeten Malers. Die Beschäftigung zwischendurch mit etwas anderem droht ein gesamtes Gedankengerüst einstürzen zu lassen. Nichts für Grübler und Melancholiker.
Vielleicht könnten mich manche Berufsschriftsteller um meine Freiheit beneiden. Moment: gerade noch beschrieb ich mich als einen Zwangsneurotiker, jetzt rede ich plötzlich von Freiheit? Mit Freiheit beim Schreiben meine ich: Niemand verlangt mir in literarischer Hinsicht etwas ab. Niemand erwartet einen Roman von mir. Im Gegenteil: Ich weiß nicht, wie viele Menschen in meinem Umfeld hoffen, ich würde mit dem Schreiben aufhören. Soweit wird es nicht kommen. Ich bin frei, das zu schreiben, was der Markt nicht haben will.
Schreibblockaden sind mir fremd. Angst vor dem weißen Blatt kenne ich nicht. Ich schreibe nur dann, wenn etwas im Kopf ist, was aufs Papier möchte. Da ist fast immer etwas. Das Gehirn scheint in einer Hinsicht nicht anders als andere Organe zu funktionieren, als die Lunge, die Blase, der Darm, die Hormondrüsen: Es baut sich ein Druck auf, der abgelassen werden muß. Das halte ich für Hirnhygiene. Das Gehirn füllt sich täglich mit Inhalten, nicht nur von außen (Stichwort »Reizüberflutung«), sondern auch durch das Umwälzen von Erinnerungen, Ideen, die weiß der Teufel woher plötzlich in unserem Kopf sind; eine solche Gedankenmenge möchte ich nicht lange mit mir herumtragen. Raus damit aufs Papier. Ins ausgelagerte Gedächtnis, zur Entlastung der Psyche.
Wenn mir Blockaden begegnen, dann nicht beim freien Schreiben, sondern höchstens, wenn jemand etwas von mir erwartet: bei der Beantwortung schwieriger E-Mails, wenn der Ankündigungstext zu einem Film, der im kommunalen Kino gezeigt wird (ein weiteres meiner Ehrenämter), pünktlich abgeliefert werden muß, oder auch, wenn ich jemandem eine Rezension versprochen habe (was ich immer seltener mache).

In einem meiner frühen Notizbücher aus der Studentenzeit, als über meinen späteren beruflichen Werdegang noch nichts entschieden war, notierte ich für mich die Erkenntnis: »Wer vom Schreiben leben will, muß entweder schlecht leben oder schlecht schreiben.« Sie basierte einerseits auf biographischen Kenntnissen über einige der von mir am meisten verehrten Schriftsteller, zum andern auf gelegentlichen Seitenblicken in die Bestsellerlisten, die ich – wie fast alle in meiner Generation, außer dem großen Lesepublikum – als Warnhinweise verstand: Diese Autoren nicht lesen! Das sind die Etablierten, schlimmer noch, diejenigen, die zur Unterhaltung und Verdummung der Massen beitragen. Erfolg war verdächtig, sogar verwerflich. Anständige Menschen hatten in dieser Welt zu scheitern. Ich erinnere mich, 1975 oder 1976 muß das gewesen sein, einmal das Feuilleton der FAZ aufgeschlagen zu haben, als mir auf einer Doppelseite dreimal in einer Überschrift oder Unterüberschrift das Scheitern begegnete, jeweils als Lob gemeint: »Das große Scheitern«, »So kunstvoll ist noch keiner gescheitert« und noch etwas Drittes mit »scheitern«. Es war die Zeit meiner Lektüre von Thomas Bernhard und natürlich von Samuel Beckett, der das Scheitern krönte:

> *Always tried, always failed, no matter.*
> *Try again, fail again, fail better.*

Das »besser scheitern« war bei Beckett Programm, so erfolgreich, daß er den Nobelpreis für Literatur zugesprochen bekam (den er nach langem Zögern zwar annahm, aber nicht selbst in Stockholm abholte). Die Mehrheit aber scheiterte ohne Nobelpreis oder ein ordentliches Einkommen. Jeder Literaturkenner könnte eine Liste prekärer Schriftstellerexistenzen herunterbeten. Ich entschied mich, gut zu leben, nur eben mit der Schmach, als Amateur zu gelten. Dafür mußte ich als Schriftsteller nie eine Auftragsarbeit annehmen.

Was wäre schlimm an der Erfüllung eines Auftrags? Weder der Sixtinischen Kapelle noch Michelangelo hat es geschadet, daß der päpstliche Auftrag für das Deckenfresko dem Künstler geradezu aufgedrängt wurde und er dafür eine ihm liebe bildhauerische Arbeit unterbrechen mußte. Wäre ihm damals ein bedingungsloses Grundeinkommen gewährt worden, unabhängig von allen thematischen Vorgaben, was hätte Michelangelo gemacht? Niemals gemalt, aus Liebhaberei immerzu Steine behauen, oder nicht einmal das? In der Renaissance und auch noch eine Weile danach war freischaffender Künstler kein Beruf. Auch heute noch sind in anderen Gattungen, wie beispielsweise (noch!) der Musik, Auftragsarbeiten wesentlich verbreiteter als in der Literatur, ausgenommen natürlich das journalistische Schreiben. Liegt das daran, daß man mit keiner anderen Kunst so deutlich sagen kann, was man sagen möchte? Der Schriftsteller muß sich hüten, nicht *zu* deutlich zu werden. Aber das Schreiben folgt ja einer

eigenen Dynamik, will sagen: Ein Buch ergibt das andere. Kaum glaubt man, eine Sache abgeschlossen zu haben, wird einem klar, was noch fehlt, was man in dem einen Werk alles nicht gesagt hat, und schon entsteht unter der Hand das nächste. Die Themen finden den Schriftsteller schneller, als er nach ihnen suchen könnte. Dieser Prozeß eines organischen Wachstums würde durch eine »Fremdarbeit« jäh unterbrochen. Wer allerdings die Inhalte seines Schreibens selbst bestimmt, muß glaubhaft machen, daß das, was er zu sagen hat, wichtig oder zumindest lesens- oder hörenswert ist. Dabei hilft ihm die Form.
Auch unter denen, die nicht vom Schreiben leben müssen, gibt es einige, die Schreibaufträge dankbar annehmen. Warum? Weil sie ein von außen an sie herangetragenes Thema als eine künstlerische Herausforderung ansehen? Weil sie es als Ehre oder Anerkennung oder als Beweis ihrer Professionalität verstehen, wenn jemand sie um einen Text bittet?

Ehrungen, Auszeichnungen, Preise

Jeder Wikipedia-Eintrag, jede Anmoderation einer Lesung listet die erhaltenen Preise und Förderungen des jeweiligen Autors auf. Sie gehören zur Karriere eines Schriftstellers, einer Schriftstellerin wie in der Kinowerbung die Nennung der Oscars und Golden Globes. Dabei muß man sich klarmachen: Selbst die höchstdotierten Literaturpreise in Deutschland entsprechen ungefähr dem Jahreseinkommen in der Eingangsstufe des Höheren Dienstes in staatlichen oder kommunalen Einrichtungen, also dem, was beispielsweise ein Gymnasiallehrer oder der Fachbereichsleiter einer Volkshochschule in verläßlichen Monatsraten ausgezahlt bekommt, manchmal mehr als vierzig Jahre lang. Solche Ausschüttungen sind selbst den meisten der bekannteren Literaten nicht vergönnt, und wenn, dann erhalten sie den Büchner-Preis oder den Deutschen Buchpreis nicht jedes Jahr, sondern einmal im Leben. Wer nimmt es auf sich, dafür drei oder fünf Jahre an einem Roman zu arbeiten?
Als jemand, der sich zu den heute Siebzigjährigen rechnen darf, habe ich als junger Mensch eine literarische Vorgängergeneration wahrgenommen, der es eine Ehre war, gesellschaftliche Ehrungen abzulehnen. Sartre nahm nicht einmal den Nobelpreis an.
Gegen Ende meines Literaturstudiums und zu Beginn meiner Dozententätigkeit beschäftigte mich kaum ein Dichter mehr als der spätbarocke Johann Christian Günther. Aus ihm ist nie ein Hofpoet geworden, er lebte ärmlich von Gelegenheitslyrik zu den verschiedensten Anlässen und beschrieb in Gedichten und Liedtexten sein Vagabundieren in Schlesien. Er zählt zu den Frühverstorbenen (mit 27). Von den vielen Gedichten, die mir – nicht zuletzt in der Vertonung

durch den Tübinger Dichter und Liedermacher Christof Stählin – nahegegangen sind, zitiere ich besonders gern die erste Strophe von »Auf die Tadler«:

Wer kehrt sich an die tumme Welt?
Sie kan doch nichts als tadeln.
Wem Treu und Warheit nur gefällt,
Der kan sich selber adeln
Und überwindet nach und nach
Die ohne Schuld erlidtne Schmach.

Die »ohne Schuld erlidtne Schmach« wäre, genau genommen, eine Verdopplung der Aussage, von Günther vielleicht als Verstärkung eingesetzt. Oder um 1720 war die alte Bedeutung von »Schmach« bereits erklärungsbedürftig. Im Unterschied zur »Schande«, die normalerweise mit einem schuldhaften Verhalten verbunden ist, ging der »Schmach« ursprünglich kein persönliches Fehlverhalten des Betroffenen voraus. Grimms »Deutsches Wörterbuch« nennt zahlreiche Textbelege für die Wortzusammenstellung »Schmach und Schande«, was darauf hinweist, daß beide Wörter Unterschiedliches bedeuteten. Über die Brüder Grimm hinaus wurde in der Wissenschaft, vor allem in der Soziologie, die »Schande« vorzugsweise den sogenannten Schuldgesellschaften zugeschrieben, die »Schmach« hingegen – bei aller Anfechtbarkeit der Terminologie – den »Schamgesellschaften«. Der Aspekt der mit beiden Begriffen verbundenen gesellschaftlichen Ächtung macht die Frage auch weit über unsere Beschäftigung mit den Sorgen eines Amateurschriftstellers hinaus relevant.

Der Gegenbegriff zur Schande, lese ich, ist die Ehre; das Gegenteil von Schmach ist Ruhm. Das Begriffspaar Schmach versus Ruhm macht mir noch einmal klar, was ich schon seit langem ahnte: Nicht den Erfolg strebe ich an – Erfolg gehört in den Bereich der Wirtschaft. Auch nicht das Lob der anderen oder die Ehre in Form von Auszeichnungen. Ruhm ist das, was ich immer wollte. Fortleben über Jahrhunderte auf dem Papier in Bibliotheken und Archiven, durch meine Nennung in Literaturgeschichten, durch Einträge in Enzyklopädien oder zumindest in Fachlexika.

Aber ist Ruhm ohne vorangegangenen Erfolg vorstellbar? Diese Frage treibt mich seit vielen Jahrzehnten um. Jean de La Fontaine beendet das Vorwort zu seinem Roman »Die Liebe Psyches und Cupidos« (1669) mit den Worten: »(S)o wenig ein Schriftsteller dessen gewiß sein kann, daß er eines Tages die Nachwelt unterhalten wird, muß er es sich dennoch vornehmen, so gut es ihm möglich ist, und versuchen, die Dinge für ihren Gebrauch zu fertigen.«

Können wir unseren Ruhm beeinflussen, oder spielt da so etwas wie »Gnade« eine Rolle? Führen die Wege zum Ruhm durch die Schmach? Ist der Lohn des

Schriftstellers eine Münze, deren eine Seite den Ruhm und deren Kehrseite die Schmach abbildet? Können beide Begriffe, besonders aber der Ruhm, heute anders als ironisch gebraucht werden, in einer Gesellschaft, deren Mitglieder fast ausnahmslos den Erfolg dem Ruhm vorziehen würden?

Was das Tadeln betrifft: Während meiner Tätigkeit an der Universität Essen hörten wir einmal einen Gastvortrag über den Humanisten Gerolamo Cardano (1501–1576), heute fast nur noch bekannt durch die nach ihm benannte Kardanwelle; aber das wäre so, als kennte man von Leonardo nur die Flugmaschine und wüßte nicht, daß er auch gemalt hat (oder als wäre Kafkas Name ausschließlich mit einem juristischen Fachartikel verbunden). Vor allem in Erinnerung geblieben ist mir Cardanos Umgang mit schlechten Autoren. Anstatt sie polemisch zu bekämpfen, empfahl er, gar nicht über sie zu schreiben oder zu sprechen und sie damit dem ewigen Vergessenwerden anheimzugeben. Jede auch noch so negative Erwähnung würde ihre Namen nur wieder in Erinnerung rufen. Dieser Empfehlung scheint auch die Mehrzahl der Kritiker und Verleger zu folgen, ob sie jemals von Cardano gehört haben oder nicht, wenn sie uns Amateurschriftsteller mit absichtlichem Übersehen bestrafen.

Lohn des Amateurismus

Vermutlich ist die gesamte Gegenüberstellung von Profi und Amateur sinnlos, und es kommt in der Kunst einzig darauf an, die Zauberer von den Scharlatanen zu unterscheiden – was nicht die Aufgabe des Finanzamts, sondern von Kritikern und Verlegern wäre. Ob Profi oder Amateur – wir Schreibende wurden immer schon gern mit Sprüchen vertröstet wie: »Der Lohn des Literaten ist nicht von dieser Welt.« Aber würden nicht auch wir gern etwas weltlichen Lohn abbekommen?

In der Düsseldorfer Altstadt, auf der breiten Treppe am Rhein, sah ich vor längerer Zeit einmal einem Straßenkünstler zu. Er war wirklich gut, akrobatisch, voller verblüffender Späße und ein Jongleur ersten Ranges. Am Ende seiner Show sagte er: »Liebes Publikum, ich mache das alles nicht des Geldes wegen, sondern aus Freude. Gleichwohl gilt auch für mich: Je mehr Geld, desto mehr Freude.« Dann ging er mit dem Hut herum.

Das bringt mich auf den Zusammenhang zwischen Geld und Anerkennung. Auch für diejenigen, die ihren Lebensunterhalt nicht freiberuflich bestreiten, kann ein angemessenes Honorar ein Zeichen der Wertschätzung sein, umgekehrt ein niedriges Honorar ein Ausdruck der Geringschätzung. Mir sagte einmal ein Schriftsteller, der sich bei einer Behörde in einem festen Angestelltenverhältnis befindet und bereits viele Bücher in zum Teil renommierten Verlagen veröffentlicht hat: »Lieber ein geringes Honorar als gar kein Honorar.« Ich widersprach ihm. Mag es der Veranstalter noch so gut meinen oder seinerseits finanziell ums Überleben kämpfen: Ein Honorar von fünfzig oder hundert Euro finde ich beleidigend. Nicht weil ich den Pfennig nicht ehren würde, sondern wegen der Kategorie, in die mich der Veranstalter offenbar einsortiert. Das verbietet der Stolz. Dagegen gratis aufzutreten – ad honorem –, bewirkt eine Umkehr der Verhältnisse. Der Künstler ist nicht Bittsteller, kein unterbezahlter Auftragsempfänger. Ihm eignet vielmehr etwas Gönnerhaftes, er darf sich fühlen wie Mick Jagger, der ganz ohne Gage ein Benefizkonzert gibt. Er kann sich verschenken, sich verausgaben. Er kann den – bisher wohl am besten von Georges Bataille entfalteten – Begriff der Verschwendung ausleben. Alles geben, nicht haushalten.

Die andere Möglichkeit, ein solches Hochgefühl zu erlangen, wäre wohl, für eine Lesung Eintrittspreise zu nehmen wie für ein Konzert von Taylor Swift. Alles dazwischen ist Mittelmaß. Oder eben Berufstätigkeit, realistisches, kaufmännisches Denken (wie es das Finanzamt gern hat).

»Bei Ihnen gibt es offenbar eine tiefe Kluft zwischen Ihrer Selbstwahrnehmung und dem, wie andere Sie sehen.« Diese Feststellung meiner alten Chefin an der Volkshochschule traf mich, aber nicht, weil sie mir etwas Neues über mich erzählte. Die Kluft nehme ich seit frühester Jugend, wenn nicht schon seit meiner Kindheit wahr. Sondern weil die Chefin mich für das kritisierte, was ich für meine Besonderheit hielt, und weil sie mich in der Richtung ausbremsen wollte, in die ich wollte. Anstatt Selbst- und Fremdwahrnehmung möglichst zur Übereinstimmung zu bringen, wie es einem erfolgreichen Berufsleben förderlich wäre, zielte ich auf die Vertiefung der Kluft ab: nach außen bescheiden, unscheinbar, immer übersehen und maßlos verkannt; innerlich dagegen mir meiner Größe bewußt: Was ist mein Beitrag zur Literaturgeschichte? Ein Menschenleben zwischen 1955 und dem absehbaren Ende rundum auszuleuchten, jeden Winkel zu belichten und alles in schönster Transparenz halten (bis auf das, was mir selbst rätselhaft ist).

Auch im Spektrum der Amateurschriftstellerinnen und -schriftsteller gibt es riesige Unterschiede zwischen solchen, die vielleicht lediglich einige Erinnerungen für die Enkel aufschreiben, und anderen, die ihr Leben lang den Anspruch haben, Weltliteratur zu produzieren (und es vielleicht auch tun), deren Werke für einen Verlag aber zu wenig Verkaufsperspektiven bereithalten. Doch ohne einen Verlag bin ich als Schriftsteller obdachlos. Möchte sich der Autor nicht der Demütigung einer Publikation im Eigenverlag unterwerfen, bleibt womöglich ein Teil der geschriebenen und nicht veröffentlichten Weltliteratur in Archiven verborgen. Wie gelange ich nun von den Höhen der Weltliteratur zurück auf den Boden? Mein Tagebuch sagt mir: Am 16. Mai des vergangenen Jahres bin ich gegen 18:30 Uhr gut in Baden-Baden angekommen.

€ 16,50 (D)
Schreibheft
Zeitschrift für Literatur
DOPPELBELICHTUNG
ERIC DE KUYPER, SCHRIFTSTELLER
UND FILMEMACHER
Mit Erinnerungen an Chantal Akerman
TIEFENSCHÄRFE
ZOOM AUF GREGOR VON REZZORI
Mit Beiträgen u. a. von Peter Handke,
Volker Schlöndorff und Wolf Wondratschek
NAHAUFNAHME
JAMES AGEE, FILMSCHRIFTSTELLER
Mit Beiträgen von W. H. Auden, Manny Farber
und John Huston
Herausgegeben von Norbert Wehr
105

UMSCHAU

JÜRGEN WILKE: POETEN ODER SCHAUMSCHLÄGER?

Wege und Abwege literarischer Geschmacksbildung. Eine persönliche Erfahrung

Wer – wie ich – in den fünfziger und sechziger Jahren in der Bundesrepublik Deutschland aufwuchs und gern las, begegnete einer gespaltenen literarischen Welt. Sieht man von der Lektüre der Klassiker im Deutschunterricht ab, in dem Goethes »Götz« und »Faust«, Schillers »Wallenstein«, Eichendorffs »Taugenichts« und Kellers »Kleider machen Leute« vorkamen, gab es im wesentlichen drei Wege, literarische Lektüre zu betreiben. Da waren zum einen ältere Autoren, die mehr oder weniger in der »inneren Emigration« überlebt hatten, wozu Hans Carossa, Ernst Wiechert, Werner Bergengruen und andere gehörten. Einen zweiten Weg eröffneten die im »Dritten Reich« verpönten und oft ins Exil gezwungenen Autoren, unter denen Thomas Mann, Franz Werfel, Stefan Zweig und, unter anderen Vorzeichen, Hermann Hesse am bekanntesten waren. Hinzu kam schließlich ein dritter Strang durch die jungen, erst in der Nachkriegszeit hervorgetretenen Schriftsteller, wie Ilse Aichinger, Heinrich Böll, Wolfgang Borchert, Günter Grass, um es bei diesen vier Namen zu belassen. Und als Seitenweg kam noch die nationalsprachlich gemeinsame, politisch und gesellschaftlich aber abgesonderte Literatur der DDR hinzu, von der häufig noch als Mitteldeutschland oder SBZ (Sowjetisch besetzte Zone) gesprochen wurde.

Natürlich habe ich bald Thomas Manns »Buddenbrooks« und den »Tonio Kröger« gelesen. Der »Doktor Faustus« kam allerdings etwas zu früh. Von Hesse las ich »Unterm Rad«, von Werfel »Der Abituriententag« und von Zweig die vier Erzählungen »Phantastische Nacht«. Der von mir über Jahre hinweg präferierte Autor war jedoch Werner Bergengruen, der seit den dreißiger Jahren ein umfangreiches erzählerisches (und lyrisches) Werk geschaffen hatte. Legendär war sein Roman »Der Großtyrann und das Gericht« (1936), dem auch wegen seines Erscheinungsjahrs eine politische Note attestiert wurde. Außerdem hatte Bergengruen vor allem die in Deutschland traditionsreiche Gattung der Novelle fortgeführt. Ich habe die seinigen damals in großer Zahl gelesen und war begeistert, als ich ihm bei einer Dichterlesung lauschen und mir meine Bände, zwei Reclam-Hefte und die Fischer-Taschenbuchausgabe des »Tod von Reval«, signieren lassen konnte.

Natürlich bedeutete eine derartige Präferenz auch eine literarästhetische Prägung. Vor diesem Hintergrund läßt sich erst ermessen, welchen Umbruch eine literarische Streitschrift nach sich zog, auf die mich mein Deutschlehrer, an sich nicht des Modernismus verdächtig, hinwies. Es handelte sich um ein kleines Taschenbuch, das 1957 in der List-Reihe (Nr. 93) erschienen war und den Titel »Kitsch, Konvention und Kunst« trug. Sein Autor Karlheinz Deschner war zunächst mit etwas befremdlichen, von der Kritik nicht gerade bejubelten literarischen Werken hervorgetreten. Mit seiner Streitschrift erregte er dagegen erhebliches Aufsehen. Schon der stabreimhaft formulierte Titel hatte etwas Aufreizendes. Der

1924 geborene Autor hatte zunächst Jura, dann aber Philosophie und Literaturgeschichte studiert und war 1951 mit einer Dissertation über Nikolaus Lenau in Würzburg promoviert worden. Offenbar hatte er auf Vortragsreisen getestet, wie seine Polemik ankommen würde.

Aus zwei Gründen hatte Deschners Streitschrift bei mir als jungem Leser einen Einfluß auf die literarische Geschmacksbildung. Zum einen, weil er formalen Kriterien den Vorrang einräumte: »Weder der Stoff, noch die weltanschauliche Haltung eines Künstlers können ein Kriterium abgeben über seinen künstlerischen Rang. Künstlerische Kriterien sind rein formaler Natur, also: *wie* der Künstler es macht ...« Zum zwar nicht einzigartigen, aber entscheidenden Maßstab erklärte er die Sprache, nämlich »daß ohne eine starke persönliche Sprache von einer Dichtung überhaupt nicht gesprochen werden kann«. Dementsprechend verfuhr er bei den von ihm behandelten Autoren und Werken primär sprachkritisch – und zwar in drei Kapiteln, in deren erstem Landschaftsschilderungen verglichen wurden. Im zweiten ging es um Liebesbegegnungen, und das dritte widmete sich ganz der Lyrik.

Der zweite Grund, warum er auf mich Eindruck machte, waren tatsächlich die Autoren und Werke, die er behandelte. Der erste, den er abstrafte, war Ernst Jünger, von dem ich damals noch gar nichts gelesen hatte. Anders war dies bei Hans Carossa und Hermann Hesse, denen er besonders zu Leibe rückte. Aber auch mein »Champion« Werner Bergenguen kam bei ihm eher schlecht weg, weil er eine Sprache handhabe, »die schon hundertfünfzig Jahre vor ihm Goethe und Heinrich von Kleist geschaffen haben. Eine, von allerdings beachtlichen Entgleisungen abgesehen, korrekte, aber absolut unschöpferische, für einen Schriftsteller des 20. Jahrhunderts durch und durch undichterische Sprache.« Ich hatte das bis dahin ganz anders empfunden.

Von größerer Bedeutung als diese Relativierungen vermeintlicher Größe war aber, daß ich durch Deschners Streitschrift Namen von Autoren kennenlernte, die mir bis dahin noch ganz unbekannt waren. Es waren drei: Hermann Broch, Robert Musil und Hans Henny Jahnn. An ihnen illustrierte er mit ausgiebigen Zitaten das, was er unter einer überzeugenden sprachlichen Gestaltung verstand. »Bei Broch«, schrieb er beispielsweise, »ist die ganze Prosa doch von einem pathetischen Behagen, einem doch gewissen artistischen Triumph durchzogen«. Ähnlich positiv urteilte er über die Sprachgestaltung der anderen beiden Autoren. Ihrer aller Rezeption war in der Bundesrepublik durch Nationalsozialismus und Exil verzögert worden.

Selbstverständlich weckte Deschners Streitschrift bei mir das Interesse an den drei Schriftstellern, vor allem an den beiden zuerst genannten. Wie konnte man dieses damals befriedigen? Für einen jungen Leser waren in den fünfziger und sechziger Jahren preiswerte Taschenbuchausgaben hilfreich, die gerade einmal um die zwei DM pro Band kosteten. Musils Konvolut, der »Mann ohne Eigenschaften«, lag wegen des Umfangs und der Komplexität noch außerhalb des auf diese Weise Erreich- und Lesbaren. Aber in der Reihe der rororo-Taschenbücher gab es die Novellensammlung »Drei Frauen« und »Die Verwirrungen des Zöglings Törleß«, die einen jungen Mann allerdings schon ziemlich verstören konnten. Von Broch lag in der Fischer-Bücherei seit 1954 »Esch oder die Anarchie« vor, merkwürdigerweise nur der mittlere Band der »Schlafwandler«-Trilogie. Bei rororo kam 1960 »Der Versucher« heraus, auch ein schwieriges Buch. 1962 brachte dann die Fischer-Bücherei eine Auswahl von Brochs Prosa und Lyrik (»Die Heimkehr«), die den Zugang zu dem Autor portionierte und zudem durch ein werkgeschichtliches Vorwort erleichterte. Eine Werkausgabe erschien bei Suhrkamp erst in der zweiten Hälfte der siebziger Jahre. Von Hans Henny Jahnn lagen zwar ebenfalls zwei Taschenbuch-Ausgaben vor, bei List »Aufzeichnungen eines Einzelgängers« und bei rororo die »13 nicht geheuren Geschichten«. Aber mich für diesen Autor zu motivieren, das gelang Karlheinz Deschner damals noch nicht.

Die Resonanz von Deschners Philippika war seinerzeit beträchtlich. Angeblich war die Erstauflage schon nach wenigen Wochen vergriffen. Im ersten Jahr wurden mehr als 50000 Exemplare gedruckt. Weitere Nachdrucke folgten, 1965 waren es dann 115000. Das Buch muß damals seine Spuren bei vielen Leserinnen und Lesern in der Bundesrepublik hinterlassen haben. Den jüngsten Beleg dafür liefert die 2022 erschienene Autobiographie des Historikers Wolfgang Hardtwig (wodurch ich mich in meiner Leseerfahrung bestätigt fühle), »Der Hof in den Bergen. Eine Kindheit und Jugend nach 1945«. »Ich verschlang«, schreibt der Verfasser, »dieses Taschenbüchlein, das mir indirekt auch den Weg zu den jungen deutschen Autoren der Gruppe 47 wies. Es hat meinen literarischen Geschmack grundlegend beeinflußt.« Dabei war die Rezeption von Deschners Streitschrift in den Feuilletons, wie zu erwarten, eher zwiespältig, wenn nicht negativ ausgefallen. Zwar warb das Cover mit dem Satz »Literarische Kritik mit außerordentlichem Feingefühl«, der auf Hans Reisiger, den engen Freund Thomas Manns, zurückging. Das war freilich ein sehr wohlwollendes Urteil. Friedrich Sieburg konstatierte in der FAZ hingegen die »fixe Idee«, daß die deutsche Sprache einem Fortschritt unterworfen sei, und vermißte die zivilisatorischen Etikette der Höflichkeit und des Geschmacks.

Seit Anfang der sechziger Jahre verlegte Karlheinz Deschner sich stark auf religions- und kirchenkritische Bücher, die in einer zehnbändigen »Kriminalgeschichte des Christentums« (1986ff.) gipfelten. Seine Literaturkritik verlor er aber nicht aus dem Blick. 1964 ließ er nochmals einen Band unter dem abermals im Dreiklang formulierten Titel »Talente, Dichter, Dilettanten« erscheinen, laut Untertitel ein Band über »Überschätzte und unterschätzte Werke in der deutschen Literatur der Gegenwart«. Darin näherte er sich mit seinem literaturkritischen Besteck acht Autoren. Heinrich Böll und Gerd Gaiser bestanden die Prüfung nicht, selbst die Ikonen der jungen Gegenwartsliteratur Ingeborg Bachmann, Max Frisch, Uwe Johnson und Hans Magnus Enzensberger fielen unter sein Verdikt. Nirgends ging ihm beispielsweise Bachmanns lyrisches Werk »über den herkömmlichen Vorstellungsschatz literarischer Überlieferung hinaus«, niemals schreibe sie, »auch innerhalb der Tradition, auf unverwechselbare Weise«. Noch krasser waren das Urteil über Frisch und die beckmessernde, deutschlehrerhafte Stilkritik an Johnson. Und Enzensberger machte Deschner den Vorwurf, alles von Brecht und Hans Arp zu beziehen. Gepriesen wurden lediglich Ernst Kreuder und Emil Belzner, zwei schon seinerzeit eher randständige, von Liebhabern geschätzte Autoren.

Damit hatte Karlheinz Deschner den Bogen überspannt. Die etablierte bundesdeutsche Literaturkritik schlug zurück. Dies geschah am 7. Januar 1965 in dem »Magazin im Norden« des Norddeutschen Rundfunks (NDR). Die Sendung ist heute noch in der ARD-Mediathek abrufbar. Vier Schwergewichte der deutschen Literaturkritik kamen zu Wort. Hans Mayer erklärte unumwunden, Deschner sei kein richtiger Literaturkritiker und erfreue nur Leute, die das laute Schreien und den Skandal liebten. Er sei geleitet von Bosheit, bediene Rankünе und Ressentiment und pflege kritischen Dilettantismus. Er habe zwar viel gelesen, vermöge damit aber nichts Rechtes anzufangen. Mayer nahm vor allem Anstoß an Deschners methodischem Vorgehen, einzelne Sätze aus dem Zusammenhang zu reißen, wodurch man jedes Meisterwerk ad absurdum führen könne. In die gleiche Kerbe schlug Walter Jens, der Deschner fehlende Kenntnis der Regeln der Philologie attestierte. Er sei unredlich und ziehe nur das ihm Passende heran, das, was ihm *nicht* passe, lasse er aber beiseite. Man müsse sich über Deschner gar nicht ärgern, bei ihm sei alles zu wenig fundiert und solide, mit bloßer Wut geschrieben. Geradezu mitleidig nannte Jens Deschners Arbeiten »eher rührend«. Nicht weniger vernichtend äußerte sich Marcel Reich-Ranicki. Er nannte Deschner ausdrücklich einen »Kurpfuscher«, der keinerlei Unterscheidungsvermögen besitze und seinen Lesern eine »Schocktherapie ohne Diagnose« verpasse. Reich-Ranicki sprach von »Grobianismus« und einer Holzhammermethode, mit der guter Geschmack eingehämmert würde. Kompromittierend fand er, daß ausgerechnet Emil Belzner und Ernst Kreuder als vorbildlich hingestellt wurden. Der einzige der vier Kritiker, der Deschner etwas abgewinnen konnte und ihn bis zu einem gewissen Maße verteidigte, war Ludwig Marcuse. Er sprach ihm zumindest eine »sagenhafte Courage« zu, weil er sich »mit allen Großmächten in der Bundesrepublik« anlege. In der gleichen Sendung verteidigte sich Deschner in einem Interview des NDR und wies die gegen ihn erhobenen Einwände zurück.

Drei der Kapitel von 1964 waren Karlheinz Deschner so wichtig, die über Böll, Frisch und Enzensberger, daß er sie noch 2007 in einem weiteren Sammelband mit Essays und Kritiken nachdrucken ließ. Dessen Titel erinnerte in seiner Dichotomie an seine früheren Einlassungen: »Poeten und Schaumschläger«. Hier stellte er die Einleitung zu »Kitsch, Konvention und Kunst« noch einmal voran, weitete den Kitsch-Begriff, den zu erklären er nicht für nötig hielt, aber in einem »Widerruf« vom Ästhetischen auf das Ethische und das menschliche Verhalten aus. Wer zu den Schaumschlägern gehörte, war klar. Hinzugekommen waren inzwischen Carl Zuckmayer und auch Walter Jens, dessen »Deutsche Literatur der Gegenwart« (1968) Deschner noch im Erscheinungsjahr zerlegt hatte. Der Kreis der eigenen Favoriten war jetzt erweitert um Oskar Loerke, Eduard von Keyserling und – vielleicht aus regionaler Verbundenheit, weil er jahrzehntelang in dem unterfränkischen Haßfurt lebte – Jean Paul.

Die späteren literaturkritischen Entgleisungen Karlheinz Deschners können nicht vergessen machen, daß er mit »Kitsch, Konvention und Kunst« die Lektüre und die literarische Wertung nicht weniger Leserinnen und Leser in den sechziger Jahren beeinflußt hat. Aber man mußte seinen Verdikten und der Verabsolutierung von Form und Sprache als Kriterium der Literaturkritik nicht unbedingt folgen. Die Geltung auch anderer inhaltlicher und kompositorischer Prinzipien in der Literatur hatte mir Deschner ohnehin nicht austreiben können.

Mancher Wandel vollzog sich zudem durch Lebensgang und neue Literaturerfahrungen. Nicht genug zu würdigen sind noch einmal die erschwinglichen Taschenbücher. Unvergessen ist mir die von Rolf Schroers im Münchener Paul-List-Verlag herausgegebene Anthologie »Auf den Spuren der Zeit« (1959), durch welche ich auf Ilse Aichinger, Hans Bender, Horst Bienek, Heinrich Böll, Martin Walser und andere junge Nachkriegsautoren aufmerksam wurde. Das war dem Hinweis einer der Gegenwartsliteratur zugewandten Deutschlehrerin zu verdanken, wie es sie damals auch gab. Und was die Literatur der DDR anging, ist Marcel Reich-Ranickis verdienstvolle Anthologie »Auch dort erzählt Deutschland« zu nennen, die im Jahr darauf ebenfalls in den List-Taschenbüchern erschien. Dort las ich zum ersten Mal etwas von Anna Seghers, Stephan Hermlin und Franz Fühmann.

FRIEDRICH DIECKMANN: WÖRTERLEUCHTEN ALLERORTEN

In memoriam Peter von Matt

Sein – für mich – erstes Buch war ein Paukenschlag: »Literaturwissenschaft und Psychoanalyse«, Freiburg 1972, eine Einführung für den Universitätsgebrauch. Ich erhielt es von einer westdeutschen Freundin und es erwies sich als eine Offenbarung, indem es mit dem Vorurteil aufräumte, daß die psychologisch orientierte Literaturbetrachtung auf eine Relativierung und Subjektivierung des dichterischen Schaffens hinauslaufe. Peter von Matt untersuchte weniger die Autoren als die Werke, die Dichtungen unter psychoanalytischen Aspekten und bezog ihre Wirkung auf die soziale Relevanz der darin enthaltenen psychischen Motivlage. So kam er zu dem Begriff des psychodramatischen Substrats »als Instrument« und entwickelte ihn überaus spannend an Schillers »Wilhelm Tell«. Die traditionelle Germanistik beruhigte der jugendliche Analytiker mit der Versicherung, daß durch die Deutung des Stücks als Vatermord-Drama »keine der bestehenden, methodisch korrekt geführten Tell-Interpretationen umgestürzt oder gar (...) lächerlich gemacht« würde; detailliert wies er nach, daß Schiller mit dem Werk das Modell eines Umsturzes aufgestellt habe, der »das immense Schuldpotential des Vatermords auf raffinierte Art ableitet und so die Selbstzerfleischung der Brüder und die darauf folgende Installation eines neuen Vaterbildes von noch verschärfter Autorität (Napoleon) verhindert«. Das war ebenso geschichtlich wie psychologisch gedacht.

Der zweite Paukenschlag erreichte mich, der ich zu dieser Zeit Dramaturg am Berliner Ensemble war, 1976 in Gestalt eines Aufsatzes in der von Rudolf Hartung herausgegebenen Neuen Rundschau. Er hieß »Brecht und der Kälteschock« und führte die dichterische Intensität des Kältemotivs in Brechts frühen Stücken und Gedichten auf die präödipale Schockerfahrung der Kälte zurück, die den Säugling trifft, ehe das Vater-Mutter-Bezugsfeld in sein Bewußtsein tritt. Dies alles war mit argumentativer Luzidität und in Kenntnis neuester psychologischer Forschung vorgetragen, und ich mußte lachen, als ich im Appendix des Heftes das Geburtsjahr des Verfassers mit 1973 angegeben fand, so als hätte ein Kleinkind aus eigener frischer Erfahrung den Text verfaßt. Ein Zahlendreher war hier am Werk, Peter von Matt war wie ich selbst im Mai 1937 geboren, ein Altersgenosse, von dem man was lernen konnte. Dazu hatten nicht alle Lust, am wenigsten hatten sie die Matadore der Brecht-Industrie, die sich nicht vorstellen konnten, daß der Dichter von etwas anderem bewegt gewesen sei als von der Errettung der Menschheit vom Kapitalismus.

Der fundamentale Brecht-Aufsatz fand sich 1994 in einem Band des Hanser Verlags wieder, der »Das Schicksal der Phantasie« hieß. Peter von Matt, der einer Familie von Druckern, Buchbindern, Verlegern und Antiquaren entstammte, war inzwischen Professor für Neuere Deutsche Literatur an der Universität Zürich geworden. Diese Essaysammlung war kein Streifzug durch die deutsche Literatur – sie war ein Fischzug, dessen Fangkorb eine Fülle überraschender Erkenntnisse mit sich führte. Schillers »Glocke« konnte der Autor überhaupt nicht leiden und wußte das fesselnd zu begründen, Thomas Mann unterstellte er auf dem Weg zum Nationalschriftsteller sowohl die Hinrichtung wie die Verklärung Goethes, und in Nestroys Kunst, die sich »unter dem feinstausgebildeten und gleichzeitig stupidesten Polizei- und Überwachungssystem des 19. Jahrhunderts« entfaltete, entdeckte er eine politische wie existentielle Angst, über die die Komik der Stücke nicht hinwegtäuschen könne. Das waren drei von vierundzwanzig Texten, die, bei aller wissenschaftlichen Stringenz, Erzählungen mit den Mitteln der Wissenschaft waren. In ihrer Lust an der Freilegung neuer, überraschender Aspekte hatten sie etwas vom Duktus der Detektivgeschichte.

Vorangegangen war 1983 unter dem Titel »…fertig ist das Angesicht« eine »Literaturgeschichte des menschlichen Gesichts«. »Fester als bei dieser Nase kann man ein Gesicht nicht fassen«, lautete das Motto nach einer Äußerung Kafkas über Schadows Schiller-Zeichnung, und ein Kapitel über das literarische Bildnis in Goethes »Dichtung und Wahrheit« mündete in einen Exkurs über »die grundsätzliche Unbeschreibbarkeit des menschlichen Gesichts«. Das Buch, eine brüchige Broschur, war sein erstes bei Hanser, bei dem zweiten gab sich der Verlag mehr Mühe; es hieß »Der Liebesverrat« mit dem Untertitel »Die Treulosen in der Literatur« und war am Leitfaden der Literatur eine Phänomenologie der Liebe in ihren Höhen und Tiefen, ihren Strahlkräften und Fallstricken, wie sie sich geistvoller und umfassender nicht denken ließ. Entgegen seinem Titel kulminiert das Buch in der Entdeckung dessen, was von Matt die »deutsche Gegenreligion« nannte, »welche, in wie vielen Brechungen auch immer, zuletzt die Einheit der klassisch-romantischen Periode ausmacht«. Ihr Schlüsselwort lautete – Liebe. In dem, »was die Dichter ›die Liebe‹ nennen«, erläuterte der Autor, »läuft die ursprüngliche Erfahrung der ganzen klassisch-romantischen Epoche zusammen. (…) ›Liebe‹ wird erfahren als eine Gewalt, die nicht ist ohne die konkreten Liebenden und diese doch übersteigt; die erst in ihnen ganz wirklich wird und sich ihrer doch wiederum zu bedienen scheint. (…) Die Liebenden haben an der Liebe nur Anteil, sie verfügen nicht über sie. Weit eher sind sie deren Medium.« Diese Gegenreligion sei eine »Religion der Intelligenz« gewesen, die »sich in einer höchst ungenauen Position zwischen der politisch-gesellschaftlichen Macht und der breiten Masse des Volkes« befunden habe. Zitate sind nur ein Hilfsmittel; man muß diese mit Erkenntnissen geladenen Texte selber lesen, um ihre Tiefenschärfe zu erfassen.

Das Berliner Wissenschaftskolleg mit seinen idealen Arbeitsbedingungen förderte 1992 ein Arbeitsprojekt Peter von Matts, dessen Buchgestalt den Titel »Verkommene Söhne, mißratene Töchter« erhielt mit dem Zusatz »Familiendesaster in der Literatur«. Auch dies: eine Fundgrube ersten Ranges, mit einem Einzugsgebiet, das von Sophokles und Wernher dem Gärtner bis zu Kafka und Brecht reichte. Der Autor konnte sich ihm um so unbefangener nähern, als seine eigene Familie – er war seit 1964 mit der Literaturkritikerin Beatrice von Matt verheiratet – ihm keinerlei stofflichen Anhalt dafür bot. Danach ein Band »über Dichter und Gedichte«, der »Die verdächtige Pracht« hieß und seinen theoretischen Teil durch eine Fülle von Einzelinterpretationen ergänzte, von denen viele in Marcel Reich-Ranickis Frankfurter Anthologie erschienen waren. Es folgte ein Buch »über die literarische und politische Schweiz« namens »Die tintenblauen Eidgenossen«; darin konnte man lesen: »Frisch heißt Frisch, in der Schweiz wie in Deutschland, und Muschg heißt Muschg, und Widmer heißt Widmer diesseits und jenseits vom Bodensee. Bichsel aber heißt nur in Deutschland Bichsel. In der Schweiz heißt er Bich-sel, mit jenem entsetzlich knirschenden Gutturallaut, der die Deutschen eher an die Geräusche in einem Steinbruch oder an das schleifende Krachen einer Zahnextraktion erinnert als an die kultivierten Tonfolgen zwischenmenschlicher Verständigung.« Dieser Autor, dessen grenzenlose Leselust dem Leser auch aus diesem Buch entgegenleuchtete, ist auf eine alpin-lakonische Weise auch ein

Humorist, dessen Pointen wie die Zacken des Alpenlandes in den Himmel stechen. Aber er versteht sich auch auf gelindere Heiterkeiten und lenkt in einem Buch, das »Das Wilde und die Ordnung« heißt, das Auge des Lesers beiläufig auf die unerhörte Tatsache, daß in einem berühmten deutschen Theaterstück auf offener Bühne eine Kopulation der beiden Hauptfiguren stattfindet, so im dritten Akt des Goetheschen »Faust«, Zweiter Teil.

Wer die Liebe und die Familie, das Wesen der Lyrik und das der Schweiz umfassend ins Auge faßt, kann sich gerüstet finden, es auch mit List und Tücke als dem diabolischen Bodensatz des gesellschaftlichen Betriebs aufzunehmen. »Die Intrige. Theorie und Praxis der Hinterlist« hieß das Buch, in dem von Matt diesem Thema nahetrat, um es in immer neuen Varianten vor den Leser zu stellen. Er setzte früh an, beim Trojanischen Pferd und der biblischen Jakob-Esau-Affäre, um in der Mitte des Buches darauf zu kommen, daß Schiller der »größte Intrigendichter der deutschen Literatur« gewesen sei; dessen Hang zur »diabolischen Dichtart« sei ein »Akt der Apostasie gegenüber den numinosen schicksalstiftenden Mächten« gewesen. Die von Lessing in der »Hamburgischen Dramaturgie« vorgetragene Kritik an Corneilles damals berühmter Tragödie »Rodogune« erscheint dem Kommentator als brillante Vernichtungsaktion, und daß Schiller in einem Brief an Goethe diese Aburteilung später noch einmal vollzieht, läßt ihn von einem Lessing-Schiller-Komplott gegen Corneilles intrigenreiches Schurkinnenstück sprechen, das seither niemand mehr kenne.

Peter von Matt macht uns mit ihm bekannt; nicht nur hier exzelliert er in dem, was der junge Lessing »Rettungen« nannte. Er rettet nicht nur die schreckliche »Rodogune«, sondern auch Grillparzers »Libussa« oder den Roman »Moderato cantabile« von Marguerite Duras. Die den Gegenständen innewohnende Spannung wird dabei zu einem Moment ihrer Darstellung. Es ist der Essay, der dem Autor eine Freiheit gibt, die seine Bücher *über* Literatur selbst als Literatur beglaubigt.

»Wo nehme ich nur all die Zeit her, soviel nicht zu lesen?« ist ein Satz von Karl Kraus, den Peter von Matt im Licht von Lese-Kommentaren bei Lichtenberg, Schopenhauer und Gottfried Keller nach allen Seiten ausleuchtet – ein Satz, erstaunlich genug für einen, der die Zeit fand, mehr zu lesen als alle, die ich kenne. Die Intention, die ihn trägt und beflügelt, ist Aufklärung in keinem dogmatischen, sondern einem beschwingten Sinn; wenn er Werke und Sätze durchleuchtet (»Wörterleuchten« heißt eins seiner schönsten Bücher), tut er es nicht mit Röntgenstrahlen, die alles in Grautöne auflösen, sondern wie mit den farberhaltenden Scannern, die an Flughafenschaltern unser Gepäck aufklären. Wie er in seinem Buch »Sieben Küsse« anhand der berühmten Erzählung eines Autors, den man wohl seinen Lieblingsautor nennen darf (es ist Heinrich von Kleist), den Nachweis führt, daß »die Literatur in Szenen denkt und nicht Gedanken in Szenen verkleidet«, ist bannend durchaus. Worum es geht, ist »Die Marquise von O …« und der maßlose Kuß, mit dem am Ende der Geschichte der Vater seine verkannte und verstoßene Tochter wieder an sich zieht. Wie von Matt diese Geschichte und alle ihre Interpreten auf 46 Druckseiten untersucht, ist denkwürdig auch, weil es deutlich macht, wie Dichtung durch die Intensität der Interpretation die Dimension einer Offenbarung in gleichsam theologischem Sinn gewinnt. Ein Bibelphilologe kann sich nicht angelegentlicher über die heiligen Schriften mit ihren Nuancen und Widersprüchen beugen als dieser Kommentator über Kleists Satzzeichensetzung; das Absurde, das dieser nichtendenwollende Vaterkuß bedeutet, ergründet er mit einem Ernst und einer Hingabe, als sei der durch nichts als seine Sprache

beglaubigte Dichter die Stimme höherer Vernunft.
Daß auch ein Opernteam das sein kann, hat Peter von Matt 2023 im Blick auf die »Zauberflöte« an der Gestalt des Papageno entfaltet und ihn in einem zweiten Aufsatz vertieft, den er »Das Schicksal der Sonne« nannte. Der Blick reicht von Haydn und Goethe bis zu Caspar David Friedrich und E.T.A. Hoffmann und stellt die »Zauberflöte« ins Zentrum, mit Paminas und Papagenos Duett, das die frauenfeindliche Ordenswelt der Sarastro-Priester subversiv aufbricht: »Mann und Weib, und Weib und Mann, / Reichen an die Gottheit an.« Der Zwiegesang spreche »die Wahrheit über das schöne Paar« aus: zusammen seien sie, so der Kommentator, »jetzt schon Bewohner der erlösten Welt«. »Die schönen beiden am schönen Ort waren kein Sinnbild«, fügt er hinzu, »sondern ein Beweis. Sie bezeugten die Möglichkeiten der vollkommenen Welt für alle.«
Das ist all denen gesagt, die das Werk, wie heutige Inszenierungen quer durch Europa belegen, wieder wie vor Felsenstein und Ernst Bloch für ein Kinderstück halten. Indem von Matt Klassik und Romantik in ihrer Epocheneinheit begreift, vermag er auf wenigen Seiten die Fallhöhe der Enttäuschung deutlich zu machen, die von dem Finale der »Zauberflöte«, wo sich das ganze Theater in eine Sonne – die Sonne realisierter Weltvernunft – verwandelt, zu der kalten Sonne führt, die fünfundzwanzig Jahre später nach ungeheurem Blutvergießen in Schuberts und Schmidt von Lübecks Wanderer-Lied ihr Wesen treibt, Sinnbild einer um ihre fundamentale Neueinrichtung gebrachten Welt. Das geht uns nahe, die wir beim Zusammenbruch des mörderischen Antagonismus zweier Weltmächte durch das Zurückweichen der einen doch auch einige Aussicht auf Weltverbesserung hatten. Es war ein Traum! Auch hier war die Hybris stärker als Hoffnung und Gelegenheit.
Peter von Matts Interpretationswerk, diese sich in immer neuen Erzählungen ergehende Motivgeschichte der Weltliteratur, gibt uns in einer Welt, deren Anstrengungen vor allem darauf gerichtet scheinen, sich selbst den Boden unter den Füßen wegzuziehen, eine Vorstellung davon, was Literatur vermag, wenn man sie ernstnimmt, wenn man sich einläßt auf ihre ober- und unterirdischen Gänge und Schlupfwinkel und sie als Element einer Humanität erkennt, die Rätsel zuläßt, um uns auf die Sprünge zu helfen. Die Stimme dessen, der sie wie kein anderer zu deuten wußte, wird uns schmerzlich fehlen. Er hinterläßt ein Werk, das, die Werke deutend, selbst zum Kunstwerk wurde. Es ist griffbereit, wir müssen es nur aufschlagen.

MARION POSCHMANN: AUF TRÜGERISCHEM GRUND

Selbstvorstellung in der Akademie der Künste

Ich komme aus einer Bergbauregion, dem Ruhrgebiet. Je länger ich in Berlin lebe, desto mehr wird mir bewußt, daß der Boden, auf dem ich aufgewachsen bin, vollkommen durchlöchert ist. Überall Stollen und Schächte, unterirdisch, unsichtbar. Über Tage ist alles in Ordnung, herrscht Normalität, geht der Alltag seinen Gang. Aber die Häuser bekommen mit der Zeit Risse, und gelegentlich sackt eine Straße ab, verschluckt die Autos. Plötzlich klafft eine Grube im Garten, zieht den Schuppen mit. Deswegen wohl das Gefühl, mich stets auf trügerischem Grund zu bewegen.

Deswegen vielleicht in meinen Büchern die Frage danach, welche Wirklichkeit trägt.
Ich hätte »ca. vierzehn Bücher« veröffentlicht, hieß es letztens über mich. Dieses »ca.« ist der Tatsache geschuldet, daß manche Bücher von mir selbst geschrieben, aber von anderen herausgegeben wurden und umgekehrt.
Bei meiner eigenen Zählung komme ich auf fünf Romane, eine Novelle, fünf Gedichtbände, eine Verslegende, einen dicken, einen dünnen und einen ganz dünnen Essayband, hier also ca. zwei.
Ich komme aus einer Familie, die eher technisch ausgerichtet ist und in der eine Circaangabe bei Büchern, in der das Ungefähre, das Unscharfe, das Ungewisse nicht Faszination, sondern Bestürzung auslöst. Daher wundere ich mich selbst, daß ich mich für eine Ästhetik des Vagen interessiere, für die Ungreifbarkeit des lyrischen Ich, für die Unfaßbarkeit der Welt. Und für die Arten von Wahrnehmung, die es dennoch ermöglichen, hier den Anschein einer Handhabe zu erzeugen.
Auch das Haus meiner Eltern ist in den vergangenen Jahren in eine leichte Schieflage geraten, im Keller fällt der Putz ab, man weiß nicht, wie es weitergeht. Das sind die Bergschäden mit ihren Ewigkeitskosten.
Das Haus, in dem ich in Berlin lebe, bröckelt seit Jahrzehnten, die Fassade im Innenhof wurde seit hundert Jahren nicht erneuert. Man sieht dort noch die Einschußlöcher vom Häuserkampf.
Deswegen vielleicht in meinen Büchern die Frage danach, wie sich die erlebte, die erinnerte und die nur gewußte Geschichte unterscheiden. Und vielleicht der Versuch, einen ästhetischen Schwebezustand herzustellen, der das herabstürzende Stück Putz für einen Moment in seinem Fallen aufhält, weil sich in dieser Bewegung die ganze Vergangenheit und Gegenwart zeigt. Und natürlich – die Zukunft.

DANIELA DANZ: DAS GEDICHT ALS DAS SO UND NICHT ANDERS SAGBARE

Laudatio auf Heinrich Detering

Kennen Sie das: Sie gehen irgendwo Ihres Wegs, in Gedanken, mit sich beschäftigt, mit wichtigen Gedanken, die dringend gedacht zu werden verlangen. Ihr Blick streift die Umgebung sehr oberflächlich. Mit einem Mal stoppen Sie unvermittelt, Sie wissen noch nicht genau warum. Sie gehen ein paar Schritte zurück. Es ist etwas Kleines, Unscheinbares am Wegrand gewesen, es hatte die Größe von sagen wir vier Versen, Ihr Blick hatte es gestreift, Ihr Auge es in sein Inneres gelassen, es zum Gehirn durchgestellt, ein Wunder, wie es durchkam bei den wichtigen Gedanken, die Sie ja zu denken hatten, aber es kam dort in der Zentrale an, dieses unscheinbare Etwas, es stand dort im Gewölbe Ihrer Großhirnrinde und alle wichtigen eigenen Gedanken verstummten vor diesem kleinen Fremden. Sie gehen zurück, um es sich anzuschauen, dieses Etwas, das den Befehl aus der Zentrale an die Beine auslöste, innezuhalten. Es ist ein Gedicht:

GEH HINEIN

auf einer Matratze wird etwas
liegen das aussieht wie etwas

das Glück gehabt hat wenn es eine
Matratze ist auf der es dann liegt

Ich habe natürlich einen Vorsprung vor Ihnen und weiß, Sie fragen sich jetzt, ob Sie es ganz und richtig verstanden haben, aber Sie haben auf jeden Fall so viel verstanden, daß Sie wissen, daß Sie sich einmal um Ihre eigene Achse gedreht haben, um als ein anderer Mensch wieder in die gleiche Richtung zu schauen. Sie möchten vielleicht ein wenig rebellieren: Wie kann etwas so Kleines so vieles verschieben, aus dem Gleis bringen und anders wieder darauf setzen. Sie möchten dem Kleinen auf die Schliche kommen: Wie macht es das? Ja, tatsächlich, wenn ich es noch einmal vorlesen würde, würden Sie meinen, des Rätsels Lösung in der Syntax zu finden: Es verschiebt den das Gedicht tragenden Bezug des Artikels »das« auf das Subjekt »etwas« zu einer zweideutigen Beziehung mit dem Expletivum »es«, das sich zu Beginn des letzten Verses als formales Argument bzw. fixes Es entpuppt, nur um dann am Schluß desselben Verses wieder als Personalpronomen in Erscheinung zu treten.

Mmh, soweit, so formal – ich hatte einen guten Lehrer, einen Schüler von Karl Wolfskehl in seinem neuseeländischen Exil. Den fragten einige Studierende in einem Oberseminar im Hölderlinturm, in dem auch eigene Gedichte vorgestellt wurden, ob man denn heute noch reimen könne. Zum Reimen kommen wir später noch. Es waren die Neunziger, da hatte man sonst nicht so viele Probleme in einer beschaulichen Stadt in Baden-Württemberg, dazu kommen wir auch noch. Und mein Lehrer Paul Hoffmann antwortete ernsten und leichten Sinns: »Man kann alles, wenn man's kann.« So ist es, man muß es halt können. Dazu kommen wir später auch noch.

Nun aber erst noch einmal zurück zu der Frage, ob Sie nun, da Sie einen nicht unerheblichen Teil dessen, was das Gedicht sich herausnimmt, weil es es sich herauszunehmen vermag, entdeckt haben, ob sie nun auch die Antwort auf die Frage haben: Wie macht es das? Sie gestehen sich nun ein, daß Sie längst wissen, wie es das macht: Das macht es, weil es ein gutes Gedicht ist.

Was ein gutes Gedicht ist, ist uns immer absolut evident, wenn wir ein gutes Gedicht lesen oder hören. Theoretisch ist es etwas schwerer zu sagen. Ich probiere es einmal mit dem gerade schon halb im Raum stehenden Lehrer des Lehrers meines Lehrers Stefan George: »Das gedicht ist der höchste der endgültige ausdruck eines geschehens: nicht wiedergabe eines gedankens sondern einer stimmung. Was in der malerei wirkt ist verteilung linie und farbe, in der dichtung: auswahl, maass und klang.« Oder ich gehe von dort noch ein Stück weiter zu D'Annunzio: »[Der Vers] kann die geringfügigsten Bewegungen des Gefühls wie der Erregung wiedergeben, das Unsagbare aussprechen, (…) er kann zu gleicher Zeit unsern Geist unsern Verstand unsern Körper besitzen, er kann, mit einem Wort, das Unbedingte erreichen.« Oder ich gehe wieder zurück zu meinem Lehrer: Das Gedicht ist das so und nicht anders Sagbare.

Heinrich Detering schreibt solche Gedichte, bei denen man inne wird: Das ist ein gutes Gedicht, das vermag nur ein Gedicht. Wenn ich selbst eine Erklärung dafür geben sollte, woran man das merkt, wäre sie sehr einfach: Man will sie bei sich haben, auswendig können, inwendig tragen, will sich ihre Gestalt anverwandeln, man will, daß sie zu einem gehören und man sie hervorholen kann, betrachten, sich selbst und die Welt in ihrem Spiegel anders sehen kann.

Und es sind davon nicht ein oder zwei in seinen Gedichtbänden, es sind sehr viele. Ich will Ihnen nur ein weiteres aus seinem jüngsten Band »An der Nachtwand« vorstellen. Es erfindet den Neologismus der Nachtwand, und das auf eine Weise, daß er uns als ein vertrauter Begriff erscheint, einleuchtend in seiner Vielschichtigkeit ebenso wie in seiner Nichtverfügbarkeit.

KLAUSUR

die Folterkammer
zwischen Nachtwand und Nachtwand
öffnet sich um sechs

in achtzehn Stunden
zwischen Nachtwand und Nachtwand
schließt sie sich wieder

Der Band heißt gewiß nicht von ungefähr nach dem in diesem Gedicht einen Raum absteckenden Begriff, einen Raum und eine Zeit, die im Leerraum zwischen zwei Strophen ganz unbedeutend bleibt, über die wir nichts wissen, als daß sie eine Folterkammer ist und begrenzt wird von der unzugangbaren, wie Hölderlin sagen würde, Nachtwand. Was dahinter im Verborgenen liegt, bleibt fern dem Zugriff und sicher. Nur das Gedicht kann in diesen Raum reiner Existenz sehen. Die Nacht überhaupt ist in diesem Band ein Refugium des Unverfügbaren.
Was sich in Heinrich Deterings Band »Untertauchen« von 2019 schon als das große Thema des Entziehens andeutete, ist hier in die klare und nackte, aber dennoch stellenweise von Trost getränkte Dunkelheit der Nacht versetzt. Es ist nicht einsam dort, es gibt noch Gäste wie Benjamin Franklin, Goethe oder Athanasius Kircher, es gibt noch die Nähe zu den Märchen, die nicht nur als Stoff, sondern auch als aus der Grimmschen Sprache weiter fortgezogene Linie Heinrich Deterings Gedichte durchzieht. Es gibt das 18. Jahrhundert überhaupt und die auch augenzwinkernde Nähe zur Romantik, es gibt antike und biblische Gestalten, aber es gibt eben auch sehr oft Gedichte über die blanke Existenz, die jenes *void*, jenen leeren Raum, den die Nachtwand umgrenzt, so genau beschreiben, wie nur ein Gedicht etwas genau zu beschreiben vermag.

Zum Beispiel den Raum des Ichs und den Weg, den es zurückgelegt hat, und die Unmöglichkeit, diesen Raum von der Position des Ichs zu begreifen, das an einem Kindheitsort zwischen den Identitäten oszilliert:

HINTER NEUMÜNSTER

drei Rehe grasend im Wolfsmoor
darüber Kraniche südwärts
darüber blaß der Sichelmond

der Einzige der sie sieht bin
ich im Schlamm mit schweren Stiefeln
die einsinken mit jedem Schritt

unter dem blassen Sichelmond
unterm Schreien der Kraniche
neben den grasenden Rehen

dann der Bogen siebenfarbig
das weite Tor in der Ferne
das niemand je durchfliegen kann

Wie das hier genannte Tor, so bieten viele Gedichte Heinrich Deterings einen weiten Raum, in den man hineingehen kann, um dort weitere Bezüge und Hallräume zu entdecken, oder man beläßt es bei jener eschatologischen Vorstellung, der man sich, egal, welchen Glaubens oder keines Glaubens man ist, anschließen kann. Obwohl ich Heinrich persönlich als einen Menschen kenne, der, weil er so viele Wege gegangen ist, einen sicheren Tritt in existentiellen Fragen hat – er ist unter anderem Diakon in der katholischen Kirche –, bewundere ich, daß in seiner Lyrik sich all die Offenheit ausdrückt, die sein Wesen ausmacht. Diese Offenheit, die Neugier auf Menschen, auf Wissen, auf die Details und die Zusammenhänge, ist in meinen Augen der Hauptcharakterzug Heinrichs – und zugleich der des Lyrikers Heinrich Detering. Es wirkt so, als wüßte er mit zunehmendem Alter um so sicherer, warum es sich all die Jahre gelohnt hat, neugierig zu sein – neugierig aus Mitmenschlichkeit. Eine Mitmenschlichkeit, die in seinen Bänden auch andere Kreaturen, anderes Leben mit einschließt, nicht wenige Gedichten seiner jüngsten drei Bände zeugen von einer Hinwendung zu Pflanzen, zu Tieren in Brüderlichkeit, wie sie Franz von Assisi in Worte faßte: Alle Geschöpfe der Erde fühlen wie wir, alle Geschöpfe streben nach Glück wie wir. Alle Geschöpfe der Erde lieben, leiden und sterben wie wir, also sind sie uns gleichgestellte Werke des allmächtigen Schöpfers – unsere Brüder.

SOMMER 1959

ein Fisch war ich ein Frosch ein Ding
aus Fell
ein blindes Vogeljunges wuchs im Leib
der Mutter als ein Tier ein kleines Tier

ein Etwas das mir fremd war auf dein Wort
zuerst war ich ein Kraut danach ein Thier
mein Ohr verschloß ein Fell mein Aug
ein Star

so schwamm ich flog als Buddy Holly starb
im grausamen April von *Kind of Blue*
im Sommer in dem Che auf Kuba siegte

trug Schwimmhäute bevor ich auftauchte
atmete durch Kiemen nun sieh durch mich
schwimmt noch der Fisch im Dunkel ich
bin er

und bin noch jedes Tier das ich da war
bin Kraut und Frosch und trage Flaum
und Fell
so lassen wir das Hiersein manchmal los

und sie, der Seele Meister, leben fort

Und zunehmend wird die kurze Distanz zwischen den Ecksteinen des Lebens, zwischen Geburt und Tod oder Eigenem und Fremdem in ganz kurzen Gedichten eingefangen, die noch dazu die Sorte Witz haben, die ein liebevoller Blick auf das Alltägliche und seine Absurdität uns beschert:

AM SÜDFRIEDHOF

ein Radfahrer überholt uns
die kleine Prozession der Sarg
schaukelt leicht auf dem Elektrowagen

respektvoll bremst der Mann ab dann
fährt er eilig weiter ist uns
bald schon um Minuten voraus

alle sind in Bewegung die
ganze Zeit unablässig es
sei denn natürlich sie sind schon da

Ich werde immer an diese Zeilen denken, wenn ich mal wieder irgendwo drängele, weil ich es besonders eilig habe, aber eigentlich schon weiß, daß die Wichtigkeit meines Treibens nicht einmal meiner eigenen kritischen Betrachtung standhielte.

Ich hatte Ihnen eingangs versprochen, auf drei Themen zu sprechen zu kommen. Das Reimen, das Können und Baden-Württemberg. Auf das Können brauche ich nicht mehr einzugehen, darüber habe ich die ganze Zeit schon gesprochen, wobei ich Heinrich Detering gerne davon freisprechen möchte, alles zu können, gewiß würde er nichts weniger als das wollen. Es ist eben ein aus anderen Gründen sich speisendes Können, gegen das man sich nicht wehren kann, weil es einem quasi unterläuft, wenn man etwas gründlich und mit Hingabe macht. Ein damit zusammenhängendes Thema ist das Reimen. Das kann man, wenn man es will und liebt und übt und wiederum nichts von all dem als sein eigenes Tun begreift – dann fällt es einem in der schönsten Vollkommenheit zu.

SCHLAFLIED

schläft ein Ding in allen Liedern
liegt und träumt und kann nicht fort
liegt mit halb erfrornen Gliedern
stöhnt im Schlaf und sagt kein Wort

liegt im Dröhnen alter Glocken
angeschirrt im Klangverlies
eingeschneit von Silberflocken
die der Wind ins Dunkel blies

schläft ein Lied in allen Liedern
zugedeckt von Traumgefiedern

aber wenn der Kirchturm brennt
hat es ein End

Apropos Kirchturm und »Kirchturmpolitik« – ich versprach, auch noch auf Baden-Württemberg zu sprechen zu kommen. Sie nehmen vermutlich an, daß nun der biographische Teil meiner Rede beginnt, und liegen nicht ganz falsch, denn tatsächlich ist Heinrich Deterings Tätigkeitsgebiet rein topographisch so ausgedehnt, daß außer München und Kiel, Kalifornien, St. Louis und Wuhan auch Ulm einer der Orte war, wo er als Literaturwissenschaftler oder Dichter eine Dozentur oder Professur innehatte. Trotzdem möchte ich nicht deshalb über Baden-Württemberg sprechen, sondern wegen eines wichtigen und hellsichtigen Büchleins mit dem Titel »Was heißt hier ›wir‹. Zur Rhetorik der parlamentarischen Rechten«, das 2019 bei Reclam erschienen ist. Baden-Württemberg steht hier für ein Bundesland, in dem bei der Bundestagswahl 2025 in drei Gemeinden die AfD die stärkste Kraft geworden ist. Wir schweigen an der Stelle einmal von der Gegend, aus der ich stamme, nämlich dem ländlichen Thüringen, denn von dieser wird ohnehin in diesem Zusammenhang immer gesprochen. In dem thüringischen Landstädtchen, in dem das Buch gedruckt wurde, hat die AfD zum Beispiel noch 10 Prozent mehr als in den drei genannten württembergischen Gemeinden.

In diesem auffallend lesbar und klar geschriebenen Büchlein analysierte Heinrich Detering zu einer Zeit, als man in Baden-Württemberg die Popularität der AfD noch für ein ostdeutsches Problem hielt, die sprachlichen Strategien rechtspopulistischer Parteien, ihre bewußten Verstöße gegen gesellschaftliche Höflichkeitsnormen, um Tabubrüche zu inszenieren und Aufmerksamkeit zu erlangen, ihre »Rhetorik des Behauptens und Ausweichens«, bei der provokante Aussagen getätigt und anschließend relativiert werden, so daß sie im kollektiven Gedächtnis verankert bleiben. Er kritisiert ihren Anspruch, im Namen »des Volkes« zu sprechen, und legt ihre zentralen Verharmlosungsstrategien mit literaturwissenschaftlichen Mitteln bloß. Ich gehe an dieser Stelle auch deshalb darauf ein, damit nicht etwa der Eindruck eines mit Problemen der Lyrik ringenden weltabgewandten Poeten entsteht. So wichtig die Lyrik für Heinrich Deterings Werk und auch für sein Leben ist, so wenig erschöpft sie sich in einem lyrischen Kosmos, dieser ist vielmehr nur die andere Seite seiner vita activa.

Das Bändchen soll deshalb hier pars pro toto für das umfangreiche Gesamtwerk Heinrich Deterings stehen, über das ich nur darum kein Wort verloren habe, weil es heute um den Lyriker Detering geht und wir ansonsten auch Gefahr liefen, bis tief in die Nacht hier zu sitzen, denn es ist allein nach der Zahl der Publikationen viermal so umfangreich und von enormer Varianz. Das alles zudem oft in einer in der Literaturwissenschaft seltenen unkonventionellen Weise, die von seinem sprühenden Geist zeugt und von seiner unerschrockenen Art, alles, worauf sein Interesse sich richtet, vorurteilslos zu untersuchen.

MITRA DAVAR: DAS ZWEITE REGAL

Ich befinde mich in der ersten Reihe, im zweiten Regal. Herr Gerami sitzt im angrenzenden Regal.
Wir müssen so sitzen, daß wir in das Regal hineinpassen – eine besondere Art zu sitzen, die wir mit viel Übung erlernt haben: die Beine an den Bauch ziehen und die Arme darum schlingen.
Diejenigen, die vor uns einsortiert wurden, sind inzwischen verstaubt. Der Lagerleiter hat eine gelbe Plastikfolie über sie gelegt. Es reicht, sie leicht anzustoßen – schon zerfallen sie zu Staub und rieseln zu Boden.
Der Abteilungsleiter kommt täglich vorbei, manchmal macht er Bemerkungen:
»Warum ist die Frau dort so schief?«
Oder: »Die Haare dieser Frau!«
Manchmal kritisiert er auch unser Verhalten. Einmal sagte er zu mir:
»Wenn die Chefs vorbeigehen, sticht dein großer Zeh seltsam ins Auge.«
Ich antwortete:
»Mein Zeh ist einfach lang. Mehr kann ich ihn nicht einziehen.«
Ein paar Mitarbeiter des Direktors kamen näher, sahen sich meinen Zeh an, und zum Glück glaubten sie mir, daß keine Absicht dahintersteckte.
Manchmal hören wir Gerüchte aus den benachbarten Regalen: Nach zwanzig Jahren in der Kiste erreichen wir das Rentenalter – allerdings mit nur dreißig Tagen Rente. Das ist für uns nicht sehr erfreulich.
»Wir sitzen so lange hier, bis wir mit dreißig Tagen Rente in den Ruhestand gehen.«
Dieser Satz wird unter uns jeden Tag wiederholt.
Wichtige Nachrichten erregen uns – wir rucken dann ein wenig, versuchen, die Arme kurz zu lösen und tief Luft zu holen.
Kürzlich haben wir gehört, daß Menschen in Regalen nun unter das Gesetz für schwere Arbeit fallen. Falls dieses Gesetz in Kraft tritt, könnten wir vielleicht aus den Regalen herauskommen. Doch das lange Sitzen hat uns schwer und träge gemacht.
Vorgestern wollte eine Frau das Regal verlassen. Kaum stand sie auf, brach ihr Bein. Mit jedem Schritt knackten ihre Knochen lauter. Sie war nur knapp zur Tür gekommen, da heulte schon der Krankenwagen heran.
Die Liebe haben wir hier fast vergessen. Nur manchmal erinnern wir uns daran, daß Herr Gerami im oberen oder benachbarten Regal sitzt. Meist merken wir es am Geruch seines verschwitzten Körpers.
Da wir so lange unbeweglich sitzen, haben sich unsere Geruchssinne geschärft – wir nehmen Gerüche sofort wahr.
Wenn wir einen Finger durch die Regale strecken können, machen wir kleine Gesten, ich vielleicht, damit Herr Gerami merkt, daß ich hier bin und an ihn denke.
Das ist unsere einzige Freude – so können wir wenigstens die niedrige Decke ertragen.
Doch heute ist es anders. Ich will mich befreien – meine Beine aus dem Regal strecken, den Rücken, wenn möglich, aufrichten.
Der Grund: Ich habe geträumt, ich hätte zwei kleine Flügel bekommen, wäre aus dem Regal geflogen, hätte mich auf dem Dachboden niedergelassen, in einem doppelwandigen Regal ein Ei gelegt.
Dort oben konnte mich niemand erreichen – das war mein Traum.
Es gab auch andere Träume, die mich beunruhigten:
Als wären meine Brüste geschmolzen, und ich lernte gerade, zu jeder Musik zu tanzen.
Ich sagte:
»Papa, wir konnten nie tanzen – aber sie spielten so viele verschiedene Melodien für uns, daß wir lernten, nach ihrer Pfeife zu tanzen.«

Es ist jetzt zwölf Uhr mittags. Ich habe gegessen und will mein kurzes Mittagsschläfchen halten – eine der schönsten Zeiten des Tages. Ich habe meine Beruhigungstabletten genommen, damit ich keine Alpträume bekomme.
Ein weicher, betäubender Schlaf senkt sich über mich – aber ich denke noch ans Fliegen. Ich will ein Orakel befragen, aber merke, daß ich eingeschlafen bin und im Traum Hafis um ein Zeichen bitte, ob Fliegen gut oder schlecht sei.
Ich hielt das Buch verkehrt herum. Schaute in den Spiegel. Meine Pupillen, einst die schwärzesten der Welt, waren nun ganz weiß geworden.
Dann erinnerte ich mich an nichts mehr. Jemand hatte mich geweckt – es war der Lagerleiter, der laut rief:
»Dame, Sie schulden uns Süßigkeiten! Sie sind jetzt offiziell unter das Gesetz für schwere Arbeit gefallen. Nach zwanzig Jahren können Sie nun mit dreißig Tagen Gehalt in Rente gehen!«
Ich suchte nach Herrn Gerami – es war wohl die letzte Gelegenheit, ihn zu sehen. Ich beugte mich vor, bewegte – glaube ich – meinen großen Zeh. Keine Antwort.
Da hörte ich den Lagerleiter sagen:
»Suchen Sie ihn nicht! Wir haben ihn gestern mit Plastikfolie abgedeckt.«
Ich hörte sein schallendes Lachen, während er auf eine Ecke des Lagers zeigte.
Ich blickte dorthin – auf die Stelle, wo gelbe Plastikplanen die Regale bedeckten.

Aus dem Persischen von
Mehrpuyan Mirchi

MIHAELA BURUIANĂ: WIE ICH MEINE ANGST PACKTE UND SIE AUSLACHTE

Seitdem ich denken kann, hatte mein Vater einen Traum: schreiben. Und mehr noch, er wollte als Schriftsteller anerkannt werden. Als ich ein Kind war, zeigte er der Familie stolz die Hefte mit seinen Gedichten, die mir schon damals kindisch und ungelenk erschienen. Später begann er Sprichwörter und Epigramme zusammenzutragen, danach Informationen von Wikipedia, darauf Poesie über Eminescu, gefolgt von Forschungen zu rumänischen und bessarabischen Helden, die in verschiedenen Kriegen gefallen waren. Anschließend schrieb er Kindergeschichten, dann begann er einen Science-fiction-Roman. Tausende und Abertausende Seiten Papiermüll mit Informationen, die man frei im Internet finden konnte, etliche Stunden in gebeugter Haltung vor dem Laptop, in denen er sich damit abquälte zu kopieren, Tabellen zu erstellen, Fotos einzufügen. Eine Tätigkeit, die ihn im Ruhestand beschäftigt hält, könnte man sagen. Ja, wenn er dies nur zu seinem eigenen Vergnügen, seinem eigenen Nutzen täte. Aber bevor er den ersten Satz schreibt, notiert mein Vater auf dem Deckblatt zunächst den Verlag und das Erscheinungsjahr, denn er schreibt, um zu veröffentlichen; was er schreibt, zählt nicht.
Und mein Vater schreibt schlecht, sehr schlecht, so schlecht, daß man sich vom ersten Satz an langweilt und höhnisch auflachen oder vor Scham weinen möchte. Während man liest, verkrampft man, alles zieht sich innerlich zusammen, man bringt nur ein gequältes Lächeln zustande und macht unbewußt eine Bewegung der Abscheu. Man braucht keinerlei philologische Ausbildung oder ausgeprägte Kritikfähigkeit, um zu bemerken, daß er weder erzählerisches Talent noch irgendeine Vision hat. Es bedarf nur des angeborenen Gespürs für

Lächerlichkeit, das ihm jedoch vollkommen fehlt. Er schreibt unbeholfen, geschmacklos, holprig, mit lauter uninteressanten und unverständlich ausgedrückten Einzelheiten, seine Gedichte sind ohne Sinn für Rhythmus und Reime, ohne Bezug zur Literatur im allgemeinen. Aber am schlimmsten ist, daß er all das nicht einmal merkt. Wenn es ihm jemand sagt, schmollt er wie ein Kind, dem man sein Lieblingsspielzeug weggenommen hat. Mit einer bemerkenswerten Dickköpfigkeit veröffentlicht er Bücher wie am Fließband, auf eigene Rechnung, und anschließend brüstet er sich mit ihnen. Er verteilt nach links und rechts Exemplare, und wer gewillt ist, ihm zu glauben, dem empfiehlt er sich als wahrer Schriftsteller.

Wir als seine Familie reagieren unterschiedlich. Meine Mutter ist verzweifelt, sie kann es nicht mal mehr ertragen, ihm zuzuhören. Meine Schwester ignoriert ihn. Ich habe alle Phasen durchlaufen: Ich habe ihm mit Wohlwollen und Geduld konkret am Text erklärt, was nicht gut ist, was er ändern muß, wie er seine Handlung und seine Figuren aufbauen, wie er sich flüssiger, natürlicher, interessanter ausdrücken kann. Ich habe ihm gute Bücher genannt und Autoren, die jahrelang an einem Roman arbeiteten, bis sie ihn in die Welt entließen; sie rannten nicht mit dem ersten Entwurf zur Druckerpresse. Ich habe konstruktive Kritik geübt und ihn gemaßregelt, geschwiegen und das Thema gewechselt, ihm die Formatierung in Word erklärt und mit der Rechtschreibprüfung und dem Zitieren geholfen, auch damit gedroht, daß er für Plagiate zur Verantwortung gezogen werden würde; ich habe ihn davon überzeugt, auf folgenschwere Handlungen zu verzichten (von der Verpfändung seines Eherings habe ich zu spät erfahren), und Familienkrisen gemeistert, die ich nicht verhindern konnte (heimlich aufgenommene Darlehen bei der Bank, um sein Hobby zu finanzieren). Alle Anstrengungen waren vergebens: Sein Selbstvertrauen ist unerschütterlich, die Papierstapel, die er ausdruckt, scheinen nicht enden zu wollen.

Von außen betrachtet mag die Situation amüsant erscheinen. Sie ist aber dramatisch. Ein guter Mensch, warmherzig, großzügig, fröhlich, optimistisch, mit einem überbordenden Vertrauen sowohl in sich selbst als auch in die Menschheit, mit genügend Phantasie, um unschuldige Lügen zu erfinden, wenn die Situation es verlangt, und tatsächlich auch, wenn sie es nicht verlangt – aber eben nicht genug, um eine fesselnde Geschichte zu Papier zu bringen. Mein Vater ist eher selbst eine Figur als ein Autor. Da ich ihn schon so lange beobachte und kenne, war ich nicht selten versucht, sein Porträt zu skizzieren, obwohl ich überzeugt war, daß ich es nicht schaffen würde, mit wenigen Strichen seine ganze Komplexität zu erfassen. Weil das Leben eines Menschen kaum auf ein paar Seiten paßt, aber vor allem, weil ich, Zeugin seiner kläglichen Versuche, mich davor ängstigte, selbst eine so schwache Schriftstellerin zu sein wie er.

Obwohl ich seit meinem sechsten Lebensjahr eine leidenschaftliche Leserin und im Besitz einer recht soliden theoretischen und praktischen Grundlage bin – ich habe einen Abschluß in Philologie und bin Literaturübersetzerin –, blockierte mich viele Jahre die Angst vor dem leeren Blatt Papier. Nicht Ideen, Talent oder Kenntnisse fehlten mir, sondern Selbstvertrauen. Das Vertrauen, etwas schreiben zu können, das nicht umgehend zu einem Gegenstand des Spotts oder des Vergleichs mit dem »Schriftsteller« der Familie wird. Somit überfiel mich eine starke Selbstkritik, während ich meine Sätze betrachtete und meine Wangen und Ohren langsam rot wurden, und aus Mutlosigkeit wäre ich am liebsten geflohen.

Diese Angst trug ich lange in mir, und wenn ich etwas schrieb – unabhängig davon, ob es ein Gedicht, ein Blogartikel, ein Prosastück oder bloß zerstreute Gedanken waren –, dachte ich tausendmal darüber nach, bevor ich es jemandem zeigte. Ich verfolgte die Ausschreibungen der Verlage für Erstlingswerke und lächelte bitter, während ich mir wünschte, daß auch ich eines Tages etwas zum Einsenden hätte. Ich rollte theatralisch mit den Augen, wenn ich meinen Freunden etwas erzählte und sie mir antworteten: »Du mußt mit dem Schreiben anfangen!« Ich ignorierte – mich selbst betrügend – mein Verlangen zu schreiben, bis auch das Schlupfloch, das ich gefunden hatte – Übersetzungen, die Literatur anderer in meinen Worten –, nicht mehr ausreichte.

Vor einem Jahr, mitten in der Pandemie, mit einem Kloß im Hals und zitternden Knien unter dem Schreibtisch, meldete ich mich zu meinem ersten Online-Kurs im Creative Writing an. Meine Hände schwitzten und ich hyperventilierte fast bei dem Gedanken, daß jemand meine Texte lesen würde. Ich schrieb und schrieb um, verbesserte, veränderte und strukturierte neu, griff bestimmte Ausdrücke wieder auf, löschte sie, schrieb sie erneut hin, las die Seiten mehrmals, ließ sie nachwirken, kehrte zu ihnen zurück, und dennoch wußte ich nicht, ob sie gut genug waren, ob ich gut genug war. Im Gehen notierte ich mir Ideen für eine mögliche Geschichte, stellte mir Figuren und Handlungen vor, Anfangssätze und einen effektvollen Schluß, aber eine kritische Stimme im Kopf sabotierte mich bei jedem Schritt.

Jedes negative Feedback trieb mir Tränen in die Augen. Jedes Lob erschien mir unverdient. In diesen Momenten verfluchte ich meinen Perfektionismus und das »Erbe« und rief pathetisch: »Was gäbe ich für einen Funken vom Selbstvertrauen meines Vaters! Was gäbe ich dafür, wenn der Hohn, dem er sich aussetzt, nicht ständig wie ein Damoklesschwert über meinem Kopf schwebte! Und vor allem: Was gäbe ich dafür, wenn meine Angst und mein Wunsch zu schreiben sich eines Tages nicht mehr gegenseitig behindern würden!«

Als dieser Tag kam, war auch ich überrascht. Nach vielen Jahren, in denen ich meinen Vater verurteilt und mich seinetwegen geschämt hatte, verwandelte ich ihn in eine literarische Figur. Tudorică Grozavescu teilte sowohl Gutes als auch Schlechtes mit seinem realen Vorbild, folgte in meinen Geschichten aber seinem eigenen Schicksal. Ich ließ ihn im Park monologisieren und im Fernsehen auftreten, machte mich über seine Einfalt und seine Lächerlichkeit lustig, rächte mich an ihm, trieb ihn aus mir aus und machte ihn in gewisser Weise zum Helden. Ich packte meine Angst und lachte sie aus. Dann brachte ich auch andere dazu, mit mir zu lachen.

Jetzt betrachte ich mit Sanftmut und Verständnis diesen ergrauten Menschen mit seiner auf die Nasenspitze gerutschten Brille, der konzentriert, mit halboffenem Mund, behäbig mit zwei Fingern tippt, einen falschen Buchstaben löscht oder eine Leerstelle zu viel stehen läßt, und begehre nicht mehr auf, schnaube nicht mehr vor Verzweiflung, schäme mich nicht mehr. Im Gegenteil, es ist mir lieb so und ich sage mir, daß ich ihn diese ganze Zeit zu scharf verurteilt habe, daß es vielleicht wichtiger ist zu tun, was einem gefällt, und an sich zu glauben, als sich selbst aus Furcht im Weg zu stehen, weil jemand über einen lachen könnte. Auch wenn er nur Unsinn zusammentrug, auch wenn er verspottet wurde, verlor er seinen Traum nicht aus den Augen, für den eigene Maßstäbe und Notwendigkeiten galten, nicht die allseits anerkannten. Aber die Leute haben es vergessen und sind zu anderen Dingen übergegangen. Statt mich zu schämen, weil ich vermeintlich nicht gut genug bin, sollte ich daraus vielleicht die Lehre ziehen, es beharrlich immer wieder zu versuchen, meinem Traum zu folgen und ich selbst zu sein.

Mein Vater schreibt noch, genauso schlecht wie immer, aber ich habe nicht mehr den Wunsch, daß es mit den Stapeln bedruckten Papiers ein Ende nehmen möge, denn dann wäre ja auch er am Ende. Mein Vater schreibt noch, genauso schlecht wie immer, aber ich habe keine Angst mehr, denn ich weiß jetzt, daß ich ich bin und nicht er. Mein Vater schreibt noch, und das bringt uns einander näher. Und, am allerwichtigsten, jetzt schreibe auch ich.

Aus dem Rumänischen von Kerstin Ahlers

GÜNTER KUNERT: DONORA SMOG

Vorbemerkung

Der folgende, im Typoskript titellose kurze Text stammt aus einer unveröffentlichten Sammlung Kunerts, die er sein »Big Book« nannte. Es handelt sich um den Eintrag Nr. 5047 vom 16. Juli 2011. Der sogenannte Donora Smog, Fluorsäure und Schwefeldioxid aus den Zinkwerken der gleichnamigen Industriestadt im US-Staat Pennsylvania, entstand im Oktober 1948 aufgrund einer Temperaturinversion mit Nebel und giftigen Gasen und hing fünf Tage lang als dicker, gelblicher, scharf riechender Dunst über Donora. Er tötete zwanzig Menschen und verursachte Atemwegsprobleme bei sechstausend der vierzehntausend Menschen, die in der Stadt am Monongahela River vierzig Kilometer südöstlich von Pittsburgh lebten. Selbst nach zehn Jahren war die Sterblichkeitsrate noch immer ungewöhnlich hoch. Daran erinnert das 2008 eröffnete Smog Museum Donora. In jenem Jahr wurde das Unglück von der New York Times als »eine der schlimmsten Umweltkatastrophen in der Geschichte der USA« bezeichnet.

Wolfram Benda

Manchmal, obwohl selten genug, geschieht das Unerwartete: aus der eigenen Vergangenheit kommt ein Erlebnis, eine Begegnung, eine Erfahrung bumerangartig zurück. So kam auch dieser »Einschlag« unverhofft. Im Jahre 1948 wohnte ich in Ostberlin in einer Straße zwischen der Prenzlauer Allee und der Greifswalder Straße, eine schmale, fast gassenähnliche Angelegenheit. An der Ecke zur Hauptstraße befand sich eine »Christliche Buchhandlung«. Dort war ich häufig zahlender Besucher, kaufte *Ro-Ro-Ro*-Hefte (Rowohlt Rotations Romane) mit Geschichten moderner Erzähler; des weiteren die Jugendzeitschrift »Horizont«, im US-Sektor herausgegeben von Günther Birkenfeld, und, last not least, die amerikanische Zeitschrift »Life« in deutscher Sprache. In jenen wunderbaren anarchischen Tagen kannte die internationale Kultur noch keine Sektoren- und Ideologiegrenzen. In jedem Sektor fanden sich Kunst und Literatur der Siegermächte friedlich vereint in den entsprechenden Institutionen. So also entdeckte ich in »Life« einen Bildbericht über die Katastrophe von Donora und war derart gepackt, daß ich, der gerade zu schreiben angefangen hatte, aus dieser visuellen Begegnung ein Gedicht verfertigte, das dann in meinem ersten Gedichtband 1950 erschien. Soweit die Vorgeschichte. Denn der Bericht blieb nicht eine rasch überflogene und bald wieder vergessene Nachricht aus einer Welt, in der es wenig heiter zuging – diese Sache prägte sich mir »unauslöschlich«, wie es in diesem Falle sogar wörtlich zu nehmen ist, ein, und war eine Art Anstoß für mein Interesse an der Ökologie. Donora hatte etwas in mir geweckt, ich nahm in meiner Umwelt Vorgänge wahr, die ich ohne meine Presselektüre entweder nie oder erst sehr viel später wahrgenommen hätte. In späteren Jahren geriet ich mit der offiziellen Leugnung von Umweltschäden in Konflikt und wurde (schon damals) zum Schwarzseher und Pessimisten ernannt. Wobei ich gestehe, daß die kritische Sicht auf die Welt bereits keimhaft vorhanden gewesen ist. Jetzt aber, ganze dreiundsechzig Jahre später, kehrte Donora zu mir zurück. Ein Freund in Pennsylvania hatte in Pittsburgh zu tun, in dessen Nähe der kleine Unglücksort liegt. Er fuhr hin, entdeckte ein winziges Museum, in dem des Unheils gedacht wird, erstand ein T-Shirt mit dem *Remember*-Muster, ein Faltblatt, fotografierte das Städtchen, sprach mit den Kuratoren der Ausstellung und erzählte ihnen, ein deutscher Dichter habe damals 1948 über das Objekt ihrer gegenwärtigen Präsentation geschrieben. Man war, sagte mir der Freund am Telefon, erstaunt und erfreut und erwarte seine Übersetzung besagten Textes für ihr Museum. Die Mitteilung über diesen Besuch auch in meiner Vergangenheit hat mich mindestens ebenso bewegt wie die Museumsleute. Ich war seinerzeit neunzehn und hätte in keinem meiner wildesten Träume je daran gedacht, daß ich mir mit anderthalb Blatt und einer Handvoll Zeilen in einer amerikanischen Kleinstadt ein Denkmal setzen würde – wenn auch nur ein winziges. Resümee: Reisen mit der Zeitmaschine sind durchaus möglich, wenngleich auf andere Weise, als sie uns H. G. Wells dargestellt hat.

Frank Witzel KOMPLEXE STRUKTUREN
363 Seiten, gebunden mit Schutzumschlag, bei MATTHES & SEITZ BERLIN

ANMERKUNGEN

Éric Vuillard, geb. 1968 in Lyon, französischer Schriftsteller. Auf deutsch erschienen u.a. »Die Tagesordnung« (2018), »14. Juli« (2019) und zuletzt »Ein ehrenhafter Abgang« (2023). Aus dem Katalog »Paris 1793–1794. L'année révolutionnaire« des Musée Carnavalet. Mit Dank für den Hinweis an Jürgen Willinghöfer.

Julia Fiedorczuk, geb. 1975 in Warschau, Lyrikerin, Übersetzerin, Professorin für amerikanische Literatur an der Universität Warschau. Aus dem Band »Astrostrada z girlandami. Wiersze zebrane« (Astrostraße mit Girlanden. Gesammelte Gedichte, 2023). Siehe auch Sinn und Form 6/2021.
Erläuterungen: S. 592 *Brâncuși* Constantin Brâncuși (1876–1957), rumänisch-französischer Bildhauer; *Królikarnia* Im 18. Jahrhundert in Warschau errichtetes Palastgebäude, das heute als Museum und kultureller Veranstaltungsort dient.

Kerstin Kempker, geb.1958 in Wuppertal, bis 2001 Leiterin des Berliner Weglaufhauses, seitdem freie Autorin, lebt in Berlin. 2017 erschien »Bruderherz. Ein Flimmern«, 2024 »Frau im Konjunktiv. Eine Auswilderung«. Auszug aus einem noch unveröffentlichten Roman. Siehe auch Sinn und Form 2/2022 und 5/2023.

Christine Wolter, geb. 1939 in Königsberg, Schriftstellerin und Übersetzerin, lebt in Albavilla (Como). Zuletzt erschienen der Gedichtband »Geografia sentimentale« (2013) und eine Neuausgabe ihres Romans »Die Alleinseglerin« (2023). Siehe auch Sinn und Form 1/2022 und 6/2023.

Christa Bürger, geb. 1935 in Frankfurt am Main, bis 1998 Professorin für Literaturwissenschaft an der dortigen Johann-Wolfgang-Goethe-Universität, lebt in Berlin. 2019 erschien die Neuausgabe von »Mein Weg durch die Literaturwissenschaft 1968–1998«, 2024 »Luziferische Kunst« (mit Peter Bürger †). Siehe auch Sinn und Form 3/2023 und 1/2024.

Dinçer Gücyeter, geb. 1979 in Nettetal/Niederrhein, wo er auch lebt, Schriftsteller und Verleger. Zuletzt erschienen der Gedichtband »Mein Prinz, ich bin das Ghetto« (2021) und der Roman »Unser Deutschlandmärchen« (2022).

Marc Pommerening, geb. 1970 in Flensburg, Regisseur und Autor, lebt in Berlin. An der Recherche haben Jochen Becker und Sebastian Schubert mitgewirkt. Eine gemeinsame Biographie zu Rabener ist in Arbeit.

Thomas Karlauf, geb. 1955 in Frankfurt am Main, Inhaber einer Agentur für Autoren, lebt in Berlin und am Comer See. 2016 erschien »Helmut Schmidt. Die späten Jahre«, 2019 »Stauffenberg. Porträt eines Attentäters«. Siehe auch Sinn und Form 2/2011 und 4/2018.

Franz Fühmann (1922–1984), Schriftsteller, Mitglied der Akademie der Künste der DDR und viele Jahre im Redaktionsbeirat von Sinn und Form. Sein Werk erscheint im Hinstorff Verlag. Zeichensetzung und Orthographie folgen dem Typoskript, mit Ausnahme der von Fühmann in den Gedichten durchgehend verwendeten Großbuchstaben. Dank an Karl-Peter Krolow und den Hinstorff Verlag für die Genehmigung zum Abdruck, an Christoph Kapp (AdK / Berlin-Archiv) für Hinweise zu Fühmanns Nachlaß, an Felix Latendorf und Dr. Hannah Markus für Recherchehilfe. Fühmanns Brief mit den beigefügten Gedichten befindet sich im Deutschen Literaturarchiv in Marbach. Siehe auch Sinn und Form 5/2005 und 1/2022.

Roland Berbig, geb. 1954 in Quedlinburg, 2000–19 Professor für Neuere deutsche Literatur an der Humboldt-Universität zu Berlin. Veröffentlichungen u.a.: Franz Fühmann, Wieland Förster, »›Nun lesen Sie mal schön!‹ Briefwechsel 1968–1984« (Hg., 2016) und »Günter Eich in Baden-Baden« (2019).

Alexander Gelman, geb. 1933 in Donduşeni (heute Republik Moldau), Schriftsteller, lebt in Moskau. Seine Theaterstücke wurden auch im deutschsprachigen Raum aufgeführt. Aus dem Gedichtband »Kostyli i krylja« (Krücken und Flügel), Moskau 2013. Siehe auch Sinn und Form 3/1996 und 4/2024.

Fjodor Dostojewski (1821–1881), russischer Schriftsteller. Die Originale der hier abgedruckten Entwürfe befinden sich im Russischen Staatsarchiv für Literatur und Kunst in Moskau, die Übersetzung erfolgte nach der dreißigbändigen Dostojewski-Gesamtausgabe.

Peter Constantine, geb. 1963 in London. Britisch-amerikanischer Professor für Übersetzungswissenschaft an der University of Connecticut, Gründer des unabhängigen Verlags World Poetry Books, lebt in New York und Connecticut.

Iwan Bunin (1870–1953), russischer Schriftsteller, ab 1920 im französischen Exil, Nobelpreis für Literatur 1933. Auf deutsch erschienen zuletzt die Erzählungsbände »Nachts auf dem Meer« (2022) und »Der Sonnenstich« (2024). Aus dem Band: »Stichotvorenija i perevode« (Gedichte und Übersetzungen, Moskau 1985).

Katharina Bendixen, geb. 1981 in Leipzig, wo sie auch lebt, schreibt für Kinder, Jugendliche und Erwachsene. Zuletzt erschienen »Taras Augen« (2023) und »Eine zeitgemäße Form der Liebe« (2025).

Abd Alkarim Alahmed, geb. 1992 in Aleppo (Syrien), Schriftsteller, lebt in Eisenach / Thüringen. Die Übersetzung erfolgte nach dem Manuskript.

Wolfgang Cziesla, geb. 1955 in Essen, wo er auch lebt, Literaturwissenschaftler, langjähriger Lektor und Gastprofessor an ausländischen Universitäten. Veröffentlichungen u.a.: »Die Austauschstudentin« (2004) und »Kaffeetrinken in Cabutima« (2005). Druckfassung eines Vortrags vom 3. Februar 2025 in Essen. Siehe auch Sinn und Form 1/2013 und 2/2015.

Jürgen Wilke, geb. 1943 in Goldap/Ostpreußen, 1988–2012 Professor für Publizistik an der Johannes-Gutenberg-Universität in Mainz, wo er auch lebt. Zuletzt erschienen »200 Jahre Karlsbader Beschlüsse. Zustandekommen, Inhalte, Folgen« (2019) und »Erlebtes und Erforschtes. Erinnerungen« (2022).

Friedrich Dieckmann, geb. 1937 in Landsberg/Warthe, Mitglied der Akademie der Künste, lebt in Berlin. Jüngste Veröffentlichungen: »Beethoven und das Glück« und »Das Liebesverbot und die Revolution« (beide 2020). Siehe auch Sinn und Form 5/2023 und 2/2024.

Marion Poschmann, geb. 1969 in Essen, Schriftstellerin, Mitglied der Akademie der Künste, lebt in Berlin. Zuletzt erschienen »Chor der Erinnyen« (2023) und »Die Winterschwimmerin« (2025). Selbstvorstellung bei der Mitgliederversammlung der Akademie der Künste am 16. Mai 2025. Siehe auch Sinn und Form 1/1995 und 1/2021.

Daniela Danz, geb. 1976 in Eisenach, Dichterin, Romanautorin und Essayistin, lehrt an der Universität Hildesheim, lebt in Kranichfeld/Thüringen. Zuletzt erschienen der Lyrikband »Wildniß« (2020) und die Essaysammlung »Nichts ersetzt den Blick ins Gelände« (2023). Rede zur Verleihung des Günter Kunert Literaturpreises für Lyrik an Heinrich Detering am 23. März 2025 in Wilster/Schleswig-Holstein. Siehe auch Sinn und Form 6/2024.

Mitra Davar, geb. 1977 in Teheran, wo sie als Autorin und Dozentin für persische Literatur lebt. Lyrik, Prosa, Essays, literarische Übersetzungen. Aus dem Erzählungsband »Das zweite Regal«, Teheran 2003.

Mihaela Buruiană, geb. 1980 in Focșani (Rumänien), Literaturübersetzerin und Autorin. Aus der Online-Zeitschrift »Revista de povestiri« (21. Dezember 2021).

Günter Kunert (1929–2019), Schriftsteller, Mitglied der Akademie der Künste. Letzte Veröffentlichungen u.a.: »Aus meinem Schattenreich. Gedichte« (2018, Hg. Wolfram Benda), »Die zweite Frau. Roman « (2019) und »Kunerts Kino. Alle Texte Günter Kunerts für und über Filme« (2023). © Günter Kunert. Siehe auch Sinn und Form 6/2022 und 5/2023.

Wolfram Benda, geb. 1953 in Bayreuth, wo er auch lebt, Literaturwissenschaftler, Übersetzer, Buchgestalter und Verleger (The Bear Press) sowie Freund Günter Kunerts.

Alle Beiträge sind, soweit nicht anders angegeben, Erstveröffentlichungen oder Erstübersetzungen.